古典詩歌研究彙刊

第八輯

龔鵬程 主編

第 10 冊

晚唐風騷
——以社會詩及風人體為例

曾進豐 著

國家圖書館出版品預行編目資料

晚唐風騷——以社會詩及風人體為例／曾進豐 著 — 初版 —
台北縣永和市：花木蘭文化出版社，2010〔民 99〕
目 2+212 面；17×24 公分
（古典詩歌研究彙刊 第八輯；第 10 冊）
ISBN 978-986-254-318-4（精裝）
1. 唐詩 2. 詩評
820.9104 99016397

ISBN - 978-986-2543-18-4

9 789862 543184

古典詩歌研究彙刊
第八輯 第 十 冊 ISBN：978-986-254-318-4

晚唐風騷——以社會詩及風人體為例

作 者	曾進豐	
主 編	龔鵬程	
總 編 輯	杜潔祥	
出 版	花木蘭文化出版社	
發 行 所	花木蘭文化出版社	
發 行 人	高小娟	
聯絡地址	台北縣永和市中正路五九五號七樓之三	
	電話：02-2923-1455／傳真：02-2923-1452	
網 址	http://www.huamulan.tw 信箱 sut81518@ms59.hinet.net	
印 刷	普羅文化出版廣告事業	
初 版	2010 年 9 月	
定 價	第八輯 20 冊（精裝）新台幣 28,000 元	

晚唐風騷
——以社會詩及風人體為例

曾進豐 著

作者簡介

曾進豐（1962-），台灣台南縣人。台灣師範大學文學博士，曾任教中正大學、屏東教育大學，現任高雄師範大學國文系副教授。專長為現代詩、樂府詩、台灣文學。撰有《聽取如雷之靜寂——想見詩人周夢蝶》、《經驗與超驗的詩性言說——岩上論》，編選《娑婆詩人周夢蝶》、《周夢蝶集》、《商禽集》、《台灣文學讀本》、《台灣古典詩詞讀本》、《周夢蝶詩文集》，並發表〈唐代「風人詩」述論〉、〈皮日休〈正樂府十篇〉析論〉等論文二十多篇。

提　要

　　本書旨在辨析晚唐（827 -907A.D）詩歌的殊異風貌與特色，論題圍繞美刺諷諭的社會詩，以及曲折蘊藉的風人體。全書共分九章，除了探究相關時代背景，論述其義界與淵源外，又舉隅主要作家作品，分析詩作主題意涵與藝術表現，進而歸納其價值與影響。

　　社會詩紹繼《風》、《騷》傳統，發揚自《詩經》以降興觀群怨的寫實基調，延續樂府感於哀樂，緣事而發的精神；目擊時代之亂離，哀憫生民之多艱，強調剌非補失，要能洩導人情。風人體濫觴於民歌謠諺，淵源於廋詞隱語，又有《吳歌》、《西曲》的催化，或上句述一語，下句釋其義，比興隱喻，實言以證；或借物寓意，諧音雙關，言情含蓄，展延詩歌趣味。處於「嘲雲戲月，刻翠粘紅」的風氣籠罩下，晚唐部分詩人能起到摧陷廓清的積極作用，此二端應時蔚新，洵為時代的主流。前者深具諷世勸俗及歷史實證意義，且下開有宋一代「議論說理」之詩風；後者更潤澤歷代詩詞，大大豐富了戲曲小說與民歌，而成為庶民生活文化的一部份。窺斑知豹，晚唐詩歌正有其掩藏不住的精神面目，而有其特殊價值。

目

次

第一章　前　言

　　唐代詩歌波瀾壯闊，照耀千古。詩人輩出，燦若群星；詩作競豔，
絢麗多彩；題材廣泛多樣，應有盡有；內容包羅萬象，美不勝收；表現
技巧上，聲律的運用，詞語的創造，都有傲人的成就，是我國文學藝術
的巔峰。歷代研究者，挖深織廣，多有發覆，相關論著琳琅滿目，汗牛
充棟。然多青睞初、盛、中唐，唯獨晚唐鮮少受到關注，偶有論及也止
偏愛綺麗頑豔之溫、李、杜三家，其他詩人則一概闕如。

　　論者每以「政治盛衰」立言，倡言詩運一如國運，詩歌遞進發展
等同歷史升沈變遷，咸認晚唐詩歌，高亢激昂之音不聞，錦繡繽紛之
色不再，一切只剩淒涼暮色，遺響餘韻。宋・嚴羽云：「論詩如論禪，
漢魏晉與盛唐之詩，則第一義也。大曆以還之詩，則小乘禪也，已落
第二義矣。晚唐之詩，則聲聞辟支果也。」〔註1〕高棅編選《唐詩品
彙》，把晚唐詩人幾乎都列入「餘響」，當他選定《唐詩正聲》時，就
根本排除晚唐詩，以致於後來者總自然地把晚唐做為詩歌的衰微期看
待，謂其風雅淩夷、正聲微茫，斥之爲浮靡礁殺、亡國之音，一望荒
蕪，實無足採。〔註2〕影響所及，晚唐詩歌長久不見天日，乏人聞問。

〔註 1〕《滄浪詩話・詩辯》，見清・何文煥輯《歷代詩話》686。爲省篇幅，
　　　　後文再引自本書者，僅標明頁碼。
〔註 2〕胡應麟《詩藪》謂：「能知盛唐諸作之超，又能知晚唐諸作之陋，可

　　劉勰指出:「時運交移,質文代變」、「文變染乎世情,興廢繫乎時序」〔註3〕,道破了時代對文學創作的影響。文學固與當時的歷史條件、文化氛圍和價值取向、時代精神緊密相聯,深受時代環境的制約與浸染。然而,盛世作品未必傑出,衰世篇章亦可優秀,政治經濟不必然與文學進程升降等同。宋‧歐陽修說:「予嘗考前世文章政理之盛衰,而怪唐太宗致治幾乎三王之盛,而文章不能革五代之餘習。」〔註4〕清‧葉燮認爲有唐三百年詩,有初、盛、中、晚之分,論者皆以初、盛爲詩之正,中、晚爲詩之變,這是以「時」而論,「然就初而論,在貞觀則時之正,而詩不能反陳隋之變。」〔註5〕皆明確指出在唐代,「時」與「詩」並非盛衰同步,全然一致。

　　晚唐的歷史背景與文化條件,皆迥異前朝,詩歌風貌當然有別。王世貞論七言絕句時說:「盛唐主氣,氣完而意不盡工;中晚唐主意,意工而氣不甚完。然各有至者,未可以時代優劣也。」〔註6〕設使晚唐末世而盡爲盛唐之音,豈非優孟衣冠?唐詩固有初、盛、中、晚之別,各擅勝場,可以相互補充,未可隨意軒輊。整體而言,晚唐詩風趨於柔靡,不復有雄渾悲壯的「盛唐氣象」,不再有境界擴大、格調高昂的美學特徵,但因涵容已廣,沾溉既深,各種形式、風格皆俱完足。在文學藝術上,許多方面皆有著進一步的發展與成熟,思想性上更達到

　　與言矣。」廣文書局,1973年,頁347、348。賀裳《載酒園詩話‧又編》〈貫休〉條說:「詩至晚唐而敗壞極矣,不待宋人。大都綺麗則無骨,至鄭谷、李建勳,益復靡靡;樸澹則寡味,李頻、許裳,尤無取焉。」見郭紹虞編《清詩話續編》,木鐸出版社,1983年,頁393。爲省篇幅,後文重出者,僅標明頁碼。
〔註3〕《文心雕龍‧時序篇》,見《四部叢刊正編》(○九九),臺灣商務印書館,1979年,頁50。爲省篇幅,後文重出者,僅注篇名。
〔註4〕〈蘇氏文集序〉,見《四部叢刊正編》(○四四)《歐陽文忠公集》,臺灣商務印書館,1979年,頁311。
〔註5〕《汪文摘謬‧唐詩正序》,叢書集成續編第一二四冊集部,上海書店,1994年,頁416。
〔註6〕《藝苑卮言》卷四,見丁仲祜編《續歷代詩話》,藝文印書館,1983年,頁1170。

了詩史的高峰，所以說：「在詩史上，這是一個光榮的時代。」〔註7〕

　　在漫長的文學批評史上，晚唐詩亦曾受到少數獨具慧眼者的鑑賞喜愛與學習。南宋四大家之一的楊誠齋，推崇晚唐「詩味」〔註8〕，高倡晚唐風致以挽救江西詩的粗率，護衛晚唐詩不遺餘力。嘗云：「嘗食夫飴與荼乎？人孰不飴之嗜也，初而甘，卒而酸；至於荼也，人病其苦也，然苦未既，而不勝其甘。詩亦如是而已矣。……《三百篇》之後，此味絕矣，唯晚唐諸子差近之。」〔註9〕又說：「晚唐諸子雖乏二子（指李白、杜甫）之雄渾，然好色而不淫，怨誹而不亂，猶有《國風》、《小雅》之遺音。」〔註10〕《詩經》之後，從漢、魏、晉、盛唐以迄中唐，詩味醇美者何可勝舉，而誠齋獨譽晚唐諸子。其後的「四靈」、「江湖」兩派，對於晚唐詩也不排斥，如劉克莊〈自勉〉詩云：「苦吟不脫晚唐詩」〔註11〕，陳鑒之說：「今人宗晚唐，琢句亦清好。」〔註12〕晚明竟陵派詩人鍾惺更是深體晚唐「異味」者，曾有透徹之論曰：「看晚唐詩，但當采其妙處耳，不必問其某處似初、盛與否也。亦有一種高遠之句，不讓初、盛者，而氣韻幽寒，骨響崎嶔，即在至妙中，使人讀而知其為晚唐。」〔註13〕以至於清代詩論家葉燮就論斷說：「晚唐之詩，秋花也。江上之芙蓉，籬邊之叢菊，極幽豔晚香之韻，可不為美乎？」〔註14〕

〔註7〕陸侃如、馮沅君《中國詩史》（中），人民文學出版社，1983年，頁457。

〔註8〕楊萬里〈周子益訓蒙省題詩序〉提出所謂的詩美標準，應像周子益那些「屬聯切而不束，詞氣肆而不蕩，婉而莊，麗而不浮，駸駸乎晚唐之味矣」的詩歌。見《四部叢刊正編》（〇五八）《誠齋集》卷八十三，臺灣商務印書館，1979年，頁690。

〔註9〕〈頤庵詩稿序〉，見同註上，頁688。

〔註10〕〈周子益訓蒙省題詩序〉，見同註8，頁689、690。

〔註11〕《全宋詩》卷三〇三六，北京大學出版社，1998年，頁36195。

〔註12〕《江湖小集》卷十五《東齋小集·題陳景說詩稿後》，見四庫全書珍本七集，王雲五主編，臺灣商務印書館，1976年，頁11。

〔註13〕《唐詩歸》卷三十三，見《四庫全書存目叢書》集部總集類（338），明萬曆四十五年刊本。莊嚴文化事業有限公司，1997年，頁484。

〔註14〕《原詩》卷四〈外篇下〉，見丁仲祜編《清詩話》，藝文印書館，1977年再版，頁754。為省篇幅，後文重出者，僅標明頁碼。

諸子同賞晚唐詩之清麗、淡雅、高遠、幽靜。

晚唐詩風瀰漫哀傷情緒，但其悲感意味，並不僅侷限於個人，而是推及於社會歷史的觀照，既有世事無常的人生感慨，夾雜著人生末路的嘆息，更有著王朝覆滅的哀鳴及極其濃烈的黍離之悲。那種無可奈何的悵惘、落寞，對於盛衰興亡不可抗拒的深沉思考，使詩歌必定帶有一種蕭瑟的情韻，憂愁淒豔，猶如「西施矉眉」，一種理想幻滅的黃昏之嘆。晚唐詩就是以這種纖濃之姿、幽蘭之香取勝。沈德潛也說：

> 有唐一代詩，凡流傳至今者，自大家、名家而外，即旁蹊
> 曲徑，亦各有精神面目流行其間，不得謂正變盛衰不同，
> 而變者衰者可盡廢也。〔註15〕

誠乃發聲震聵之論。晚唐詩雖是唐詩之變，但絕不致於盜襲剽竊、拾取餘唾，更何況論詩不可以古繩今，當然也不可以今律古，又豈可以「衰颯」一語而棄之不顧呢？

不安定的時代，有著不平靜的靈魂。所謂「哀怨起騷人」、「憤怒出詩人」〔註16〕，晚唐眾多詩人關懷世上瘡痍，心繫黎庶，嗟念休戚，記錄苦難，浮雕式的展示了這一歷史時期危機四伏的面貌，皮日休以「正樂府」宣詠；陸龜蒙用古奧的五古嘲諷；杜荀鶴上追杜甫，以近體展現抨擊的力度；羅隱寫感憤時事的諷刺小詩；李商隱、杜牧也不乏針砭時弊的篇章；韋莊則寫下著名的七言歌行〈秦婦吟〉等，皆是感於事、繫於政、動於情，痛心疾首，深沉喟嘆。這些詩實乃現實的折射，生活的圖景，社會實錄、時代寫真，充溢著磅礡之氣，大有風人之旨。

六朝《吳歌》、《西曲》多寫戀情，饒多樸婉之詞，風格清新自然，其中諧音隱語之表現技巧，唐時多有繼承，發展至晚唐則有「吳歌格」、「風人體」之作品大量湧現。詩中已不再侷限於描寫戀情，詼諧

〔註15〕《唐詩別裁集・序》，廣文書局，1970年，頁1。

〔註16〕鍾嶸《詩品・序》曰：「嘉會寄詩以親，離群托詩以怨。」見清・何文煥輯《歷代詩話》頁3。李白〈古風〉詩句：「正聲何微茫，哀怨起騷人。」（《全唐詩》頁1670）皆肯定了社會諷刺詩的怨情基調。

之中隱含諷諭，大大增加了詩歌的趣味性，擴大了詩歌描寫的廣度與深度。這些詩歌保存著民歌活潑的情調及響亮和諧的節奏感，眞摯含蓄，細膩華麗，是晚唐詩壇的奇花異草，爲唐詩增添無比光彩。且「風人體」這種諧音雙關的藝術手法，影響深遠，歷代續有佳作，推陳出新，甚是巧妙。

晚唐詩，聲部齊備，五音俱全，有如大合唱，其獨特的意境，頗富異彩；亦有興寄風力之作，精警峭拔，較之於中唐未必盡爲糟糠，視之盛唐亦有不遑多讓之篇。筆者特拈舉社會詩及風人體二端，指出代表作家及作品，剖析主題內涵、藝術手法、風格特徵及其價值與影響，藉此彰顯晚唐詩的鋒芒與光彩。

第二章　晚唐詩歌之時代背景

　　時代精神、風俗習慣、社會歷史等，皆所以孕育詩歌之美。盛唐詩的雄渾風韻與一代王朝的興盛自然關係密切，晚唐詩的淒迷風致也同樣與歷史的發展密不可分。就晚唐整體詩風的衰落而論，可以從當時的政治情況、社會風俗窺知端倪。王世懋說：「晚唐詩人，如溫庭筠之才，許渾之致，見豈五尺之童下，直風會使然耳，覽者悲其衰運可也。」〔註1〕當時帝王昏瞶愚頑，宰相顢頇無能，宦官挾主亂政，藩鎮跋扈兇狠，朝官朋黨傾軋，新舊黨爭持續加溫，且又和宦官作南北司的對立；強寇之患，侵擾不息，土地兼併愈加劇烈，賦稅沉重，農村凋弊，閭里空竭，民不聊生。內憂外患紛至遝來，暴風驟雨摧枯拉枝，迄至黃巢起義，傾覆在旦夕之間耳。客觀環境是無可挽回的分崩離析，主觀世界是愈積愈重的今不如昔之感，二者交相激盪，互為融滲，「風會」如此，薰染詩人，詩歌便不再激盪奮發踔屬的盛唐朝氣，而是處處呈現時代壓抑的烙印了。〔註2〕論時議事之諷諭精神呈燎原之勢；旁依寄託的詠史詩風蔚為主流，懷念既往，藉古諷今；墮入私情，香草美人。此外，科舉的

〔註1〕《藝圃擷餘》，見清·何文煥輯《歷代詩話》頁780。

〔註2〕胡應麟《詩藪·內編》卷四〈近體上·五言〉曰：「文章關氣運，非人力。」蓋一代之文風絕非個人主觀意識所能左右。正生書局，1973年，頁57。

衰落與都市生活的商業化，經濟畸形發展，士子浮薄日熾，則促使齊梁詩風復活，「唯美」再現，也間接引導風人體之大量創作。

第一節　政治混亂黑暗，干戈擾攘

　　晚唐諸帝荒淫昏憒，顢頇無能，虛妄求仙，迷信道教，縱情聲色之好，宴遊之樂。試作一鳥瞰：憲宗晚節好神仙，因服丹暴怒，終致殺身之禍；穆宗耽溺侈靡驕奢，根本不理朝政，「餌金石之藥」身死；敬宗「遊幸無常，昵比群小，視朝月不再三。」〔註3〕文宗優柔寡斷，反覆無常；武宗親受道籙，在宮內建望仙宮；而宦官之所以下詔廢皇子改立宣宗李忱，是「貪其有不慧之跡」〔註4〕，還是一個俯首聽命的傀儡；懿宗「好音樂宴遊」、「聽樂觀優不知厭倦」；僖宗終日「蹴鞠鬥雞」、「賭鵝」、「擊球」，「專事遊戲，政事一委令孜，呼爲『阿父』。」〔註5〕玩樂腐化，有過之而無不及，其所好如此，則政治良窳可知；昭宗繼位，權宦楊復恭以冊立之功，「專典禁兵，既軍權在手，頗擅朝政。」〔註6〕昭宗則日憂不測，「鬱鬱不樂」〔註7〕，終日沉飲自寬。皇帝個個如同戲偶、禁臠，任憑擺佈，苟延殘喘於宦豎挾持環伺鬥爭的夾縫中，昏庸無能眞到無以復加的地步。

　　中央政權搖搖欲墜，宰相的權力與地位更形羸弱，「懿、僖以來，王道日失厥序，腐尹塞朝，賢人頓逃。」〔註8〕宛如走馬燈一樣換來

〔註3〕《通鑑紀事本末》卷三十五〈宦官弒逆〉，《四部叢刊正編》（〇一三），臺灣商務印書館，1979年，頁1743、1744。

〔註4〕王夫之《讀通鑑論》卷二十六〈唐宣宗〉條，世界書局，1970年再版，頁561。

〔註5〕《新唐書》卷二百八〈宦者下〉，中華書局，1966年，頁5884。爲省篇幅，後文重出者，僅標明頁碼。

〔註6〕《舊唐書》卷一百八十四〈楊復恭傳〉，中華書局，1966年，頁4774。爲省篇幅，後文重出者，僅標明頁碼。

〔註7〕計有功《唐詩紀事》卷二，《四部叢刊正編》（〇九九），臺灣商務印書館，1979年，頁29。

〔註8〕《新唐書》卷一百八十三〈列傳第一百八〉，見同註5，頁5390。

換去，卻總是非貪即庸，尸位素餐，聊備一格而已，賢相能臣寥寥無幾。宋・王讜說：

> 咸通末，曹相確、楊相收、徐相商、路相巖同為宰相，楊、路以弄權賣官，曹、徐但備員而已。長安謠曰：「『確』確無論事，錢財總被『收』。『商』人都不管，貨『賂』幾時休？」〔註9〕

這些身居重位的宰臣，不是在專橫的君主面前怯手怯足，充當「伴食宰相」，就是貪賄營私，始終在與同僚的勾心鬥角中苦費心機。根據王溥《唐會要》的統計，敬、文、武、宣、懿、僖、昭、哀帝諸朝，共有宰相一百四十四人，其中，五人死於起義的刀槍下，二十六年死於貶所或死於「賜死」，十三人死於宦官或藩鎮之手，其餘所謂善終者，也多是在錯綜複雜的官場風險中，惶惶不安地度過。〔註10〕

　　君王昏憒失道，宰相甘食竊位，導致朝綱紊亂，朝野危疑。「蓋朝廷，天下之本也；人君者，朝廷之本也；始即位者人君之本也。其本始不正，欲以正天下，其可得乎？」〔註11〕並且，「所與者唯佞倖庸奴，乃欲障橫流，支已顛，寧不名哉。」〔註12〕帝王受奸臣蒙蔽，耳喜聽阿諛之詞，目樂迎諂媚之狀，心迷女色宮娥之情，直線沉淪，社稷覆滅實乃意料中事。

　　其次，閹宦囂張，竊權亂政，也是唐末一大禍源。唐之由盛而衰，以玄宗為其轉折，而宦官之得勢，也以玄宗為其肇始。李隆基耽於宴樂，宮廷事務全交予宦官高力士，因此播下唐朝敗亡之種子。宦官集權壟斷，內掌樞密，外總禁兵，雖名為「家奴」，實際上是「販官鬻爵，除拜不受旨。」〔註13〕窮兇極惡，威攝朝廷，勢傾海內，

〔註9〕　《唐語林》卷七，世界書局，1967年再版，頁256。
〔註10〕　《唐會要》卷一、卷二，世界書局，1989年五版，頁1～22。
〔註11〕　《新唐書》卷九〈本紀第九〉歐陽修贊語，頁281。
〔註12〕　《新唐書》卷一百八十三〈列傳第一百八〉，見同註上，頁5390。
〔註13〕　《新唐書》卷二百八〈宦者下〉，見同註上，頁5884。

不但可以進退大臣，而且還能弑立帝后，「萬機之與奪任情，九重之
廢立由己。」〔註14〕自元和十五年（西元 820 年）憲宗李純被宦官
陳弘志、王守澄等殺死，直到唐亡爲止，共有穆、敬、文、武、宣、
懿、僖、昭、哀等九個皇帝，其中七人爲宦官所立〔註15〕，敬宗、
文宗、武宗，皆死於宦官之手。尤其文宗太和九年（西元 835 年）
十一月「甘露之變」〔註16〕失敗，「自是天下事皆決於北司，宰相行
文書而已。宦官氣益盛，迫脅天子，下視宰相，陵暴朝士如草芥。」
〔註17〕恣意暴行，眞到了目中無人的地步。

　　豎宦爲了鞏固地位，常私置理獄之司，鎮壓異己，擅行殺戮之事。
此閹宦之害，有識之士知之甚深，也能挺身怒斥，如劉蕡直言極諫，
義正辭嚴，最爲痛切〔註18〕，風操凜然可敬。然而，當時政治氛圍是
「以諛佞爲愛己，謂忠諫爲妖言。」〔註19〕烏煙瘴氣，汙濁黑暗，於
是便有一連串駭人聽聞的拒諫飾非：劉蕡對策而負屈；陳璠叟上書懿
宗，指其不親庶政，委任路岩。上怒，而遭流放愛州；孟昭圖上疏論
田令孜之恃寵專壇，被貶嘉州司戶，因而喪身。以致於朝中無敢言者，
而宦官也益加囂張跋扈。王夫之說：「唐之宦官，其勢十倍於漢、宋。」

〔註14〕《舊唐書》卷一八四〈宦官傳‧序〉，頁 4754。
〔註15〕《新唐書》卷九〈本紀第九〉贊曰：「唐自穆宗以來八世，而爲宦官
　　　所立者凡七君。」按：末代的哀宗李柷是外藩朱全忠所立。頁 281。
〔註16〕《舊唐書》卷十七〈文宗紀〉載：「李訓、鄭注謀誅內官，詐言金吾
　　　仗舍石榴樹有甘露，請上觀之。內官先至金吾仗，見幕下伏甲，遽
　　　扶帝輦入內，故訓等敗，流血塗地。」此即所謂「甘露之變」。見同
　　　註14，頁 562。
〔註17〕《資治通鑑》卷二四五，《四部叢刊正編》（○○九），臺灣商務印書
　　　館，1979 年，頁 2414。爲省篇幅，後文重出者，僅標明頁碼。
〔註18〕劉蕡〈應賢良方正能直言極諫科策〉曰：「奈何以褻近五六人，總
　　　天下之大政，外專陛下之命，內竊陛下之權，威懾朝廷，勢傾海
　　　內，群臣莫敢指其狀，天子不得制其心，禍椓蕭牆，姦生帷幄。……
　　　忠賢無腹心之寄，閹寺專廢立之權，陷先帝不得正其終，致陛下
　　　不得正其始。」見《唐文粹》卷三○，世界書局，1972 年再版，
　　　頁 3、4。
〔註19〕《舊唐書》卷十九〈懿宗紀〉，見同註14，頁 649～687。

〔註20〕可以說，宦官這股強大的政治勢力，幾乎操控了晚唐所有的君主〔註21〕，左右了晚唐八十年的命脈。清‧趙翼對於唐代宦官危害之烈及其得以專權的原因，有鞭辟入裡的分析：

> 東漢及前明，宦官之禍烈矣，然猶竊主權以肆虐天下，至唐則宦官之權反在人主之上，立君、弒君、廢君，有同兒戲，實古來未有之變也。推原禍始，總由於使之掌禁兵、管樞密，所謂倒持太阿而授之以柄，及其勢成，雖有英君察相，亦無如之何矣。〔註22〕

皇帝無所作為，宦官為所欲為，專制內外，高下在心，逮其勢成，欲扭轉之，卻已回天乏術。在此同時，宦官與朝官權力鬥爭愈演愈烈，而朝官之間又是朋黨傾軋，排擠攻訐。此蕭墻之禍延及四海，對晚唐政治產生巨大影響。其中，犖犖大者，是所謂之「牛李黨爭」，起於憲、穆，終於武、宣，前後達四十年之久，連文宗也不得不發出「去此朋黨實難」〔註23〕的感嘆。

　　再次，同宦官專權相終始的藩鎮割據，對唐代而言，是當時另一個殘酷的現實。宦官專權於內，藩鎮跋扈於外，實為唐季兩大致命傷。唐自平定安史之亂後，凡武夫戰卒，以功起行陣，列為侯王者，皆除節度使，又封安史降將，遂成河北之藩鎮，以致鳳翔等十五道、七十一州悉為藩鎮割據〔註24〕，形成「國門之外，皆方鎮」〔註25〕的局面。《新唐書‧方鎮表》共列方鎮四十二個，實際還不止此。他們「據險要，專方面，既有其土地，又有其人民，又有其甲兵，又有其財賦。」〔註26〕

〔註20〕《讀通鑑論》卷二十六〈唐武宗〉條，見同註4，頁555。

〔註21〕《新唐書》卷二百七〈仇士良傳〉曰：「文宗感嘆受制於『家奴』」。見同註15，頁5872。

〔註22〕《二十二史箚記》卷二○〈唐代宦官之禍〉，世界書局，1980年五版，頁262。

〔註23〕《舊唐書》卷一百七十六〈李宗閔傳〉，頁4554。

〔註24〕《資治通鑑》卷二三七，頁2329。

〔註25〕《唐語林》卷八，世界書局，1967年再版，頁267。

〔註26〕《新唐書》卷五十〈兵志〉，頁1328。

自私賦稅，厚自奉養，並且「以土地傳子孫，脅百姓，加鋸其頸。」〔註27〕肆行暴虐，自專刑殺，儼然是個獨立王國。藩鎮經常相互攻伐，侵奪、併吞，「喜則連橫而叛上，怒則以力而相併，又其甚則起而弱王室。」〔註28〕猖獗叛亂，擁兵與朝廷對抗，《新唐書》載：魏博、成德、盧龍、淄青、滄景、宣武、彰義、澤潞等藩鎮「蔡附齊連，內裂河南，爲合縱以抗天子。」〔註29〕唐王朝則僅圖苟安一時而屈法容之，姑息遷就，束手以視其坐大，於是天下藩鎮盡成無法無天之地。李商隱〈行次西郊作一百韻〉，痛感藩鎮橫暴、桀驁不馴，迫使國亂民困，唐室傾斜，社稷危殆，有如風中殘燭，酷似一個半身不遂的病人：「如人當一身，有左無右邊。筋體半痿痺，肘腋生臊羶。」蓋爲寫實沉痛之語。

內有宦官、朋黨交叉弄政，藩鎮割劇叛亂，外有邊疆強蕃虎視，吐蕃、南詔、回紇頻頻寇邊。君主黷武窮兵，數十年之間，海內大亂，烽煙四起，「九土盡用兵」，正如溫庭筠〈上蕭舍人啓〉所述：「邊塞失和，羌豪俶擾，煙塵驟起，烽燧相連。」〔註30〕漫天的戰火，遍地的煙硝，造成「北至衛滑，西極關輔，東盡青齊，南出江淮，州鎮存者僅保一城，極目千里，無復煙火。」〔註31〕兵燹劫餘，哀鴻遍野，瘡痍處處，「千村萬落如寒食，不見人煙空見花。」〔註32〕觸目所及盡是「白骨蔽地，荊棘彌望」〔註33〕的景象，天昏地暗，日慘風悲。令人望之心灰意冷，聞之肝腸寸斷。

〔註27〕《新唐書》卷二百一十〈藩鎮魏博列傳〉，見同註上，頁5921。

〔註28〕《新唐書》卷六十四〈方鎮一〉，中華書局，1966年，頁1759。

〔註29〕《新唐書》卷二百一十〈藩鎮魏博列傳〉，見同註上，頁5921。

〔註30〕《全唐文》卷七百八十六，頁8231。

〔註31〕《通鑑紀事本末》卷三七〈黃巢之亂〉，見同註3，頁1844。

〔註32〕韓偓〈自沙縣抵尤溪縣值泉州軍過後村落皆空因有一絕〉，《全唐詩》卷六百八十一，中華書局，1960年，頁7802。爲省篇幅，後文再引自《全唐詩》者，僅標明頁碼。

〔註33〕《資治通鑑》卷二五七，頁2541。

第二節　賦斂徭役無度，民亂蜂起

唐代後期自德宗建中元年（西元 780 年）廢除租庸調制，實行兩稅法以後，土地兼併之風更加熾烈，「豪民侵噬產業不移戶，州縣不敢徭役，而徵稅皆出下貧。」〔註34〕衣錦曳帛的統治者以爲「山澤之利，宜歸王者」，爲了滿足私人的糜爛生活，維持搖搖欲墜的政權，把沉重的賦稅轉嫁在窮苦百姓身上，苛捐雜稅有增無已，黎民財殫力竭，「鬻親愛，旬輸月送，無有休息。」〔註35〕朝耕暮耘，終年辛勤所得，盡作官家稅，形成「富者有連阡之田，貧者無立錐之地。」〔註36〕貧富分化懸殊，民生益艱。當時宰相陸贄在奏議中就寫道：

> 今制度弛紊，疆理隳壞，恣人相吞，無復畔限。富者兼地
> 數萬畝，貧者無容足之居。〔註37〕

更由於藩鎮各專租稅，力強者多「挾天子以令諸侯」，力弱者則竭力拉攏中官，以求內援，於是出現了「羨餘」、「助軍」、「助賞」、「月進」、「日進」、「宮市」、「除陌錢」等額外雜稅。〔註38〕無名稅數不勝數，所謂：「科斂之名凡數百，廢者不削，重者不去，新舊仍積，不知其涯。」〔註39〕總之是以勞筋苦骨之人，奉養坐衣待食之輩，敲骨吸髓，賦斂無度，造成農村破產，田園荒蕪，逃亡的浪潮隨之而起，「哀號於道路，逃竄於山澤，夫妻不相活，父子不相救。」〔註40〕以至輾轉溝壑，「道死者多矣」。〔註41〕

〔註34〕《新唐書》卷五十二〈食貨二〉，頁 1361。

〔註35〕《新唐書》卷五十四〈食貨四〉，見同註上，頁 1382。

〔註36〕《舊唐書》卷十九〈懿宗紀〉，頁 681。

〔註37〕《陸宣公翰苑集》卷二十二〈均節賦稅恤百姓六條〉其六〈論兼併之家私斂重於公稅〉，見《四部叢刊正編》（〇三四），臺灣商務印書館，1979 年，頁 196。

〔註38〕《新唐書》卷五十二〈食貨二〉，見同註34，頁 1358。

〔註39〕《舊唐書》卷一一八〈楊炎傳〉，見同註36，頁 3421。

〔註40〕劉允章〈直諫書〉，《全唐文》卷八百四，臺灣大通書局，1979 年四版，頁 110654。爲省篇幅，後文重出者，僅標明頁碼。

〔註41〕沈亞之〈對省試策〉第三道，《全唐文》卷七三四，見同註上，頁 9591。

人禍之外，天災不斷，水災、旱災、蝗禍接踵而至。懿宗時：

> 淮北大水，征賦不能辦，人人思亂。……自關東至海大旱，
> 冬蔬皆盡，……乾符初，大水，山東饑。〔註42〕

喪亂再逢凶荒，雪上加霜，朝廷不知撫存，百姓實無生計。當時社會
百病叢生，國有「九破」，民有「八苦」。〔註43〕黎民百姓寒無衣饑無
食，窘迫無告之苦，歷歷如在目前。僖宗咸通十四年，關東再度發生
旱災，赤地千里，滿目蕭條。翰林學士盧攜上言，慨陳民瘼深重，已
是走投無路：

> 關東去年旱災……貧者磑蓬實爲麵，蓄槐葉爲齏。……今
> 所在皆饑，無所投依，坐守鄉閭，待盡溝壑。其蠲免餘稅，
> 實無可徵。……租稅之外，更有他徭。〔註44〕

昭宗時，「五六年間，民無耕織，千室之邑，不存一二，歲既凶
荒，皆膾人而食，喪亂之酷，未之前聞。」〔註45〕出現駭人聽聞的人
爭相食、父食其子慘象。年年凶荒征戰，蒼生陷溺無窮的災難和痛苦
之中。還有遍地虎狼，狂徵暴斂，裝腔作勢，個個如鷹隼般的兇狠，
百姓皆「畏之如豺狼，惡之如讎敵。」〔註46〕民怨沸騰，已至「時日
曷喪，予及汝偕亡」的地步。人民因逃稅而流亡，終而被迫鋌而走險，
淪爲盜賊：「自懿宗以來，奢侈日甚，用兵不息，賦斂愈急……，百
姓流殍，無所控訴，相聚爲盜，所在蜂起。」〔註47〕「乾符之際，歲

〔註42〕《新唐書》卷五十二〈食貨二〉，頁1362。

〔註43〕懿宗朝時，劉允章上言：「今天下蒼生，凡有八苦，陛下知之乎？官
吏苛刻，一苦也。私債徵奪，二苦也。賦稅繁多，三苦也。所由乞
斂，四苦也。替逃人差科，五苦也。冤不得理，屈不得訴，六苦也。
凍無衣，飢無食，七苦也。病不得醫，死不得葬，八苦也。」《全唐
文》卷八○四劉允章〈直諫書〉，見同註40。

〔註44〕《資治通鑑》卷二百五十二〈唐紀六十八〉載盧攜語，頁2489。

〔註45〕《舊唐書》卷二十〈昭宗紀〉，頁737。

〔註46〕《舊唐書》卷一百九十〈劉蕡傳〉，頁5071。

〔註47〕《通鑑紀事本末》卷三十七，見《四部叢刊正編》（○一三），臺灣商
務印書館，1979年，頁1826。

大旱蝗，民愁盜起，其亂遂不可復支。」〔註48〕民亂一波接一波，其中較著者，有懿宗咸通元年（西元 856 年）的裘甫亂及咸通九年（西元 864 年）龐勛領導的兵變。僖宗乾符元年（西元 874 年）終於爆發歷史上著名的王仙芝、黃巢起義，規模之大，波及全國，時間之長，延續十年之久，直到西元 907 年唐亡止。

晚唐政治混亂擾攘，戰火蔓延不息，徵賦徭役不盡，民生凋敝，司馬光的一段話足以概括，他說：「於斯之時，閹寺專權，脅君於內，弗能遠也；藩鎮阻兵，陵慢於外，弗能制也；士卒殺逐主帥，拒命自立，弗能詰也；軍旅歲興，賦斂日急，骨血縱橫於原野，杼軸窮竭於里閭。」〔註49〕將傾的國勢，昏暗的社會，遲暮的歷史，種種的紛亂矛盾成為創作泉源。胡適說：「八世紀中葉以後的社會是個亂離的社會，故這個時代的文學是呼號愁苦的文學，是痛定思痛的文學，內容是寫實的，意境是眞實的。」〔註50〕處於風雨如晦的黑暗環境裡，詩人感時喟事，哀憫生民之苦難，多將熱情激化爲悲憤的呼喚，具有諷諭諫誠精神的社會詩作躍爲主流，現實主義精神，再次得到充分的滋長與壯大。

「甘露之變」是晚唐嚴重內耗，幾乎殺盡了朝廷賢俊，也斷了唐朝的國脈。文人們鑑於慘痛之教訓，只圖苟全性命於亂世，灰心喪氣，遠禍避凶，成為不可逆轉的普遍心態。「士既不得從容於學，而偷生避難，僅存於鋒鏑之間者，亦苟驪旦夕，唯恐後時。」〔註51〕詩人面對覆亡的危機，有亡國之憂、黍離之悲，卻無力回天，憂患深重、襟抱難展，看不到光明，找不到出路，失望抑鬱的情懷無處宣洩，只有從燈紅酒綠聲色場中尋求短暫的解脫。迷戀閨帷生活，流連舞榭歌臺，走到消遣玩味、尋歡逐樂的逃避現實的路子，沉溺於歌兒舞女、樽前花間，恣樂於長夜之歡、醉生夢死，尋求耳目之悅和感官享受，

〔註48〕《新唐書》卷九〈懿宗僖宗紀〉贊，頁 281。
〔註49〕《資治通鑑》卷二四四〈唐紀六十〉，頁 2402。
〔註50〕《白話文學史》上卷第十四章〈杜甫〉，遠流出版，1986 年，頁 80。
〔註51〕陳柱《中國散文史》認爲晚唐國勢日衰，干戈擾攘，世風衰敗，士風亦然。臺灣商務印書館，1991 年，頁 230。

全身心沉醉在脂粉氛圍、靡靡之音中。時代消磨盡他們的意志，造就了他們感傷、消極的心理，玩世不恭，自暴自棄。對現實的失望促使他們轉向個人生活小天地，幽幽地吟唱狹窄天地裡的個人情思，於是，書寫風流繾綣的豔詩，格外受到青睞。政局總體崩裂，天下岌岌不安，正統思想地位動搖，文學創作中的愛情意識便以「異端」之勢興起，大爲氾濫。此對於「風人體」之流行，也有推波助瀾的作用。

第三節　科舉風氣敗壞，寒士困阨

科舉既是唐代士子謀生之路，也是實現人生理想的唯一途徑，然時移世變，名場龍門成爲艱難阻隔。唐季兵革屢作，動盪不安，統治者無暇及此，宣宗之後，士族門閥勢力抬頭，舉場風氣漸趨敗壞，尤其是咸通、乾符年間，隨著現實政治的急遽崩潰，科舉隨之迅速腐化齷齪，早已名存實亡。對於如「咸通十哲」〔註52〕這類貧寒士子來說，恐怕再也不是捷徑，而是滿佈荊棘、險峻狹窄的崎嶇鳥道。洪邁《容齋隨筆》論唐之科舉曰：

> 唐世科舉之柄，專付之主司，仍不糊名。又有交朋之厚者爲之助，謂之通榜。故其取人也畏於譏議，多公而審。亦有脅於權勢，或撓於親故，或累於子弟，皆常情所不能免者。若賢者臨之則不然，未引試之前，其去取高下，固已定於胸中矣。〔註53〕

一開始還重薦導，以求得「通榜」，所以干謁的文字最多，「行卷」、「溫

〔註52〕計有功《唐詩紀事》卷七十〈任濤〉和〈張喬〉條載，鄭谷、張喬、張蠙、許棠、俞坦之、任濤、周繇、李昌符、溫憲、李栖遠、劇燕、吳罕凡十二人，被時人稱爲「十哲」。《四部叢刊正編》（〇九九），臺灣商務印書館，1979年，頁570、571。是指唐懿宗咸通年間由一些舉子、及第進士和下層官吏組成的詩人群。元・辛文房《唐才子傳》卷九〈鄭谷〉條又稱他們爲「芳林十哲」，人數略有出入，名字寫法也不盡統一。世界書局，1985年五版，頁160。爲省篇幅，後文重出者，僅標明頁碼。

〔註53〕《容齋四筆》卷五〈韓文公薦士〉條，大立出版社，1981年，頁669。

卷」蔚為風尚，如孟浩然藉〈臨洞庭上張丞相〉詩，求助於張九齡；朱慶餘以〈閨意獻張水部〉，投石問路於張籍。眾多舉子們為了及一第，奔走權勢門庭，投文獻詩，希冀援引，猶不失氣節。流至於末，依恃門第高貴，仰賴顯官提攜，干謁衍為奔競走私。去取不問士行文藝，而主要是靠金銀的分量賄賂請託，甚而賣身投靠，於是，縱使胸無點墨，亦登第有望。〔註54〕時人黃滔記錄了這樣的事實：「咸通、乾符之際，豪貴塞龍門之路，平人藝士，十攻九敗。」〔註55〕又說：

　　咸通、乾符之際，龍門有萬仞之險，鶯谷無孤飛之羽。才
　　名則溫岐、韓鍊、羅隱，皆退黜不已。〔註56〕

　　《唐摭言》載當時裴筠娶蕭楚公女，言定未幾，便推進士〔註57〕，可見一斑。至於朝中無奧援，家中無厚積，復拙於鑽營的才德之士，往往難以勝出，應舉時間之長、情狀之艱成為普遍現象。這種日益濃厚的趨炎附勢之惡習，也腐蝕了當時最重要的進士科：「初采名望，後滋請托，至標榜與請托爭途，朋甲共要津分柄。」〔註58〕連結朝臣，各樹朋甲，變本加厲，相互攻訐，壟斷科場以厚植黨援，場屋成為現實權力鬥爭的延伸地。無數寒士在可望而不可及的仕進誘惑中，輾轉追求，消靡其中，白白耗盡畢生心血。〔註59〕不是潦倒街頭，「竟為冥

〔註54〕王定保《唐摭言》卷六〈公薦〉條曰：「得舉者不以親則以勢，不以賄則以交；其不得舉者，無媒無黨，有行有才，處卑位之間，仄陋之下，吞聲飲氣，何足算哉！」世界書局，1967年再版，頁67。

〔註55〕《黃御史公集》卷五〈莆山靈岩寺碑銘〉，《四部叢刊正編》（〇三八），臺灣商務印書館，1979年，頁67。

〔註56〕《黃御史公集》卷六〈司直陳公墓誌銘〉，見同註上，頁73。

〔註57〕《唐摭言》卷九〈誤掇惡名〉條載：「裴筠婚蕭楚公女，言未定幾，便擢進士。羅隱以一絕刺之，略曰：『細看月輪還有意，信知青桂近嫦娥。』」世界書局，1967年再版，頁94。

〔註58〕《唐音癸籤》卷二十六〈談叢二〉，世界書局，1985年五版，頁230。為省篇幅，後文重出者，僅標明頁碼。

〔註59〕《唐摭言》卷二〈為等第後久方及第〉條載：「黃頗以洪奧文章，蹉跎者一十三載；劉蛻以平漫子弟，汨沒者二十一年。溫岐濫竄於布衣，羅隱負冤於丹桂。」見同註57，頁16。

路之塵」，就是含恨歸鄉，「沒作千年之恨骨」。〔註60〕此時堪稱科舉史上最爲黑暗的時期。

　　作爲直接與詩人命運相關的科舉制度，也促使晚唐詩風的轉變。場屋中不僅出題限韻，要求一切如式，而且要寫得雍容華貴、工整贍麗，刻露華靡、典實富豔。〔註61〕試帖詩受限於種種清規戒律，弄得支離破碎、面目全非，至於格調風骨，自然是蕩然無存了。藩鎮勢力的發展削弱了文人在社會政治生活中的地位和作用，而日形激烈的黨爭，更是嚴重地挫傷了知識份子的政治熱情，再有科場蹭蹬等連串的挫折打擊，入世不得，出世又不甘，主觀願望與客觀現實的強烈反差，造成痛苦壓抑、矛盾交織的心態。這些寒素士子之遭冤怨怒，引起絕大多數晚唐詩人的共鳴，很自然地，詩歌多集中反映種種屈抑不平之苦，所以多窮苦之言。詩中，可清晰讀到生命的苦澀，讀到心靈的頹唐，更可以讀到末世的愁思哀音。〔註62〕

　　在仕途上迭遭「阻隔」的詩人，在自傷自嘆，自暴自棄之餘，對於世態炎涼，人間不平，體會殊深，乃將此「窮苦之言」轉化爲慷慨的憤怒號呼。他們接受了漢魏詩人和陶淵明的影響，又直接受到唐代前賢的薰陶，致力於古詩和樂府民歌的創作，以筆做刀槍，以詩歌爲諫章，傷時念亂，憫人淑世，怨刺譏彈，直筆不隱，精切深微地展示晚唐政治生活的屏幕，並通過對社會癰疽的剖示，原求得失治亂。詩

〔註60〕唐昭宗光倫三年十二月，左補闕韋莊奏文曰：「詞人才子，時有遺賢，不沾一命於聖明，沒作千年之恨骨。據臣所知，則有李賀、皇甫松、李群玉、陸龜蒙、趙光遠、溫庭筠……（按：共舉十四人），俱無顯遇，皆有奇才，麗句清詞，遍在詞人之口，銜冤抱恨，竟爲冥路之塵。」見宋・洪邁《容齋三筆》卷七〈唐昭宗恤祿儒士〉條，大立出版社，1981年，頁501。
〔註61〕葛立方《韻語陽秋》卷二曰：「應制詩非他詩比，自是一家筆法，大抵不出於典實富豔爾。」見清・何文煥輯《歷代詩話》頁498。
〔註62〕余成教《石園詩話》卷二引徐獻忠語曰：「唐自大中間，國體傷變，氣候改色，人多商聲，亦愁思之感。」見郭紹虞編《清詩話續編》（下），頁1777。

中揉合著現實生活的血淚，字裡行間充溢著憤懣的氣息。

此外，正由於晚唐的政治生活空間令人窒息失望，「欲回天地」的抱負無從施展，在這種舉步維艱、屏息累足的政治環境中，詩人們雖有挽狂瀾於既倒的願望，但指陳利病的諸多改革主張，不僅不被採納，反而因的得罪當權者而遭貶逐，甚或殺害。〔註63〕詩人處境險惡，不敢直言傾吐內心的願望與要求，所以藉用「諧音隱語」這種迂迴的表達形式，寫成政治諷刺詩；借夫婦之道，以喻君臣之義，恰如《離騷》中滿紙「香草」「美人」，表面道情，實則辭微文約，委婉諷諭。

第四節　世衰俗奢，文人浮薄成風

無可挽回的政治上的衰變，和時代心理上的衰落，中唐後期已漸明顯。史家謂：「貞元之風尚蕩」、「長安風俗自貞元侈於游晏」，〔註64〕詩人也說：「至於貞元末，風流恣綺靡。」〔註65〕這既針對詩文而言，同時也是當時社會習尚的概括。

晚唐之際，詭黨風趨，由於門閥制度之影響，社會秩序破壞，貴族養尊處優，縱遊耽樂之風甚熾。尤其是宮廷之中，諸帝皆荒酣無儉，昏狂無歛：憲宗晚年，求神仙，迎佛骨，採靈芝，吃金丹，沉湎於畋獵嬉游之中，身罹不測之禍〔註66〕；穆宗醉心酒池肉林，笙歌不絕，大臣皆「不知乘輿所在」；敬宗「御三殿，觀兩軍、教坊、內園分朋驢鞠、角抵。戲酣，有碎首折臂者，至一更二更方罷。」〔註67〕至於咸通時期更是以驕奢為榮的年代，韋莊〈咸通〉詩鮮明地描繪了當時

〔註63〕《資治通鑑》卷二百五十三〈唐紀六十九〉載當時左拾遺侯昌業曾因盜賊滿關東，而上不親政事，專務遊戲，賞賜無度，上疏極諫，反遭僖宗賜死。頁2502。

〔註64〕李肇《唐國史補》卷下，世界書局，1968年再版，頁57、60。

〔註65〕杜牧〈感懷詩〉，《全唐詩》頁5937。

〔註66〕《新唐書》卷七〈憲宗紀〉歐陽修贊曰：「及其晚節，信用非人，不終其業，而身罹不測之禍。」頁219。

〔註67〕《舊唐書》卷十七〈敬宗紀〉，頁520。

世風：

> 咸通時代物情奢，歡殺金張許史家。
> 破產競留天上樂，鑄山爭買洞中花。
> 諸郎宴罷銀燈合，仙子游迴璧月斜。
> 人意似知今日事，急催弦管送年華。

懿宗李漼的生活則是：「好音樂宴游，殿前供奉樂工常近五百人。每月宴設不減十餘，水陸皆備。聽樂觀優，不知厭倦。賜與動及千緡。⋯⋯每行幸，內外諸司扈從十餘萬人，所費不可勝紀。」他並且好佛，咸通十四年（西元 873 年）春三月，遣敕使詣法門寺迎佛骨入京，曰：「朕生得見之，死亦無恨。」〔註68〕游樂宴饗，晨昏狂歡，民脂民膏揮霍如土。滿朝文武、舉國上下浩浩蕩蕩，極盡鋪張浪費之能事：

> 廣造浮屠、寶帳、香轝、幡花、幢蓋以迎之，皆飾以金玉、錦繡、珠翠。自京城至寺三百里間，道路車馬，晝夜不絕。夏四月壬寅，佛骨至京師，導以禁軍兵杖、公私音樂，沸天燭地，綿亙數十里。⋯⋯富室夾道爲綵樓及無遮會，競爲侈靡，⋯⋯宰相以下競施金帛，不可勝紀。〔註69〕

佞佛情形，殆屬空前。僖宗時更是「風俗奢侈，不營根本，各務誇張。及登科第，傾資竭產，屋地踰於制度，喪葬皆越於禮儀。」〔註70〕且好與內園小兒狎昵，賞賜樂工、伎兒，所費動以萬計，府藏因而空竭。由於恣歌狂舞，游幸無度，君王個個幾乎成了聾子、瞎子、傻子：「乾符二年，京兆尹楊知至奏：蝗蟲入京畿，不食稼。宰相皆賀。」〔註71〕可謂極其荒謬。

由於禮樂崩壞，道統沉淪，統治者恣肆享樂，醉生夢死，王公大臣亦多貪奢淫逸。飲食、服用、玩賞、遊樂、垣屋等，皆極度奢侈。王夫之論之極是透徹：

〔註68〕《資治通鑑》卷二百五十〈唐紀六十六〉，頁 2473。
〔註69〕《資治通鑑》卷二百五十二〈唐紀六十八〉，頁 2488。
〔註70〕《全唐文》卷八十九〈南郊赦文〉，頁 1166。
〔註71〕見同註69。

上崇侈而天下相習以奢，郡邑之長，所入凡幾，而食窮水
陸，衣盡錦綺，馬飾錢珂，妾被珠翠，食客盈門，外姻麋
倚。……懿僖之世，相習於淫靡，上行之，下師以效之，
率士之有司胥然。……令狐綯嚴韋保衡執政以來，惟貨是
求。〔註72〕

再者，官僚皆以權位為意，朝野競以奢靡相尚，略舉一二史實證之：
文宗時「官才升於郎署，位始至於郡符，莫不高其閈閎，廣以池榭。」
〔註73〕「宰相王涯奢豪，庭穿一井，金玉為欄，嚴其鎖鑰，天下寶玉
真珠，悉投於中，汲其水，供涯所飲。」既僭侈逾越制度，且耗蠹傷
財。「武宗朝，宰相李德裕奢侈，每食一杯羹，其費約三萬，為雜以
珠玉寶貝，雄黃朱砂，煎汁為之。」〔註74〕昭宣帝時，羅紹威召朱全
忠至魏，留半歲，「供億所殺牛羊豕近七十萬，資糧稱是，所賂遺又
近百萬；比去，蓄積為之一空。」〔註75〕一般士大夫習染既深，更是
「今朝有酒今朝醉」，笙歌舞榭，沉溺肉池酒林。《唐語林》載：「太
常卿（封敖）上日，庭設九部樂，盡一時之盛。敖欲便於觀閱，遂就
私第視事。」〔註76〕為滿足一時的聲色之娛，竟置朝廷禮法於不顧。

　　上有所好，下必從之，文人也以狎游晏飲為樂，多狂薄之行。前
文述及，科舉誘發了文人庶族鑽營奔競之情，激起士子阿諛媚之態，
貴冑子弟尚且為晉身而行請託結黨之事，貧寒窮士更是不遺餘力地通
關節，求賞識。人人「躁進苟得」，所以「浮薄」之氣日趨濃厚，其
中又以進士科最引人注目。唐代進士放蕩無忌之風，始於天寶，至僖
宗、懿宗兩朝達於頂點。《文獻通考》云：「進士科當唐之晚節，尤為
浮薄，世所共患也。」〔註77〕晚唐進士禮法觀念淡薄，喜作放縱豔冶

〔註72〕《讀通鑑論》卷二十七〈唐僖宗〉條，見同註4，頁576。
〔註73〕《全唐文》卷七十四〈冊立皇太子德音〉，頁970。
〔註74〕《太平廣記》卷二百三十七，中華書局，1961年，頁1824。
〔註75〕《資治通鑑》卷二百六十五〈唐紀八十一〉，頁2624。
〔註76〕《唐語林》卷七，世界書局，1967年再版，頁242。
〔註77〕參見陳寅恪《元白詩箋證稿》第四章〈豔詩及悼亡詩〉，世界書局，
　　　　1975年，頁86。

之遊，這恐怕是浸乎時風無可避免的結果。僖宗時人孫棨《北里志‧序》中，作了具體的描述：

> 由是僕馬豪華，宴游崇侈……近年延至仲夏，京中飲妓，籍屬教坊，凡朝士宴聚須假諸曹署行牒，然後能致於他處，惟新進士設宴顧吏，故便可行牒，追其所贈之資，則倍於常數。諸妓皆居於平康里，舉子、新及第進士、三司幕府，但未通朝籍未直館殿者，咸可就詣。〔註78〕

近人魯迅指出：「唐人登科之後，多作冶遊，習俗相沿，以爲佳話，故伎家故事，文人間亦著之篇章。」〔註79〕陳寅恪也說：「以故唐代進士科，爲浮薄放蕩之徒所歸聚，與娼妓文學殊有關連。」〔註80〕徵歌逐舞，狎妓冶遊，藉以鬆弛久困科場和官場的疲勞神經，是晚唐進士放浪形骸的具體顯像。其時，這些道教中之女冠妖冶嫵媚，與風流文士間過從甚密，情意纏綿，往來匹配，時有旖旎浪漫之事，成爲文人所津津樂道的題材。文人在妓宴歌席上消磨壯志，呈露詩才，於是青樓歌館中的紅粉翠黛、繡襦羅裙，一一進入詩中，出現了不少吟詠男女戀情、描寫閨閣歌妓的作品。

第五節　都市繁榮，孕育唯美豔情

晚唐政局，朝綱日非、烽火連綿，是一個異常汙濁而混亂的年代。淒風苦雨一片，然而都市的經濟卻是畸形繁華，「滿耳笙歌滿眼花，滿樓珠翠勝吳娃」〔註81〕，城市成爲遊樂之所。加上動盪的社會，造成人心的浮動，心中層層壓力，唯有逃到酒色之鄉中釋放解脫，混跡市

〔註78〕馬端臨《文獻通考》卷二十九〈選舉二〉，商務印書館，1987年臺一版，頁276。

〔註79〕《北里志‧序》，見明‧陶宗儀等編《說郛三種》，上海古籍出版社，1988年，頁3610。

〔註80〕《中國小說史略》第二十六篇〈清之狹邪小說〉，見《魯迅全集》（九），人民文學出版社，1991年，頁256。

〔註81〕韋莊〈陪金陵府相中堂夜宴〉，《全唐詩》頁8018。

井青樓與歌兒舞女消磨終生。「笙歌錦繡雲霄裡，獨許詞臣醉似泥。」
〔註82〕藉之以尋求精神滿足與心理補償，並逃避亡國危機的恐懼。安
史之亂後，教坊中的梨園弟子大批流落民間，頓時，民間形成了「行
人南北盡歌謠」、「人來人去唱歌行」〔註83〕之景象，文人們醉心於「琵
琶起舞換新聲」的時調，流連於「歌舞留春春似海」〔註84〕的糜爛歲
月，這都直接促使都市生活進一步的活絡發展。時人吳融〈風雨吟〉
一詩，宛如浮雕般的刻畫時代生活：

> 姑蘇碧瓦十萬戶，中有樓臺與歌舞。
> 尋常倚月復眠花，莫說斜風兼細雨。
> 應不知天地造化是何物，亦不知榮辱是何主。
> 吾困長滿是太平，吾樂不極是天生。
> 豈憂天下有大憝，四郊習鬥常錚錚。

這就是當時的市井圖繪，直把杭州當汴洲了。任憑戰鼓催促烽火漫
天，總是充耳不聞，視而不見；蒼生苦難，國勢傾圯，皆非所憂所慮。
與之同步的便是：秦樓宴飲，楚館密約，遊春踏青，聽歌觀武……，
男女交往更為頻繁。人人尋求世俗歡樂，助長了淫靡頹風，並交匯成
一種特異的社會心態，促使六朝形式主義文學的幽靈，又在新的歷史
條件下還魂。同時，這樣的生活誘惑，又激化了詩歌同歌妓的結合，
落魄文人與失散流落的樂工歌伎，從欣賞愛慕轉向靈犀一點通的命運
嘆息和生死相依。愛情意識急速被催化，諸多愛而不得和愛而復失的
人生憾恨及愛情悲劇，成為詩歌創作的主題之一。濃豔之聲色，清婉
之風調，顯現其向唐初宮體回歸之趨勢，也與齊梁靡麗流蕩文風產生
相當程度的契合。

〔註82〕韓偓〈苑中〉，《全唐詩》頁 7789。
〔註83〕語出敦煌曲〈望遠行〉及劉禹錫〈竹枝詞九首〉其三。分見《敦煌
　　　　曲子詞集》上卷，王重民輯，商務印書館，1950 年，頁 20。《全唐
　　　　詩》頁 4112。
〔註84〕唐彥謙〈春日偶成〉云：「秦箏簫管和琵琶，興滿金尊酒量賒。歌舞
　　　　留春春似海，美人顏色正如花。」見《全唐詩》頁 7666。

　　當然也有以情愛為中心，向各方面輻射泛化的現象，其中包含著青春的遲暮、精神的孤寂以及理想的幻滅迷惘等。要之，懷念既往，墮入私情，以牢騷之言，頹放之行，表露內心的苦悶情緒，從官能的刺激享受中，尋求精神上的補償寄託，成了相當普遍的社會風氣。六朝時，唯美文風大張旗鼓，導源於政治之黑暗，文人特重寫美而謀調劑平衡；晚唐豔情詩，正有著相同的時代背景與文化土壤，許多詩歌藉豔情的帷幕以反映現實，紓其憂，託其志，沈鬱感概。〔註85〕再者，六朝《吳歌》、《西曲》完全是繁榮城市所孕育的產物，可稱之為「都市之歌」；同樣的，晚唐「風人體」也是在特定的城市環境中滋長的。換言之，都市經濟的畸形繁榮，對於風人體之成為時尚，不無煽動慫恿之功。

〔註85〕吳喬《圍爐夜話》，列舉韓偓綺豔詩六首，逐一分析，認為皆與時政有關。廣文書局，1973 年，頁 75。方回《瀛奎律髓》卷七評〈幽窗〉詩，明確點出：「惟《香奩》之作，詞工格卑，豈非世事已不可救，姑流連荒亡，以紓其憂乎？」《四庫全書・集部三〇五》，臺灣商務印書館，1986 年，頁 83。

第三章　社會詩之義界及其淵源

第一節　社會詩之義界

　　司馬遷在《史記・太史公自序》和〈報任安書〉中一再強調：「《詩》三百篇，大抵聖賢發憤之所爲作也。此人皆意有鬱結，不得通其道，故述往事，思來者。」〔註1〕劉勰說《詩經》作者是：「志思蓄憤，而吟詠情性，以諷其上」，是「爲情而造文」。〔註2〕孔穎達《詩大序・正義》也明言：「作詩者，所以舒心志憤懣，而卒成於歌詠。」〔註3〕三人都一致認爲《詩》之創作，絕不是爲文造情，無病呻吟，而是以「鬱」和「憤」爲其情感基調，以「諷諫」爲其主要目的。要言之，每逢社會動盪淪落、人生亂離飄零之際，置身於社會底層的詩人，心中有痛楚，有幽怨與悲憤，便不沈默，便要長吟哀歌，抒泄情緒。或傷時憫亂，觸景興寄；或針砭時弊，緣事諷諭，這個文學傳統從《詩經》、《楚辭》、建安文學以降，已經發展出一條歷史的長河。

　　《詩經》是中國韻文之祖，然其中並無「社會」一詞。唯「怨刺」

〔註1〕見梁・昭明太子《文選》，藝文印書館，1989年十一版，頁592。
〔註2〕《文心雕龍・情采篇》。
〔註3〕阮元刻本《十三經注疏》（二），藝文印書館，1981年，頁13。

二字數次出現，其中「怨」字三見，即《鄘風・氓》、《小雅・雨無正》及《小雅・谷風》〔註4〕；「刺」字分見於《魏風・葛屨》、《大雅・瞻卬》〔註5〕，皆作埋怨、怨恨，指責、諷刺講。以「怨」論詩，始於孔子〔註6〕；以「刺」命詩，則發韌於太史公〔註7〕。至於「怨刺」二字連用，專指某類詩歌，班固實開其端緒。《漢書》曰：「周道始缺，怨刺之詩起。」〔註8〕大陸學者朱東潤《詩三百篇探故》中，論及《詩經》主題時說：「要之則頌禱之詩少而怨刺之詩多，歡愉之情少而詛咒之情多，即在優遊身世之篇章，亦往往露其一縷之怨意。」〔註9〕大抵《詩》言憂怨怒者多，言樂歡頌者少，此眞風人用心之處。趙沛霖繼之，明確使用「怨刺詩」一詞。曾分《詩經》內容爲七類，且說：「從數量看，怨刺詩是三百篇的大宗。」〔註10〕其他多以「諷刺詩」、「諷諭詩」稱之，而置於「政治詩」中述說。劉大杰《中國文學發展史》將《三百篇》內容分爲宗教詩、宴獵詩、社會詩、情歌舞曲四類，同時又專文探討「社會詩」的產生及其價值。〔註11〕傅錫壬《中國文學史初稿》，也以「社會詩」名之，且著墨甚多。〔註12〕綜觀以上論

〔註4〕 《鄘風・氓》：「及爾偕老，老使我怨。」《小雅・雨無正》：「亦云可使，怨及朋友。」《小雅・谷風》：「忘我大德，思我小怨。」見同註上，頁136、411、435。

〔註5〕 《魏風・葛屨》：「維是褊心，是以爲刺。」《大雅・瞻卬》：「天何以刺，何神不富。」見同註上，頁207、696。

〔註6〕 《論語・陽貨》說：「詩可以怨」，《論語正義》孔注曰：「怨刺上政」，鄭注也說「怨，謂刺上政。」見《十三經注疏》（八），藝文印書館，1981年，頁156。

〔註7〕 《史記・周本紀》曰：「懿王之時，王室遂衰，詩人作刺」，見瀧川龜太郎《史記會注考證》，宏業書局，1980年再版，頁70。

〔註8〕 《漢書》卷二十二〈禮樂志〉，中華書局，1966年，頁1042。

〔註9〕 《詩三百篇探故・詩心論發凡》，上海古籍出版社，1981年，頁118。

〔註10〕 趙沛霖《詩經研究反思》分《詩經》內容爲祭祀詩、宴飲詩、史詩、農事詩、戰爭詩、怨刺詩和情詩七類。天津教育出版社，1989年，頁27～205。

〔註11〕 劉大杰《中國文學發展史》，華正書局，1980年，頁29，43～49。

〔註12〕 傅錫壬《中國文學史初稿》，石門圖書公司，1978年，頁72。

者所述諸詩，皆以現實社會生活爲題材，針砭時政，同情貧弱。舉凡政治腐化，社會紊亂，民生疾苦，均爲詩人譏刺歌詠的現象。從內容方面說，只要是社會寫實，聯繫民生，抒民痛，哀民艱，關懷國事興衰，抨擊統治階層，指斥昏君暴政、讒諛禍國，表達了一種深切的「恤人之心」和「憂民之意」，甚或抒發個人得失之怨、窮通之恨，而以諷諭爲旨歸，達到「洩導人情」，「救濟時病」的目的，這些因「人」、因「事」、因「情」而作的詩篇，皆可稱爲「社會詩」。

　　日人白川靜說：「多數的政治詩和社會詩，是在危機的情勢中寫成的。」又說：「政治社會走向崩潰的必然命運，纔可能產生這種詩篇的精氣。」〔註13〕說的是《詩經》中的變風變雅，也就是周代的「社會詩」。唯有在世衰亂離的環境中，才有所謂的變風、變雅，才有社會詩的產生。它反映「政治」，指出「問題」，敘人情，抒苦悶，怨刺世道，悲憫人生，所以說：社會詩是爲「浪漫」之後的「寫實」，是糾舉「浪漫不反映時代之缺失」，反動「浪漫」而生。其形式多爲五言，其次四言，部分爲雜言，多採古體，更確切地說便是「新樂府」〔註14〕，而較少用律絕近體表達；論其風格特色，大多具體描繪，甚少含蓄襯托，多用直賦而少比興，措辭明白如話，氣勢磅礴。大體而言，當社會動亂不安，人民生活困苦，朝廷政綱不舉之際，詩人的社會參與意識、責任感，鞭策他們不得不深情注視社會，進而挺身而出，一方面爲不幸的大眾代言，一方面向朝廷進行所謂的「詩諫」，給歷史留下可貴的見證。其次，詩人本身的思想與境遇也導致社會詩的產生。皮日休、陸龜蒙等晚唐詩人，景仰孔子，慕懷堯舜，對於詩歌具有強烈的現實使命感；論其境遇，則杜荀鶴、羅隱等始終與禍亂相伴，

〔註13〕《詩經研究》，杜正勝譯，幼獅文化公司，1974 年，頁 221。

〔註14〕白居易〈新樂府・序〉曰：「篇無定句，句無定字，繫於意，不繫於文。……其辭質而徑，欲見之者易喻也；其言直而切，欲聞之者深誠也；其事覈而實，使采之者傳信也；其體順而肆，可以播於樂章歌曲也。總而言之，爲君、爲臣、爲民、爲物、爲事而作，不爲文而作也。」見《全唐詩》頁 4689。

所以促使他們非寫作社會詩不可。

社會詩在晚唐詩壇，是獨具一格的別調與異響。詩人們都注意到那些威脅生活的種種危機與諸多不平衡的社會現象，選取和描述具有典型性的事件、場面，揭示時弊，傾瀉忿恨。表面上看來，社會詩好像只是消極的描寫人生社會、悲慘痛苦的一面，其實這些旗幟鮮明、如匕首投槍的詩作，不啻於震聾發聵的呼喊，喚醒詩人久已冷漠的良知，促使他們再度正視苦難的現實，以及長期被蹂躪壓榨的貧苦大眾。子曰：「詩可以興、可以觀、可以群、可以怨。」〔註15〕社會詩適足以當之。它反映社會百態，慰藉生民心靈，使痛苦的人減少痛苦，且有令人振作奮發，進而改造社會、改善人生的撥亂反正之積極作用。

第二節　社會詩之淵源

東漢何休提出詩歌創作動機是：「飢者歌其食，勞者歌其事。」〔註16〕生動說明了中國詩歌的現實主義傳統，「社會詩」就屬這個傳統的主動脈。論其淵源，肇端於《詩經》、漢魏樂府，發展於杜甫、元結、元稹、白居易，歷代承傳，諷詠不絕，至晚唐皮日休、杜荀鶴、聶夷中、陸龜蒙、曹鄴、羅隱等，蔚爲風潮。

一、祖襲《詩三百》美刺傳統

春秋後期，王室傾頹，諸侯紛爭，人民備受戰亂蹂躪，飽嚐苦難煎熬，於是，大量的「變風」、「變雅」相繼出現。〈詩大序〉云：「至於王道衰，禮義廢，政教失，國異政，家殊俗，而變風、變雅作矣。」〔註17〕這種以風諷上的怨刺詩，包含政治諷刺詩和世俗諷刺詩。「國史明乎得失之跡，傷人倫之廢，哀刑政之苛，吟詠情性，

〔註15〕《論語・陽貨篇》，見《十三經注疏》（八），藝文印書館，1981年，頁156。

〔註16〕《春秋公羊傳・宣公十五年解詁》，見《十三經注疏》（七），藝文印書館，1981年，頁208。

〔註17〕〈詩大序〉，見《十三經注疏》（二），藝文印書館，1981年，頁16。

以風其上。」〔註 18〕「傷人倫之廢」即是世俗諷刺詩;「哀刑政之苛」便是政治諷刺詩。多分佈於《國風》和《二雅》中,《邶風·新臺》譏刺衛宣公築新臺強娶兒媳的醜事;《鄘風·墻有茨》揭露衛國貴族的荒淫無恥;《齊風·雞鳴》、《陳風·株林》指斥陳靈公淫於夏姬之事。《大雅·桑柔》、《大雅·民勞》及《小雅·四牡》、《小雅·四月》、《小雅·巷伯》、《小雅·何人斯》等等,都是著名的怨刺之作。其寫作動機是:「維是褊心,是以爲刺」(《魏風·葛屨》);「夫也不良,歌以諷之」(《陳風·墓門》);「家父作誦,以究王凶,式訛爾心,以畜萬邦」(《小雅·節南山》);「君子作歌,維以告哀。」(《小雅·四月》) 可見刺詩之志憂而愁,刺詩之情哀而傷。詩人們往往採用旁敲側擊,去實就虛的傳達方式,有力地鞭撻了那些害禮失尊、傷風敗俗的衣冠禽獸;諷刺統治者縱欲亂倫、荒淫無恥;當然也斥責批判了那些終日沉溺歌舞而無德望的遊蕩公子,揭露了統治階層內部日益激化的矛盾衝突,反映了西周中期以後王道之凌遲。其共同特色和普遍規律即是「鬱激相融」而重於「激」。

　　「美刺」是美與刺二種關注現實社會的表現。〈詩大序〉說:「上以風化下,下以風刺上,主文而譎諫,言之者無罪,聞之者足以戒,故曰風。」鄭玄加以解釋說:「風化、風刺,皆謂譬喻不斥言也。主文,主與樂之宮商相應也。譎諫,詠歌依違,不直諫也。」〔註 19〕這段話指出「刺」詩應當具有含蓄委婉不直露的特點。《詩譜序》則把「美刺」作了區分:「論功頌德,所以將順其美;刺過譏失,所以匡救其惡。各於其黨,則爲法者彰顯,爲戒者著明。」〔註 20〕美刺並舉,而重在於「刺」,因爲只有具備批判、揭露和抒發怨憤的詩歌,才能真正達到「正得失」的作用,於是,「美刺詩」發展到後來,已成爲

〔註18〕見同註上,頁 17。
〔註19〕〈詩大序〉,見《十三經注疏》(二),藝文印書館,1981 年,頁 16。
〔註20〕〈詩譜序〉,見同註上,頁 4。

「刺詩」的代名詞了。《國風》一百六十篇，明標爲「美」或「刺」者九十八篇（其中刺詩七十九，美詩十九），佔總數百分之六十一；《小雅》實存七十四篇，標明「美」或「刺」者五十一篇（其中刺詩四十四，美詩七），佔百分之六十九；《大雅》三十一篇，明標「美」、「刺」者十八篇（其中刺詩九，美詩九），佔百分之五十八。朱自清《詩言志辯》指出：《三百篇》談到創作目的的有十二篇，這十二篇中，除三篇爲頌美外，其他九篇均爲諷諫、譏刺，「所以『言志』不出乎諷與頌，而諷比頌多。」〔註21〕可見詩言志，刺多於美。

《詩經》中的社會詩，主要反映的時代，是從周厲王到平王東遷這段期間。試將這些刺世之詞分類列舉篇目如下：

（一）諷諭朝政的，如《小雅》中的〈節南山〉、〈正月〉、〈十月之交〉、〈雨無止〉及《大雅》中的〈民勞〉、〈抑〉、〈桑柔〉、〈瞻卬〉等。

（二）寫戰爭及行役之苦痛的，如《周南・卷耳》，《王風》中的〈黍離〉、〈君子於役〉、〈揚之水〉，《魏風・陟岵》，《唐風・鴇羽》，《豳風・東山》，《邶風・擊鼓》及《小雅》中的〈採薇〉、〈出車〉、〈杕杜〉、〈六月〉、〈何草不黃〉等。

（三）刺貪官汙吏及重斂的，如《魏風》中的〈伐檀〉、〈碩鼠〉。

（四）寫社會貧富懸殊、百姓生活困苦的，如《小雅》中的〈正月〉、〈蓼莪〉、〈北山〉、〈苕之華〉及《大雅・召旻》。

《詩三百》撐起「美刺」旗幟，爲後代樹立了良好典範。不論是陳子昂〈感遇〉詩用比興、寄託手法，揭示社會弊端，或杜甫、元結、白居易等的委婉頓挫之詞，都是美刺理論的深化與展延，總之是歸於「怨思」、「鬱憤」，遂「發爲歌詠」，結穴於「諷諭」之旨。至若皮日休〈正樂府・序〉云：「嘗有可悲可懼者，時宣於詠歌。」〔註22〕陸

〔註21〕《詩言志辯・詩言志》，漢京文化事業，1983年，頁9～11。
〔註22〕〈正樂府・序〉，見《全唐詩》頁7018。

龜蒙自述寫作宗旨曰:「詩人碩鼠之刺,於是乎在。」〔註23〕杜荀鶴
〈秋日山中寄李處士〉宣稱:「言論關時務,篇章見國風。」〔註24〕
聶夷中詩:「有三百篇意」〔註25〕。蓋晚唐社會詩作,遠紹《詩經》
之跡,清晰可辨。

二、步武漢魏樂府緣事而發

　　《詩經》中的抒情詩是「為情而造文」,而漢樂府民歌中的敘
事詩則可以說是「為事而造文」。班固《漢書・藝文志》說:「自孝
武立樂府而採歌謠,於是有代、趙之謳,秦、楚之風,皆感於哀樂,
緣事而發。」〔註26〕樂府詩是朝廷樂府機構的樂官們採集到的民間
歌詩,這些歌詩皆有所感而寫,因為事而作,真實地反映了民間疾
苦與百姓的心境、情緒。東漢末葉,社會長期動盪,朝廷積弱不振,
統治階層內部爭雄,相互傾軋,且軍閥並起,兵燹浩劫,更有黨禍
之變,黃巾之亂,極端混亂。此時湧現出「三曹」、「七子」和蔡琰
等詩人,掀起一股現實主義詩歌創作潮流,釀成慷慨悲愴的詩風,
形成了「建安風骨」〔註27〕,劉勰說:「觀其時文,雅好慷慨,良
由世積亂離,風衰俗怨,並志深而筆長,故梗概而多氣也。」〔註
28〕除了肯定建安文學的特點,同時也指出:因為「世積亂離,風
衰俗怨」這種社會根源,才有漢魏樂府之寫實感慨。

〔註23〕《甫里先生文集》卷十四〈鼈賦・序〉,《四部叢刊正編》(〇三七),
　　　　臺灣商務印書館,1979 年,頁 117。
〔註24〕《全唐詩》頁 7940。
〔註25〕楊慎《升庵詩話》卷十一評李約〈觀祈雨〉詩曰:「與聶夷中二絲五
　　　　穀之詩並觀,有三百篇意。」見清・李調元編纂《函海叢書》(十九),
　　　　宏業書局,1972 年,頁 12099。
〔註26〕《漢書》卷三十〈藝文志〉,中華書局,1966 年,頁 1756。
〔註27〕劉勰《文心雕龍・風骨篇》以及鍾嶸《詩品》,都反覆推崇建安時期
　　　　的文風。唐・陳子昂也盛贊「漢魏風骨」;李白並有「蓬萊文章建安
　　　　骨」(〈宣州謝朓樓餞別校書叔雲〉詩句。後來稱較能反映社會政治
　　　　現實,格調比較勁健的作品為有「風骨」。
〔註28〕《文心雕龍・時序篇》。

　　漢魏樂府中大量的敘事詩，社會問題的總總，皆涵容並包，廣泛反映，不妨說它就是一種民間文學、社會文學。詩人們藉著樂府詩的形式，直陳時事，發洩憂時憂民之思。例如寫戰爭及行役之慘狀，宜爲反戰詩代作：〈戰城南〉、〈十五從軍征〉、〈悲憤詩〉及王粲〈七哀詩〉、曹操〈蒿里行〉、陳琳〈飲馬長城窟行〉皆是；諷刺政治的，如〈平陵東〉；有更多是反映平民離恨、窮困的，如〈東門行〉、〈婦病行〉、〈孤兒行〉，或寫病婦，或寫孤兒，弱賤苦病。一幅幅流離貧民的生活圖，血淚交織，悽慘哀鳴。

　　《禮記・樂記》云：「凡音之起，由人心生也，人心之動，物使之然也，感於物而動，故形於聲。」〔註29〕已初步指出文學與社會生活的關係。陸機〈文賦〉說：「遵四時以嘆逝，瞻萬物而思紛；悲落葉於勁秋，喜柔條於芳春。」〔註30〕劉勰《文心雕龍・物色》曰：「春秋代序，陰陽慘舒，物色之動，心亦搖焉。」〔註31〕在在說明了自然景物及客觀事物對於人之感情的微妙作用，只是，多偏於自然之物。鍾嶸《詩品》，把「物」擴展到社會生活方面，提出社會上種種不同的生活現象，可以使人產生「寄詩以親」和「托詩以怨」兩種不同的情感。〔註32〕但其所指也僅限於詩人個人的歡樂哀怨，窮通榮悴；詩的社會作用也僅止於使人「窮賤易安，幽居靡悶」，尚未能完全擺脫「感物」說。梁代蕭綱提出了「感事」的觀點，他說：「或鄉思淒然，或雄心憤薄，是以沉吟短翰，補綴庸音，寓目寫心，因事而作。」〔註33〕正式跨越了「感物」範疇，然而其所因之「事」，仍側重於個人遭

〔註29〕《禮記・樂記》卷第三十七，見《十三經注疏》（五），藝文印書館，
　　　　1981 年，頁 662。
〔註30〕〈文賦〉，見梁・昭明太子《文選》，藝文印書館，1989 年十一版，
　　　　頁 245。
〔註31〕《文心雕龍・物色篇》。
〔註32〕《詩品・序》，見清・何文煥輯《歷代詩話》頁 3。
〔註33〕蕭綱〈答張纘謝示集書〉，見明・張溥《漢魏六朝百三家集・梁簡文
　　　　帝集》，新興書局，1976 年，頁 2624。

際感受，其視野也還是狹窄的。直到白居易的「感於事」，始擴展其範圍到有關國計民生的「政事」，也就是王政的得失、國家的興衰、人民的疾苦，一一在詩歌中顯現，以作爲施政者考察時闕，改良政治之依據。

　　樂府詩之遞嬗，自漢樂府「感於哀樂，緣事而發」肇其始，經建安曹氏父子「藉古題寫時事」的古題樂府之賡續。六朝而後，樂府率多模擬剽竊，陳陳相因，與音樂逐漸脫節。唐初尚有此不合樂之樂府，李白即其擅長者。以至杜甫不用樂府舊題，脫去窠臼，「即事名篇，無復依傍」〔註34〕的新題樂之發揚，而有元結〈系樂府十二首〉詠前世可稱嘆事〔註35〕；又衍爲高舉「歌詩合爲事而作」〔註36〕的元、白新樂府，爲詩歌反映時事開闢了廣闊的道路，洎至晚唐，皮日休「正樂府」洵爲嗣音。陸龜蒙、聶夷中、杜荀鶴等人，感切當時，目擊心傷，詠當世可悲可懼事，也創作不少光彩奪目、震撼人心的詩篇。他們取材於社會病態的各個方面，皆有醒目的標題，樸實的文字，且大多有一定的故事性、情節性，頗類於後來的報導文學；某些篇章議論激切，近乎政治雜感，同時詩中閃耀著詩人們恫瘝民瘼的胸懷，深得漢魏樂府的神髓。皮日休〈正樂府·序〉述之極爲詳盡。他說：

> 樂府，蓋古聖王采天下之詩，欲以知國之利病，民之休戚者也。……詩之美也，聞之足以觀乎功；詩之刺也，聞之足以戒乎政。……由是觀之，樂府之道大矣。今之所謂樂府者，唯以魏晉之侈麗，陳梁之浮豔，謂之樂府詩，眞不然矣。故嘗有可悲可懼者，時宣於詠歌，總十篇，故命曰：

〔註34〕元稹〈樂府古題序〉謂：「近代唯詩人杜甫〈悲陳陶〉、〈哀江頭〉、〈兵車〉、〈麗人〉等，凡所歌行，率皆即事名篇，無復倚傍。」《全唐詩》頁4604。

〔註35〕元結〈系樂府十二首並序〉云：「天寶辛未中，元子將前世嘗可稱歎者，爲詩十二篇，爲引其義以名之，總命曰系樂府。」見同註上，頁2696。

〔註36〕白居易〈與元九書〉，《白氏長慶集》卷二十八，見《四部叢刊正編》（○三六），臺灣商務印書館，1979年，頁315。

正樂府詩。〔註37〕

　　要言之，沒有漢樂府幾百年之繁榮聳翠，便沒有建安時期「借古題而寫時事」的擬古樂府，更沒有以杜甫爲代表的「即事名篇」的新題樂府，而以白居易爲首的新樂府運動，也就無從鼓動，自然也就沒有晚唐「正樂府」之嗣響了。「樂府……以入世爲宗，而不以高蹈爲貴；以摹寫人情世故爲本色，而不以詠歎自然爲職志。」〔註38〕漢魏樂府民歌堅持「入世」精神，有其普遍性；同時兼具摹寫人情世故、緣事而發的積極性，就是這種普遍性與積極性，直接啓迪了晚唐爲民請命、爲民立言的社會詩篇。

三、近法新樂府諷諭精神

　　元結的〈二風詩〉、〈補樂歌十首〉、〈系樂府十二首〉、〈憫荒詩〉、〈舂陵行〉，與杜甫的〈三吏〉、〈三別〉都是感憤時事、關注民生的金石之篇，共同引發李紳、白居易、元稹等新樂府指事諷諭之作。嗣音不絕，乃發展爲晚唐意激言質、幾近怒罵的社會詩。

　　元結指出詩要「極帝王理亂之道，系古人規諷之流。」〔註39〕屢言採詩見民情，採風以獻辭，藉此救世勸俗。早在安史亂前約十年，他便寫下了〈憫荒詩〉、〈二風詩〉。天寶十年作〈系樂府十二首〉，諷興當時之事，意欲「盡歡怨之聲」，以達感上化下之功。系者繫也，其所作乃在於「維繫」樂府精神於不墜，這種遇意古題，刺美見事，得諷興之義者，實開新樂府門徑，與舊樂府脫離關係。蓋舊樂府猶有引古以諷之意，此則「當時之事」，不再迂迴隱曲。稍後的杜甫更以「新題」直陳時事，所述之事本於生活，所描寫的人物形象多具有典型性，且寄寓著詩人的批判與諷諭之意，徹底闡揚了詩歌「感事寫意」

〔註37〕〈正樂府·序〉，《全唐詩》頁7018。
〔註38〕蕭滌非《漢魏六朝樂府文學史》，長安出版社，1981年臺二版，頁241。
〔註39〕元結〈二風詩論〉，《元次山文集》卷一，《四部叢刊正編》（〇三三），臺灣商務印書館，1979年，頁6。

的功能。鄭谷評杜詩曰：「篇篇高且眞，眞爲國風陳。」〔註40〕肯定
其源自於《詩經》、《漢樂府》的寫實精神。清・施潤章《蠖齋詩話》
曰：「杜不擬古樂府，用新題紀時事，自是創識。」〔註41〕今人陳寅
恪也說：

> 新樂府之作，乃以古昔採詩觀風之傳統理論爲抽象之鵠
> 的，而以杜甫即事命題之樂府，如〈兵車行〉者，爲其具
> 體之模楷。〔註42〕

古者採詩以觀風俗，後世都沿舊題以作樂府，杜甫則創爲新題，直指
時事，以當時具體人事物名篇，表達諷諭諫誠之意，大有開創之功。
陳伯海說：杜甫在安史變亂期間所寫的那些編年史式的感諷時事之
作，奠定了我國古代以時事入詩的詩史精神〔註43〕，老杜之後，中經
顧況、韋應物、張籍、王建，皆以揭露社會矛盾，諷諭現實爲己任，
至元、白遂形成一個強大的文學流派。

　　柳宗元在爲友人文集作序時，系統地表述關於諷諭文學的理論，
他說：「文有二道：辭令褒貶，本乎著述者也；導揚諷諭，本乎比興
者也。」〔註44〕白居易則稱述自己的諷諭詩「率有比興，淫文豔韻，
無一字焉。」〔註45〕讚美他人的諷諭詩是「風雅比興外，未嘗著空文。」
〔註46〕批評六朝以來的詩歌「六義盡去焉」。在這裡，「比興」、「風雅
比興」、「六義」，名稱雖殊，其義則一，都是指詩歌要做到「興發於
此而義歸於彼」，要有飽滿的感情，深遠的寄託，在詩的形象中包含

〔註40〕〈讀故許昌薛尚書詩集〉，《全唐詩》頁7759。
〔註41〕《蠖齋詩話》卷下〈杜五言古〉條，見《施愚山集》（四），黃山書
　　　　社，1993年，頁40。
〔註42〕《元白詩箋證稿》第五章〈新樂府〉，世界書局，1975年再版，頁1，
　　　　19。
〔註43〕《唐詩學引論》，東方出版中心，1988年，頁119。
〔註44〕〈楊評事文集後序〉，見《柳河東全集》卷二十一，世界書局，1961
　　　　年，頁250。
〔註45〕〈和答詩十首序〉，《全唐詩》頁4680。
〔註46〕〈讀張籍古樂府〉，《全唐詩》頁4654。

鮮明的政治傾向和思想內容。白居易的「新樂府」，主要就是以樂府詩的形式賦予風雅比興的內容，意存諷諭，「隱然自附於《三百篇》之義也。」〔註47〕〈與元九書〉中寫道：

> 自拾遺來，凡所遇、所感，關於美刺興比者，又自武德迄元和，因事立題，題爲《新樂府》者，共一百五十首，謂之諷諭詩。〔註48〕

白居易所以將這些詩編在「諷諭詩」四卷中，卻不另分樂府一類，蓋深知詩歌與政治相通，嘗言：「欲開雍蔽達人情，先向歌詩求諷刺。」〔註49〕「懲勸善惡之柄，執於文士褒貶之際；補察得失之端，操於詩人美刺之間焉。」〔註50〕高舉美刺比興，申明作詩之旨在於「爲時」、「爲事」。所謂「爲時」即是文學作品要能反映時代現實，並爲時代現實服務；所謂「爲事」就是文學作品必須寫出時代政治、社會、人民生活的具體事實，從而達到反映現實的目的。不虛美而紀實，不恭維而諷諭，其目的就在於：「開諷刺之道，察其得失之政，通其上下之情。」〔註51〕從而發揮藝術的「救失之道」。〔註52〕元稹在〈白氏長慶集序〉中指出：「〈賀雨〉詩、〈秦中吟〉等數十章，指言天下事，時人比之《風》、《騷》焉。」皮日休也說：「元、白之心，本乎立教，乃寓意於樂府雍容婉轉之詞，謂之諷諭。」〔註53〕宋‧郭茂倩《樂府詩集》謂：「自風雅之作，以至於今，莫非諷興當時之事，以貽後世

〔註47〕 清高宗敕選《唐宋詩醇》（三），臺灣中華書局，1971 年，頁 598。
〔註48〕 〈與元九書〉，《白氏長慶集》卷二十八，見《四部叢刊正編》（〇三六），臺灣商務印書館，1979 年，頁 316。
〔註49〕 〈採詩官〉，《全唐詩》頁 4710。
〔註50〕 《策林四‧六十八議文章》，《白氏長慶集》卷四十八，見《四部叢刊正編》（〇三六），臺灣商務印書館，1979 年，頁 575。
〔註51〕 〈策林四‧六十九採詩〉，見同註上，頁 576。
〔註52〕 〈與元九書〉云：「採詩官廢，上不以詩補察時政，下不以歌洩導人情，乃至於諂成之風動，救失之道缺。」《白氏長慶集》卷二十八，見同註上，頁 313。
〔註53〕 〈論白居易薦徐凝屈張祜〉，見蕭滌非等編《皮子文藪》，上海古籍出版社，1981 年，頁 240。

之審音者。」〔註 54〕清‧馮班《鈍吟雜錄》曰：「杜子美創爲新題樂府，至元白而盛。指論時事，頌美刺惡，合於詩人之旨，忠志遠謀，方爲百代鑒戒，誠傑作絕思也。」〔註 55〕近人聞一多則說：「白居易等爲講故事而做樂府」。〔註 56〕在在指出元、白新樂府之筆底波瀾、詩中人事，不外乎「生民病」、「民病痛」。體察民瘼，宣洩民情，諷刺時政，略無隱諱。白氏〈秦中吟〉十首全部是刺詩，〈新樂府〉五十首，也只有寥寥幾篇爲應景的頌美之詞，其餘率偏重於「刺」，其以〈采詩官〉爲終，即表明采怨刺之詩，以鑒前王亂亡之由。王易曰：「新樂府之特質，在即事名篇，以託諷興，蓋得小雅怨誹之旨。」〔註 57〕所以陳寅恪認爲白居易《新樂府》諸作，「質而言之，乃一部唐代《詩經》。」〔註 58〕耳之所聞，目之所遇，或怨或歎，或恨或頌，或哀或誚，筆鋒直觸社會的潰爛處，抒怨情，書憂志，把現實主義精神推向了新的高峰。

　　劉禹錫也是唐代新樂府大家，他的社會諷刺詩，觸及的層面大，取材廣泛，諷諭世情，切要委婉。既有〈詠史二首〉、〈西塞山懷古〉等引古刺今的名篇；又有政治抒情詩〈元和十一年自朗州召至京戲贈看花諸君子〉、〈再游玄都觀〉，表示了對滿朝新貴的蔑視譏嘲；寓言詩〈聚蚊謠〉，藉詠猖獗於夏夜中伺機叮咬人的蚊子，諷斥政治黑暗期中得勢鷹派的兇惡本性。另外，也有藉對話形式以指陳時弊的〈插

〔註54〕 《樂府詩集》卷九十〈新樂府辭一〉言：「由是觀之，自風雅之作，以至於今，莫非諷興當時之事，以貽後世之審音者。」里仁書局，1984 年，頁 1262。

〔註55〕 《鈍吟雜錄》卷三〈正俗〉，四庫全書珍本十集，王雲五主持，臺灣商務印書館，1981 年，頁 4、5。

〔註56〕 《唐詩雜論‧賈島》，上海古籍出版社，1998 年，頁 33。

〔註57〕 《樂府通論》，廣文書局，1979 年，頁 136、137。

〔註58〕 《元白詩箋證稿》第五章〈新樂府〉，世界書局，1975 年再版，頁 120。又考樂天之作，多以重疊兩三字句，後接以七字句之「三三七體式」，可能是借鑑當日民間口頭流行之俗曲，認爲與當時歌謠淵源頗深，詳參頁 121。

田歌〉，詩前小序說：「遂書其事以爲俚歌，以俟採詩者。」〔註59〕表明有意仿民歌形式，將下情以上達，其所重仍在諷諭。茲再依主題意涵分類，略舉有唐「新樂府」名篇於下：

(一) 諷刺帝王貴族之奢靡荒淫的，如杜甫〈麗人行〉、〈自京赴奉先縣詠懷五百字〉，張籍〈沙堤行〉、〈傷歌行〉，白居易〈傷宅〉。

(二) 寫徵役之慘狀的，如杜甫〈新安吏〉、〈潼關吏〉、〈石壕吏〉、〈新婚別〉、〈垂老別〉，張籍〈寄衣曲〉、〈征婦怨〉，白居易〈新豐折臂翁〉。

(三) 寫因戰亂造成的農村蕭條景象，哀憫農夫的，如杜甫〈兵車行〉、〈無家別〉，張籍〈野老歌〉、〈山鹿歌〉。

(四) 揭露苛斂下百姓生活之慘狀的，如白居易〈重賦〉、〈杜陵叟〉、〈納粟〉、〈觀刈麥〉。

(五) 反映百姓飢寒交迫的，如白居易〈村居苦寒〉。

(六) 揭露婦女問題以戒惡俗的，如張籍〈離婦〉、〈北邙行〉，白居易〈陵園妾〉、〈上陽白髮人〉、〈母別子〉、〈議婚〉、〈婦人苦〉等。

新樂府之作，因事立題，敘事又務求分明，重鋪敘、重諷諭，實爲其基本特徵及共通風格。直到晚唐，此風方興未艾。胡震亨《唐音癸籤》曰：

> 別創時事新題，杜甫始之，元、白繼之。……各自命篇名，以寓其諷刺之指，於朝政民風，多所關切，言者不爲罪，而聞者可以戒。嗣後曹鄴、劉駕、聶夷中、蘇拯、皮、陸之徒，相繼有作，風流益盛。其辭旨之含鬱委婉，雖不必盡如杜陵之盡善無疵，然其得詩人詭諷之義則均焉。〔註60〕

晚唐樂府詩人眾多，杜牧、張祜、溫庭筠、李商隱、劉駕、薛能、

〔註59〕劉禹錫〈插田歌〉，《全唐詩》頁 3962。
〔註60〕《唐音癸籤》卷十五〈唐人樂府不盡譜樂〉條，頁 140。

李昌符、曹鄴、趙嘏、于濆、皮日休、陸龜蒙、聶夷中、杜荀鶴、羅隱、秦韜玉等等都有佳作。這批士子，身歷衰亂，目擊窳敗，懷抱深廣的憂患意識，渴望中興，奮力抗爭，亟盼挽救衰頹殘破的國運，唐代詩歌遂邁入寫實的蓬勃成熟階段。這些社會詩作絕非簡單的復現，而完全是創造性的學習，是一次大的延伸與發揚，以致於成為新樂府創作的光輝後勁。

第四章　風人體之義界及其淵源

第一節　風人體之義界

一、上句述一語，下句釋其義

「風人」一詞，最早見於鍾嶸《詩品》，他評謝惠連詩曰：「工爲綺麗歌謠，風人第一。」〔註1〕似乎是指民歌風格的詩。唐代始有「風人詩」之名，王叡《炙轂子雜錄》云：「梁簡文帝謂之風人詩，陳江總謂之吳歌，其文盡帷薄褻情，上句述一語，用下句釋之以成云。」〔註2〕此說可析爲三：其一，風人詩又稱吳歌；其二，風人詩內容「盡帷薄褻情」；其三，風人詩之構成在於「上句述一語，用下句補釋之。」對於風人詩之名義及其內容特質、藝術手法等，皆作具體說明。皮日休則將它歸爲雜體詩之一種，〈雜體詩序〉謂：

> 詩云：「維南有箕，不可以簸揚。維北有斗，不可以挹酒漿。」
> 近乎戲也，古詩或爲之，蓋風俗之言也。古有采詩官，命
> 之曰風人。「圍棋燒敗襖，看子故依然。」由是風人之作興

〔註1〕《詩品》卷中〈宋法曹參軍謝惠連〉條，見清·何文煥輯《歷代詩話》頁14。

〔註2〕明，陶宗儀等編《説郛三種》卷四十三，上海古籍出版社，1988年，頁703。

焉。〔註3〕

所引《詩經・小雅・大東》詩句，孔穎達《正義》云：「何嘗而有可用乎？亦猶王之官司虛列而無所用也。」〔註4〕蓋箕、斗既指天上星宿，又指簸箕和酒斗，誚箕、斗徒有其名，卻不可以使用。其意在假天上有名無實的星象，譏刺人間尸位素餐者，藉聲音之相同，以隱含雙重的意義，有諧謔成分，所以說是「近乎戲也」。風人詩是因采詩官（風人）而得名，所采之詩乃「風俗之言」，內容以男女戀情爲主，且多藉音同或音近以雙關，如：「圍棋」諧聲「違期」；「故依然」諧聲「古衣燃」，又下圍棋需「看子」，燒敗襖也就是「古衣燃」，是皆上句述一語，下句補釋其義，諧音以關顧表裡二層意思。

二、陳詩以觀民風，示不顯言

宋時，對於風人詩之探討，較之唐人大有斬獲。嚴羽也將風人詩歸爲雜體一類，《滄浪詩話》曰：「風人，上句述一語，下句釋其義；如古〈子夜歌〉、〈讀曲歌〉之類，則多用此體。」〔註5〕指出〈子夜〉、〈讀曲〉已習用風人之體，頗具創見。洪邁《容齋三筆》云：「自齊梁以來，詩人作樂府子夜四時歌之類，每以前句比興引喻，而後句實言以證之。」〔註6〕認爲六朝樂府中，極多前句用比興引喻的手法敘述一事，後句再將上句所隱藏的含意加以解釋，這種必須藉上下或前後二句合觀，方能構成完足意思者，就其詩例得知，所指即爲「風人詩」。葛立方《韻語陽秋》有極詳盡之說明：

> 古辭云：「藁砧今何在，山上復有山，何當大刀頭，破鏡飛
> 上天。」藁砧，鈇也，謂夫也。山上有山，出也。大刀頭，
> 刀上鐶也。破鏡，言半月當還也。此詩格非當時有釋之者，

〔註3〕《全唐詩》頁 7101。
〔註4〕《十三經注疏》(2)《詩經》，藝文印書館，1981 年，頁 441。
〔註5〕《滄浪詩話・詩體》，見何文煥輯《歷代詩話》頁 693。
〔註6〕《容齋三筆》卷十六〈樂府詩引喻〉條，大立出版社，1981 年，頁 609。

後人豈能曉哉。古辭又云：「圍棋燒敗襖，著子故衣然。」
陸龜蒙、皮日休間嘗擬之。陸云：「旦日思雙屨，明時願早
諧。」皮云：「莫言春繭薄，猶有萬重思。」是皆以下句釋
上句，與〈藁砧〉異矣。《樂府解題》以此格爲「風人詩」，
取陳詩以觀民風，示不顯言之意。至東坡〈無題〉詩云：「蓮
子劈開須見薏，楸枰著盡更無棋。破衫卻有重縫處，一飯
何曾忘卻匙。」是文與釋並見於一句中，與「風人詩」又
小異矣。〔註7〕

〈藁砧〉詩，嚴羽謂之：「僻辭隱語也。」〔註8〕蓋通篇意象奇崛，義
蘊深邃，有如謎語，人多不解，葛氏則作了一番疏解。按：藁，稻草；
砧，砧板，古時行斬刑時用具。周祈《名義考》云：「古有罪者，席
藁伏於砧上，以鈇斬之，言藁砧則兼言鈇矣。鈇與夫同音，故隱語藁
砧爲夫（丈夫）也。」〔註9〕蓋藁、砧、鈇俱爲殺人刑具，三者同時
使用，缺一不可；詩歌不涉字義，只取「鈇」音，而借前兩物代言，
以寓他意。刀頭有環，隱語「還鄉」。全詩就是隱寫「丈夫已出，月
半回家」。此外，葛氏又說明了三個問題：其一，風人詩之名源自《樂
府解題》一書，皮、陸等唐人間嘗擬之；其二，風人詩之特質在於「陳
詩以觀民風」，其表現方法則是「不顯言」，隱曲呈現。其三，文與釋
並見一句中，與風人詩之「以下句釋上句」稍有不同。張表臣《珊瑚
鈎詩話》，踵事增華，例舉更多詩篇：

> 古有采詩官，命曰「風人」，以見風俗喜怒好惡。劉禹錫曰：
> 「東邊日出西邊雨，道是無晴卻有晴。」杜詩曰：「俱飛蛺
> 蝶元相逐，並蒂芙蓉本自雙。」又曰：「滿目飛明鏡，歸心
> 折大刀。」此皆風言。……余嘗有語云：「碧藕連根絲不斷，
> 紅蕖著子薏何多。」亦風人類也。〔註10〕

〔註7〕《韻語陽秋》卷四，見同第三章註55，頁512、513。
〔註8〕《滄浪詩話‧詩體》，見同第三章註55，頁693。
〔註9〕《名義考》卷五，四庫全集珍本五集，臺灣商務印書館，1971年，
　　　頁8。
〔註10〕《珊瑚鈎詩話》卷三，見同第三章註55，頁475。

大抵承前人之說，認爲風人詩乃詩人採之以見風俗好惡，是里巷歌謠，來自民間，貼近生活的。王觀國也說：「古樂府所載，如藁砧詩者數篇，其取譬皆淺俚……江右又謂之風人詩。」〔註11〕咸以爲其所取以比譬之景、物，都是人們耳熟能詳、淺顯易懂的。換言之，風人詩是通俗作品、民間歌謠之屬。

三、借物寓意，又名吳歌格

胡震亨《唐音癸籤》論風人詩曰：

> 風人詩，此與「藁砧體」不同。砧語如隱謎，理資箋解，此則以前句比興引喻，後句即覆言以證之。或取諸物，如〈子夜歌〉：「攤門不安橫，無復相關意。」或取之同音，如〈懊儂歌〉：「桐樹不結花，何由得梧子？」微旨所寄，無假猜揣而知。唐人以其近於《詩》之南箕北斗，可備採風，故命爲風人詩。〔註12〕

胡氏說風人詩之特色是：「或取諸物，或取之同音。」門上「橫木」是作爲「關門」之用，今借之以寓指「相關」或「關心」，是乃「借物寓意」。「梧子」諧音「吾子」，則爲「同音雙關」。其次，指出這些「不顯言」的詩句，蘊含詩人「微旨」，有諷諭的本意，可採之以供施政者參考。

趙彥村稱風人詩爲「吳歌格」，嘗注蘇軾詩〈席上代人贈別〉云：「此吳歌格借字寓意也。」〔註13〕所謂借字者，借其音同或音近字，即胡震亨所說之「或取之同音」。馮惟訥論清商曲時，則逕以「吳格」稱之：

〔註11〕《學林》卷八〈大刀〉條，新文豐出版，1984 年，頁 226。
〔註12〕《唐音癸籤》卷二十九〈談叢五〉，頁 254。
〔註13〕元・陳秀明編《東坡詩話錄》卷下，廣文書局，1971 年，頁 49。
　　　　按：此即葛立方《韻語陽秋》所說之〈無題〉一詩，詩中皆情愛之語，「憶」諧「薏」，「期」諧「棋」，「縫」諧「逢」，「時」諧「汝」，句句借字。說見顧頡剛〈吳歌小史〉，歌謠月刊 2：23，1936 年 11月，頁 4。

古辭曰：「黃蘗向春生，苦心隨日長。」又曰：「霧露隱芙
蓉，見蓮不分明。」又曰：「石闕生口中，銜碑不得語。」……
此皆吳格指物借意。〔註14〕

「指物借意」亦即胡氏的「或取諸物」。苦樹黃蘗生，「苦心」逐日長，
借指思念之「苦心」日漸加深加重；「芙蓉」就是「蓮」，被霧露所隱
蔽，自然是「不分明」，借「蓮」諧「憐」，指「憐愛」；「石闕，古漢
時碑名。」〔註15〕借「碑」諧「悲」。詩中皆述及顯隱兩種事物以形成
表裡雙重含意，而詩人眞正要表達的意思，往往是隱而不顯的那一種。

四、諧音雙關兩意

清人翟灝《通俗編》拈出「雙關借意」即「風人詩」，例舉許多
六朝樂府及唐人詩句，並將俗諺、歇後語與之視爲同類。他說：

六朝樂府〈子夜〉、〈讀曲〉等歌，語多雙關借意，唐人謂
之風人體，以本風俗之言也。……皆上句借引他語，下句
申釋本意，今市俗有等諺語。如云：秤鉤打釘曳直，黃花
女兒作媒，自身難保。黃蘗樹下彈琴，苦中作樂。火燒眉
毛，且顧眼下。雲端裡放鸞頭，露出馬腳。啞子喫黃連，
說不出底苦。乃其遺風。又風人之體，但取音同，不論字
異。……今諺亦然。如云：火燒旗竿，好長嘆。月下提燈，
虛掛名。船家燒紙，爲何。……以炭爲嘆，明爲名，河爲
何……。體應如是，不嫌其謬悠也。〔註16〕

歇後語是反映實際生活的一種口語，通俗活潑，形象生動，有的
還富於諷刺和幽默意味。一般的歇後語都由上下兩部分構成：即起語
與目的語。歇後語運用諧音雙關極爲普遍，翟灝所述及者，都是市俗
諺語，亦即風俗之言，而實際上是一般所謂的歇後語。如「黃蘗樹下

〔註14〕《古詩紀》卷一四八。《四庫全集·集部三一九》，臺北：臺灣商務
　　　　印書館，1986 年，頁 597。
〔註15〕明·顧元慶《夷白齋詩話》之語。見同第三章註55，頁 796。
〔註16〕《通俗編》卷三十八《識餘·風人》。國泰文化事業，1980 年，頁
　　　　860、861。

彈琴──苦中作樂」，以味道的「苦」諧生活或遭遇的「苦」，同音同字相諧；「火燒旗竿──好長嘆」，以「嘆」諧「炭」，同音異字雙關。這些歇後語，前一部份所說的事物和說話人心中想要表達的事物並無意義上的聯繫，不過是借爲引子，來引起後一部份的雙關語罷了，完全是藉助於聲音上的類同。

趙翼《陔餘叢考》〈雙關兩意詩〉條，舉古樂府〈子夜〉、〈讀曲〉及唐人篇什，宋、元之作等，俱同音、音近，借字寓意。〔註17〕至此，「風人詩」已成爲「諧音雙關兩意」的泛稱了。實則，諧音雙關語，其原始形式於先秦時已出現，只是名稱不同罷了。《史記》有「齊威王之時，喜隱，……淳于髡說之以隱」的記載〔註17〕，這裡的兩個「隱」字都是指的「隱語」。《漢書》亦載東方朔與郭舍人出謎、隱語對談之事。〔註18〕劉勰《文心雕龍》云：「讔者，隱也。遯辭以隱意，譎譬以指事也。」〔註20〕《國語·晉語》曰：「有秦客廋辭於朝，大夫莫之能對也。」韋昭注：「廋，隱也。謂以隱伏譎詭之言問於朝也。」〔註21〕不論是「隱語」或「廋辭」，都是說它對事物不作直接的描寫，而是用婉曲、巧妙的比喻來影射，通過隱喻和暗示的手法去表現，讓人們依據所提供的線索，經過聯想和思考，猜出本來的事物，而其聯想的線索與媒介，往往就是「諧音」。

綜論之，「風人詩」多稱多樣，其義則一。在詩句的表現上多比興影射，詩中情意曲折、委婉，聽者需以意會，且用一番思索，纔猜得破，這樣的隱語我們不妨稱它爲「彎曲的語言」。〔註22〕

〔註17〕《陔餘叢考》（三）卷二十四〈雙關兩意詩〉條，新文豐出版公司，1975 年，頁 6。
〔註17〕《史記》卷一百二十六〈滑稽列傳〉，見同第三章註 7，頁 1293。
〔註19〕《漢書》卷六十五〈東方朔傳〉載：「（郭舍人受東方朔出謎戲弄後），舍人不服，因曰：臣願復問朔隱語，不知，亦當榜。」臺灣中華書局，1966 年，頁 2844。
〔註20〕《文心雕龍·諧讔篇》。
〔註21〕《國語》卷十一〈晉語五〉，世界書局，1968 年三版，頁 290。
〔註22〕稱之爲「彎曲的語言」乃相較於平鋪直敍者而言，是指詩歌語言曲

第二節　風人體之淵源

一、濫觴於《國風》

《國風》就是各地流行的土風歌謠，內容大多思婦勞人相與詠唱，各言其情，各抒其意，故可藉之以觀風俗良窳，知「政教善惡」。《漢書·韓延壽傳》載延壽徙潁川：「……人人問以謠俗，民所疾苦。」〔註23〕《後漢書·循吏列傳序》曰：「光武……廣求民瘼，觀納風謠。」〔註24〕風謠、謠俗皆指閭里歌謠。它通過客觀描寫，眞實地記載人民對生活的感受、理解和批判，深具情感的宣洩功能，蘊含著豐富的文化氣息，而其中許多諧音雙關語，實爲風人詩之肇始。

《陳風·澤陂》：「彼澤之陂，有蒲與蕳。」《鄭箋》：「蕳當作蓮。蓮，芙蕖實也，蓮以喻女之言信。」孔穎達《正義》申說：「……蓮是荷實，故喻女言信實。」〔註25〕藉荷實以喻信實，音義雙關。錢鍾書進而指出：「苟如鄭、孔之解，則六朝〈子夜歌〉之『蓮子何能實』、〈楊叛兒〉之『眠臥抱蓮子』等，肇端於是矣。」〔註26〕贊同此爲諧音隱語之淵源。而清·馬瑞辰釋《秦風·黃鳥》，早有先見之明，他說：

> 詩刺三良從死，而以「止棘」、「止桑」、「止楚」爲喻者，「棘」之言「急」，「桑」之言「喪」也，「楚」之言「痛楚」也。古人用物，多取名於音近，如「松」之言「容」，「柏」之言「迫」，「栗」之言「戰慄」，「桐」之言「痛」，「竹」之言「蹙」，「著」之言「者」，皆此類也。〔註27〕

明白地指出，古人多借物以寓意，而取其音近或音同。再如《周南·

折而多「遮掩」，必須透過諧音雙關，幾經「迂迴轉折」的解讀，方能得其深刻含意。
〔註23〕《漢書》卷七十六〈韓延壽傳〉，見同註19，頁3210。
〔註24〕《後漢書》卷七十六〈循吏列傳〉，臺灣中華書局，1966年，頁2457。
〔註25〕見同註4，頁257。
〔註26〕《管錐編》第一冊，中華書局，1979年，頁126。
〔註27〕《毛詩傳箋通釋》，中華書局，1989年，頁390。

苤苢》是一曲誦詠風俗的勞動歌謠〔註28〕，情眞景眞，令人低回無限。聞一多認爲「苤苢」本意亦即「胚胎」，其字本作「不以」，後來用作植物名變爲「苤苢」，用在人身上變成「胚胎」，乃文字孳乳分化的結果。並云：

> 「苤苢」既與「胚胎」同音，在詩中，這兩個字便是雙關的隱語（英語所謂 pun），這又可以證明後世歌謠中以蓮爲憐，以藕爲偶，以絲爲思一類的字法，乃是中國民歌中極古舊的一個傳統。〔註29〕

倘依聞氏之說，「苤苢」與「胚胎」即是同音雙關的隱語。民歌清新活潑，大膽地吐露內心的願望和要求，藉助諧音雙關語，使人感到眞摯而又含蓄，也增加了詩意的情趣。徐嘉瑞〈六朝平民文學之廋辭〉一文云：「廋辭……他的起源是由於《三百篇》。」〔註30〕郭紹虞也說：「風人云者，謂其體從民歌中來。」〔註31〕沿波討源，尋根求本，謂風人之體，取諸民歌謠俗，濫觴於《國風》，當屬可信。

二、萌芽於先秦典籍、樂府歌謠

《論語·公冶長》載：子欲「乘桴」，而謂子路「無所取材」，鄭玄註曰：「無所取材者，無所取於桴材。以子路不解微言，故戲之耳。」〔註32〕蓋以「材」爲「才」，同音異字雙關，以諷其魯莽。〈雍也〉述孔子謂仲弓曰：「犁牛之子騂且角」。〔註33〕仲弓爲伯牛之子，「牛」表面上指耕牛，實際上又指冉伯牛，則孔子是以雙關名字爲戲。《離騷》：「余以蘭爲可恃兮，羌無實而容長，委厥美以從俗兮，

〔註28〕 方玉潤《詩經原始》卷一評曰：「蓋此詩即當時〈竹枝詞〉也，詩人自詠其國風俗如此。」藝文印書館，1960 年，頁 192。

〔註29〕 《聞一多全集》甲集《神話與詩·匡齋尺牘》，里仁書局，1993 年，頁 345。

〔註30〕 《中古文學概論》第二編《六朝平民文學》，鼎文書局，1977 年，頁 118。

〔註31〕 《滄浪詩話校釋》，里仁書局，1983 年，頁 101。

〔註32〕 《十三經注疏》（八）《論語·公冶長》，見同註4，頁 42。

〔註33〕 《十三經注疏》（八）《論語·雍也》，見同註4，頁 52。

苟得列乎眾芳？椒專佞以慢慆兮，樧又欲充夫佩幃。」〔註34〕王逸注曰：「蘭，懷王少弟司馬子蘭也……椒，楚大夫子椒也。」〔註35〕洪興祖《補注》云：「子蘭乃懷王少子頃襄之弟也……子蘭既已無蘭之實而列乎眾芳矣，子椒又欲以似椒之質充夫佩幃也。」〔註36〕都以「蘭」、「椒」爲廋辭隱語，實即影射雙關楚國權貴佞臣「子蘭」、「子椒」。其義正同前引《小雅・大東》，譏其庸懦無能，忝列名位，也是「近乎戲也」。

　　《史記・項羽本紀》載：「范增數目項王，舉所佩玉玦以示之者三。」〔註37〕范增意在使項羽「決心」除去劉邦，特以玉玦示意，「玦」雙關決斷之「決」。《白虎通・諫諍》曰：「君子能決斷則佩玦」；「臣待命於境，賜環則還，賜玦則絕。」〔註38〕《荀子・大略》云：「絕人以玦」。〔註39〕皆以玉玦的「玦」諧堅決的「決」或斷絕的「絕」。又「環」、「還」諧音取義，《漢書・李陵傳》：「立政等見陵，……而數數自循其刀環，握其足，陰諭之，言可還歸漢也。」〔註40〕即以刀環之「環」諧音雙關還歸之「還」。《史記・淮陰侯列傳》記蒯通語曰：「秦失其鹿，天下共逐之。」〔註41〕蓋以「鹿」諧「祿」，借字寓意，比喻「帝位」。又蒯通對韓信說：「相君之面，不過封侯，又危不安；相君之背，貴乃不可信。」《集解》引張晏之說：「背叛則大貴。」〔註42〕可見「背」字雙關「背部」、「背叛」。又吳騫《拜經樓詩話》述及《左傳》中之諧音

〔註34〕《離騷》，見《四部叢刊正編》（〇三〇），臺灣商務印書館，1979 年，頁 23。

〔註35〕《楚辭章句注》，見同註上。

〔註36〕《楚辭補注》卷一，藝文印書館，1986 年七版，頁 73。

〔註37〕《史記・項羽本紀》，見同註 18，頁 141。

〔註38〕《白虎通》卷四〈諫諍〉條，見《四部叢刊正編》（〇二二），臺灣商務印書館，1979 年，頁 36。

〔註39〕《荀子・大略篇》，見李滌生《荀子集釋》，臺灣學生書局，1979 年，頁 601。

〔註40〕《漢書》卷五十四〈李陵傳〉，見同註 19，頁 2458。

〔註41〕《史記・淮陰侯列傳》，見同註 18，頁 1046。

〔註42〕見同註 18，頁 1043。

字云：

> 《左傳》：女贄不過榛、栗、棗、脩；《正義》曰：先儒以
> 爲栗取其戰栗，棗取其早起，脩取其自脩也；《疏》釋云：
> 惟榛無說。蓋以榛聲近虔，取其虔於事也。〔註43〕

「榛、栗、棗、脩」爲四種「物品」，藉諧音以寓含「虔、慄、早、
脩」之旨，既取諸物，又取之同音，在在顯示雙關隱語於當時已頗爲
常見，藉諧音以象徵的現象，蓋有其長期流變之軌跡。

漢詩中亦不乏這種隱晦曲折的表達形式，如〈古詩十九首〉之一：

> 客從遠方來，遺我一端綺。相去萬餘里，故人心尚爾。
> 文彩雙鴛鴦，裁爲合歡被。著以長相思，緣以結不解。〔註44〕

清‧朱蘭坡《文選集釋》注云：「此蓋借絲爲思，借連結爲結好。猶
蓮之爲憐，薏之爲憶，古人以同音字託物寓情，類如是爾。」〔註45〕
說得眞是。《樂府詩集》卷八十四有〈離歌〉一首：

> 晨行梓道中，梓葉相切磨。與君別交中，繣如新縑羅。
> 裂之有餘絲，吐之無還期。〔註46〕

朱嘉徵《樂府廣序》云：「一曰：餘絲，隱餘思，後石闕蓮子諸語本
此。」又說：「離歌，離怨之歌，〈讀曲〉隱語也，開晉代吳聲〈子夜〉
諸歌之始。」〔註47〕朱乾《樂府正義》也評說：「已啓〈白紵〉、〈子
夜〉一派。」〔註48〕異口同聲地認爲這些「隱語」，開六朝吳歌、西
曲諧音雙關之先聲，所以，「把它們作爲六朝樂府中雙關語的濫觴看
待，眞是再適當也沒有了。」〔註49〕

〔註43〕《拜經樓詩話》卷四，見丁仲祜編《清詩話》，頁986。
〔註44〕《文選》卷二十九〈雜詩上〉，藝文印書館，1989年十一版，頁412。
〔註45〕《文選集釋》卷十七，廣文書局，1966年，頁16。
〔註46〕郭茂倩編撰《樂府詩集》卷八十四，里仁書局，1983年，頁1187。
〔註47〕《樂府廣序》卷十三，見《四庫全書存目叢書》集部總集類（385），
　　　　莊嚴文化，1997年，頁737。
〔註48〕《樂府正義》卷十五，興膳宏解說，京都大學漢籍善本叢書第七卷，
　　　　昭和55年（西元1980年），頁15。
〔註49〕王運熙〈論吳聲西曲與諧音雙關語〉，見氏著《樂府詩述論》，上海
　　　　古籍出版社，1966年，頁115。

三、六朝《吳歌》、《西曲》的催化

　　徐嘉瑞〈六朝平民文學〉中說：「六朝文學中之廋辭，確實是我們中國文學中的一種雋品。它的含蓄最深，又最耐人思索，使人看著，眞是百讀不厭。」〔註50〕蕭滌非說：「在《吳聲歌》中，有一大特點，……即隱字諧聲之『雙關語』是也。」〔註51〕李曰剛論南北朝民歌藝術有三大特點，其三即「雙關語」之廣泛運用。〔註52〕在在肯定「廋辭」、「雙關語」是《吳歌》特色，且爲「雋品」。蓋《吳歌》發抒豔情，內容率直天眞，語言質樸自然，聲情搖曳，溫柔敦厚直追《國風》。又由於它是口唱的文學，所以這種「利用聲音關係」的表現法，成爲普遍的修辭格式。試摘錄數例，稍作疏解：

　　　　前絲斷纏綿，意欲結交情；

　　　　春蠶易感化，絲子已復生。（〈子夜歌〉）

　　　　別後常相思，頓書千丈闕，題碑無罷時。（〈華山畿〉）

「前絲」、「絲子」，即「前思」、「思子」。「題碑」射「啼悲」，因分別而生相思，因相思而啼悲不已。又如〈讀曲歌〉：「嘘唏闇中啼，斜日照帳裡，無油何所苦，但使天明爾。」「無油何所苦」是主句，以「油」代「由」，問爲何所苦？其作用在於引出賓句「但使天明爾」，以補述所苦之「原由」。「明」雙關「天明」與「明白」，此即全首重心所在，至此意義始告完足。《吳歌》中尚多借草木以比喻人事者，如：

　　　　自從別郎來，何日不咨嗟。

　　　　黃蘗鬱成林，當奈苦心多。（〈子夜歌〉）

　　　　相憐兩樂事，黃作無趣怒。

　　　　合散無黃連，此事復何苦。（〈讀曲歌〉）

黃蘗是一種可入藥的苦木，以其成林「苦心」諧別後「相思之苦」。「散」乃藥名，如「丸散」之「散」，「合散」猶言「和藥」，又有「歡聚苦

〔註50〕《中古文學概論》，見同註30，頁124。

〔註51〕蕭滌非《漢魏六朝樂府文學史》，長安出版社，1984年，頁193。

〔註52〕李曰剛《中國詩歌流變史》（上），文津出版社，1987年，頁113。

別」之意；黃連即爲「苦藥」，尤稱妙筆。

　　《西曲》是受到《吳歌》影響而後起的製作，多述商旅生活，較之《吳歌》更是浪漫而熱情，其大膽的表情，巧妙的比喻，天眞的描寫，活躍地表現出民間思婦多情的心理狀態，諧音雙關語亦多：

　　　　送歡板橋灣，相待三山頭。

　　　　遙見千幅帆，知是逐風流。（〈三洲歌〉）

　　　　楊叛西隨曲，柳花經東陰。

　　　　風流隨遠近，飄揚悶儂心。（〈楊叛兒〉）

皆以風波流水之「風流」諧薄倖寡情之「風流」，抱怨男子喜新厭舊，移情別戀，負心而輕別離。《西曲》同樣多藉物寓意寄情者：

　　　　女蘿自微薄，寄託長松表。

　　　　何惜負霜死，貴得相纏繞。（〈襄陽樂〉）

　　　　春蠶不應老，晝夜常懷絲。

　　　　何惜微軀盡，纏綿自有時。（〈作蠶絲〉）

　　　　湖中百種鳥，半雌半是雄。

　　　　鴛鴦逐野鴨，恐畏不成雙。（〈夜黃〉）

　　　　落落千丈松，晝夜對長風。

　　　　歲暮霜雪時，寒苦與誰雙。（〈長松標〉）

以草木、蠶絲之「纏繞」諧情愛之「纏繞」；以動植物之「成雙」諧男女之「成雙」。皆因物取譬，即物抒情，半吐半露，婉轉蘊藉。此外，有些是一倡一答，男女互贈的詩，其中也有「吳歌格」現象。如〈那呵灘〉：

　　　　聞歡下揚州，相送江津灣，願得篙櫓折，交郎到頭還。

　　　　篙折當更覓，櫓折當更安，各自是官人，那得到頭還。

前一首女子詞，後一首男子答，寫江上商旅與愛人間的離歡生活。「那呵」諧音「奈何」，或因此灘凶險而得名。情人於此送別，萬般無奈之餘，遂突發奇想。「交」諧音「教」；「到」就是「倒」，期望篙櫓斷折，教情郎倒轉而還。純眞的念頭，生動地表達了女子戀戀不捨之情。只是男子爲了工作，必須離去，實不得已，反映了當時的社會問題。一語一

應，相調之情寫來如同白話，加上諧音雙關手法，活潑自然，趣味洋溢。

　　《吳歌》、《西曲》皆以女性爲中心，以愛情爲主體，之所以喜用雙關語，正因戀愛之事有時不便直陳，又基於欲現還隱的心理，所以引物連類，委曲譬喻，影射雙關，費人疑猜。六朝樂府中，類似的「戀愛術語」〔註53〕俯拾即是，多爲女子口吻，所用於諧聲之字，大抵眼前事物，而物名尤多。取材亦以有關女子者爲眾，諸如芙蓉、蓮藕、蠶絲、布匹等，藉此將種種抽象無形、難以言說的煩惱、怨恨的心情，生動地、形象地表達出來，令讀者可見可聞、可觸可感。

四、初、盛、中唐「吳歌格」的牽引

　　唐詩中使用「吳歌格」，也多表現真摯的相思相戀之情，詩意含蓄而雋永，詩情深刻而纏綿。劉禹錫〈竹枝詞〉是爲耳熟能詳之作：「東邊日出西邊雨，道是無晴卻有晴。」詩人巧妙地拈用眼前的景物來比喻初戀女子對情郎心態的揣測，從而揭示出懷春少女對心上人的纏綿俳惻的芳心。表面似在寫水鄉梅雨時節天氣「有晴」與「無晴」的瞬息變幻，實際是在隱喻女子猜度郎的歌聲是「有情」還是「無情」。情郎的慧黠可愛，女子的天真純潔以及忐忑不安、期待和疑慮、眷戀和迷惘、乍疑復乍喜等微妙複雜的心理都被寫活了。明人謝榛評曰：「措詞流麗，酷似六朝。」〔註54〕正因此詩筆調清新流利，情致生動悠揚，且巧用諧音雙關。

　　王勃〈採蓮曲〉：「牽花憐共蒂，折藕愛連絲。」「折藕」諧「折偶」，「絲」諧「思」。言跟所愛的人別離，如藕折絲連，情思猶難絕。崔顥〈長干曲〉四首之四：「由來花性輕，莫畏蓮舟重。」「花性輕」，既指花之飄揚不定，也指女子「水性楊花」之善變。李白有許多諧音雙關詩，茲徵引一、二：

〔註53〕蘇雪林《中國文學史》說：「六朝樂府之雙關，代表戀愛術語。」光啓出版社，1970年，頁89。

〔註54〕《四溟詩話》卷二，人民文學出版社，1998年，頁52。

兔絲固無情，隨風任傾倒。誰使女蘿枝，而來強縈抱。

兩草猶一心，人心不如草。莫捲龍鬚席，從他生網絲。(〈白頭吟〉)

小妓金陵歌楚聲，家僮丹砂學鳳鳴；

我亦爲君飲清酒，君心不肯向人傾。(〈出妓金陵子呈盧六〉四首其四)

分別以「網絲」諧「罔思」；以「傾酒」的傾，雙關「傾心」的傾。中唐・權德輿〈玉台體〉十二首其十一，寫閨中少婦思念丈夫，盼他歸來的心情，是極爲巧妙的雙關隱語：

昨夜裙帶解，今朝蟢子飛。鉛華不可棄，莫是藁砧歸。

「蟢子」是蜘蛛的一種，亦作「喜子」、「喜蛛」，古稱「蠨蛸」。《豳風・東山》：「蠨蛸在戶」，陸璣《毛詩草木鳥獸蟲魚疏》謂：「蠨蛸，……荊州河內人謂之喜母。此蟲來著人衣，當有親客至，有喜也。」〔註55〕「裙帶解」、「蟢子飛」，唐人習俗相傳爲夫婦好合、夫婿歸來的預兆。全詩兩次運用諧音雙關手法，細緻入微地表現少婦的癡情，語氣口勿更是切合女主人公的身分、情態，增添了詩的情趣和生活氣息。

施肩吾〈雜古詞〉五首其三：「夜裁鴛鴦綺，朝織蒲桃綾；欲試一寸心，待縫三尺冰。」以「縫」諧「逢」。其五：「思君若孤燈，一夜一心死。」以孤燈之「心」，雙關輾轉相思、備受煎熬之「苦心」。孟郊〈戲贈陸大夫十二丈〉三首其三：「蓮花未開時，苦心終日卷；春水徒蕩漾，荷花未開展。」以蓮花之「捲心」，雙關情人「苦心」終日，未得展顏歡笑。又如〈列女操〉：「梧桐相待老，鴛鴦會雙死；貞女貴徇夫，捨生亦如此。波瀾誓不起，妾心古井水。」末兩句是倒裝歇後雙關語，以古井水之不起波瀾，喻貞婦心之平靜。晁采〈子夜歌〉十八首，情感細膩眞切，含蓄而不綺靡，曲傳思婦胸臆，妙得古樂府神理。茲引三首於下：

〔註55〕《豳風・東山》、陸璣《毛詩草木鳥獸蟲魚疏》,《十三經注疏》(二)，見同註4，頁296。

良會終有時，勸郎莫得怒；薑蘗畏春蠶，要綿須辛苦。

信使無虛日，玉醠寄盈舠；一年一日雨，底事太多晴。

相思百餘日，相見苦無期；褰裳摘藕花，要蓮敢恨池。

其一，「薑」味「辛」，「蘗」味「苦」，「綿」諧「眠」，用薑和蘗來畏
（同鋻）蠶，要「眠」真是夠辛苦的。其二，一年才下一日雨，自然
是「太多晴」了，「晴」諧「情」。其三，「要蓮」諧「邀憐」，「池」
諧「遲」。指欲邀得憐愛，豈敢怨恨等待的漫長？怪它來得太遲呢？
都是同音異字雙關。另有同音同字雙關者：「得郎日嗣音，令人不可
睹；熊膽磨作墨，書來字字苦。」（其十六）末兩句是歇後雙關，又
以熊膽的「苦」，諧不可睹郎君之「苦」。

　　寒山子，其詩語言通俗淺顯，卻又蘊含哲理，值得細細品味。也
有一些諧音雙關詩，舉隅如下：

枯槁非堅衛，風霜成天疾。土牛耕石田，未有得稻日。

必也關天命，今年更試看。盲兒射雀目，偶中亦非難。

丈夫不識字，無處可安身。黃連搵蒜醬，忘記是苦辛。

第一首，認為墨守迂腐的隱士，過得風霜枯槁的消極生活，正如土牛
耕石田，永遠不會「得稻」的。「得稻」諧「得道」。第二首，勸考場
失利者不要灰心，成敗皆是天命，今年不妨再去一試，說不定會偶然
考中呢。「偶中」雙關「射中」、「考中」。第三首，黃連及蒜皆「苦辛」，
再予以拌和，個中滋味，「苦」不待言。

　　洪邁論「風人詩」時說：「至唐張祐、李商隱、溫庭筠、陸龜蒙
亦多此體。」〔註56〕胡震亨也說：「風人詩……張祐、皮、陸為多。」
〔註57〕可知「風人詩」之作，至晚唐獨多，而其淵源則可上溯《詩三
百》、漢魏樂府。又如眾所周知，《吳歌》、《西曲》是為「都市之歌」，
亦所以孕育齊梁文風；晚唐都市經濟畸形繁榮，與六朝有著相同的土

〔註56〕《容齋三筆》卷十六〈樂府詩引喻〉條，大立出版社，1981年，頁
　　　　609。
〔註57〕《唐音癸籤》卷二十九〈談叢五〉，頁254。

壤，適足以促使「唯美」還魂，此對於風人詩之成爲時尚，殆不無推
波助瀾之效，即所謂：「唯美文風再起，於是吳歌格的諧隱又流行。」
〔註58〕以至於作者鼎沸，蔚爲風潮了。抒情小詩以隱曲爲貴，一語雙
關，更能表現無限的私情，而得吞吐不露之詩趣。唯六朝樂府使用雙
關語，多述兒女私情，發展到唐代，使用雙關語的現象，依然以樂府
詩或絕律爲主，然領域已拓寬，除了短篇的戀歌，還含括許多戲謔嘲
諷之作。中、晚唐使用「吳歌格」更趨普遍，推而擴之乃開創「風人
體」，寫整首雙關的詩。

〔註58〕邱師燮友〈唐詩中吳歌格與和送聲之研究〉，國科會報告，1971年，
　　　頁92。

第五章　晚唐社會詩主要作家及其作品

　　在末世衰颯陰影的籠罩之下，晚唐詩風自難免隨國勢傾斜頹唐，然其中亦有許多詩人能獨闢徯徑，返棹下流，高舉現實主義的旗幟以刻劃時代脈動，形成一股磅礴聲勢。他們分別採取了不同的表現方式：一是祖述屈原、曹植，以「曲折見意」的比興手法，透過「香草美人」〔註1〕寄託政治遭遇，或借古諷今，或托物寄興，杜牧、李商隱、溫庭筠的許多詩篇屬於此類。二是接受《詩經》、漢樂府民歌及杜甫、白居易的影響，發揚「直書其事」的傳統，把血淚事實直接推至讀者眼前，具有新聞性。手法上以賦為主，內容上以敘事見長，甚至用一定的情節結構和細節描寫來突出主題，有如攝影中的特寫鏡頭，令人難忘；皮日休、聶夷中、陸龜蒙、杜荀鶴等都屬於這一派。皮日休云：「詩之美也，聞之足以觀乎功；詩之刺也，聞之足以戒乎政。」〔註2〕杜荀鶴說：「詩旨未能忘救物。」〔註3〕羅隱也說：「然

〔註 1〕 洪興祖《楚辭補註》卷一曰：「離騷之文，依詩取興，引類譬諭，故善鳥香草以配忠貞；惡禽臭物以比讒佞；靈修美人以媲於君，宓妃佚女以譬賢臣，虬龍鸞鳳以托君子，飄風雲霓以爲小人。」藝文印書館，1986 年七版，頁 12。
〔註 2〕 〈正樂府詩序〉，《全唐詩》頁 7018。
〔註 3〕 〈自敘〉，《全唐詩》頁 7975。

僕之所學，不徒以竟科級於今之人，蓋將以窺昔賢之所止，望作者之堂奧，期以方寸廣聖人之道。」〔註4〕實際上，他們都衝破了「爲君」、「明道」的傳統框架，在創作上完全是以一種不與統治者合作的姿態褒貶社會，干涉政治，並欲以此來救生民於塗炭，挽狂瀾於既倒。其中影響較大的當屬張祜、皮日休、陸龜蒙、杜荀鶴四人，而于濆、曹鄴、羅隱、聶夷中等人，亦佔有一席之地。

第一節　張　祜

一、生　平

　　張祜，字承吉，清河人。生於唐德宗貞元八年（西元 792 年），卒於宣宗大中七年（西元 853 年）〔註5〕，是中晚唐間著名詩人。一生經歷了憲、穆、敬、文、武、宣諸朝，性格傲岸，不肯與世俗同流，因而與當權者格格不入，坎坷屯邅，沉淪下僚而以布衣終。〔註6〕其詩今存者以南宋蜀刻本《張承吉文集》較完全〔註7〕，《全唐詩》編詩二卷，卷八百七十收諧謔詩二首，其中〈戲顏郎中騎獵詩〉一首已見正卷，蓋複出。補遺五首，錄詩三五六首。又《全唐詩補編》收一五五首，計存詩五一一首。杜牧曾評之曰：「誰人得似張公子，千首詩輕萬戶侯。」〔註8〕原有千首，殆遺其半。穆宗元和中作宮體小詩，

〔註4〕《讒書》卷五〈答賀蘭友書〉。百部叢書集成之四○，嚴一萍選輯，藝文印書館，1968 年，頁 7。

〔註5〕生年從聞一多《唐詩大系》所定，聞氏定其卒年爲大中六年，卻打一問號存疑。見《聞一多全集・辛集》，上海開明書店，1948 年，頁 384。另吳在慶〈張祜生平辨正〉，亦同聞氏之說。今據尹占華〈張祜系年考〉一文，定祜之卒年。見傅璇琮主編《唐代文學研究》，廣西師範大學出版，1990 年，頁 187～205。

〔註6〕陸龜蒙〈和過張祜處士丹陽故居並序〉曰：「亦受辟諸侯府，性狷介不容物，輒自劾去。」見《全唐詩》，頁 7194。

〔註7〕南宋初蜀刻大字本《張承吉文集》，上海古籍出版社，1979 年影印。這是現唯一的宋刻十卷本張祜詩集，收詩四百六十八首。

〔註8〕杜牧〈登池州九峰樓寄張祜〉，見《全唐詩》頁 5965。

獲得杜牧的讚揚﹝註9﹞，陸龜蒙說他：「元和中作宮體小詩，詞曲豔發，當時輕薄之流，能其才，合譟得譽。」﹝註10﹞皮日休也說：「祜初得名，乃作樂府豔發之詞，其不羈之狀，往往間見。」﹝註11﹞可見他早期的作品是以宮詞和舊題樂府爲主，且頗得「豔」名。晚歲「稍窺建安風格，誦樂府錄，知作者本意，短章大篇，往往間出，諫諷怨譎，時與六義相左右。」﹝註12﹞一變而有沉鬱之感，氣韻筆力俱勝，頗深寄意，爲時所稱。

　　張祜有耿介的性格，高潔的情懷，於仕途歷盡艱辛，備嚐世態炎涼，卻仍終窮獨醒，憤世嫉俗，以孤傲對抗現實的卑污。抱用世之志，心繫國家治亂，對社會痼疾憂心如焚，頗有些關懷現實政治的社會詩作。曾自述：「爲文多是諷諸侯」（〈到廣陵〉），賦詩詠懷，感事抒情，對權勢者的蔑視與譏諷怨刺，不假辭色。詩風遒勁，筆力透紙，尚存盛唐遺響。元·辛文房推崇說：「祜能以處士自終其身，聲華不借鍾鼎，而高視當代，至今稱之。」﹝註13﹞不失爲公正之評價。要之，晚唐一百三十七家﹝註14﹞，只有張祜堪與溫、李、杜三大家比肩。

二、作品舉隅

　　使張祜名噪詩壇的，是他學習南朝樂府民歌，所創作的五、七言宮怨詩。其宮怨詩從多角度地描寫宮嬪內人心理，體察宮嬪內人深隱心中的痛苦，表現了長期遭受禁錮的沉哀劇痛。〈宮詞二首〉其一：

　　　故國三千里，深宮二十年。一聲何滿子，雙淚落君前。

這已不是「望幸」之思，而是對被剝奪了青春和自由的強烈抗議。「三

﹝註9﹞杜牧〈酬張祜處士〉詩曰：「可憐故國三千里，虛唱歌詞滿六宮。」頁5983。

﹝註10﹞見同註6。

﹝註11﹞〈論白居易薦徐凝屈張祜〉，《全唐文》卷797，頁10545。

﹝註12﹞陸龜蒙〈和過張祜處士丹陽故居並序〉，《全唐詩》頁7194。

﹝註13﹞《唐才子傳》卷六〈張祜〉條，頁108。

﹝註14﹞胡震亨《唐音癸籤》卷三十〈集錄一〉載晚唐詩文集共「一百三十七家」，頁263。

千里」、「二十年」，極寫距離之遙遠、時間之久長，高度概括這些歌兒舞女們遠離故鄉，幽閉深宮，虛度青春年華，以至白頭的悲慘遭遇。三千里外之故國，空間寬闊，山河依稀；二十年深宮埋藏，時間接長，愁濃恨深。所以〈何滿子〉一聲才發，那種與世隔絕的無比寂寞苦悶的心曲，再也難以遏止，隨即雙淚奔流，一股腦兒傾瀉而下。所有的「思憶」與「埋怨」，都被壓縮再壓縮，化作「一聲」與「雙淚」。再如〈孟才人嘆〉、〈長門怨〉、〈思歸引〉、〈贈內人〉等，皆細膩地將宮女們的悲哀絕望表露無遺，深切的同情，贏得宮女們的喜愛，所以廣爲傳唱。更多的宮詞則展現了開元、天寶時代的宮廷生活，多角度的紀錄當時宮中的制度、佳節假日的娛樂場面，以及宮女樂妓的生活與傑出藝術才能。詩詠玄宗宮中歌舞宴樂等軼事，一幅幅狂歡畫面，讀之令人眉飛色舞。尤喜詠明皇與楊妃之事，從小事細物概括出繫乎國家興亡的大主題，正因唐朝國運由盛轉衰，二人乃其樞紐，所以詩人對此感慨特深，寄憾殊多。如〈寧哥來〉、〈集靈台二首〉、〈連昌宮〉、〈華清宮四首〉，直揭二人宮闈荒淫醜跡，歷歷在目。〈馬嵬歸〉、〈馬嵬坡〉、〈太眞香囊子〉、〈散花樓〉、〈雨霖鈴〉等詩，寫馬嵬兵變後，玄宗對楊妃的刻骨相思和綿綿長恨。這些詩篇，「皆可補開、天遺事，玄之樂府。」〔註15〕詩人之情，與其說是對李楊生離死別的惋嘆悲憫，無寧說是對盛唐一去不返的哀輓痛悼！尤其是〈雨霖鈴〉一詩，雖不明言神傷，卻是聲淚俱盡，深具藝術魅力。而〈集靈台二首〉之二，更值得一讀：

　　　　虢國夫人承主恩，平明騎馬入宮門。

　　　　卻嫌脂粉汙顏色，淡掃蛾眉朝至尊。

譏諷虢夫人與唐玄宗之穢亂，撥刺恣肆，發洩滿腔鬱憤。明寫楊氏姊妹以色市寵，暗喻玄宗荒淫好色，暗示天寶之亂的禍源。唐汝詢《唐詩解》曰：「此直賦實事，諷刺自見。夫一太眞足以亡國，況餘黨乎？」

〔註15〕洪邁《容齋隨筆》卷九〈張祜詩〉，大立出版社，1981年，頁123。

〔註16〕詩人撫今追昔，人事已異而弊政未除，乃假古以刺今，從另一方面揭露晚唐社會的亂象。

　　晚唐之際，藩鎮擁兵作亂，朝廷則常「不議誅洗，束兵自守，反條大歷、貞元故事，而行姑息之政。」〔註17〕即使發兵征討，將領或是首鼠兩端，或是不從朝令，反與藩鎮沆瀣一氣，如此禍國殃民的行徑，詩人看得真切，恨之入骨。〈感河上兵〉即為此而發，直指朝廷對藩鎮姑息貽患；〈江西道中作三首〉反映出藩鎮叛亂造成的農村凋殘荒破、民不聊生之景況；〈洛陽感寓〉則譏諷那些霸佔良田廣廈的豪貴之輩：「千門甲第身遙入，萬裏銘旌死後來」；尤其是〈悲納鐵〉，運用正反對比手法，對人民困於征戰，不得耕種，深致悲慨。詩云：

　　　　長聞為政古諸侯，使佩刀人盡配牛。

　　　　誰謂今來正耕墾？卻銷農器作戈矛！

統治者勒逼農民繳鐵作兵器，殘民以逞，早已忘了「民以食為天」的古訓。詩中鮮明地反映了戰爭造成耕桑失時，田園荒廢的時代事實。詩人蒿目時艱，不克匡救，憂危慮切，痛哭呼天，〈丁巳年仲冬月江上作〉即抒發對於「甘露之變」以後政局的無限悲憤；〈戊午年感事書懷二百韻〉揭露宦官集團竊國貪狠，草菅人命的罪行；而〈喜聞收復河隴〉則歌頌勝利，表達了「華夷同見太平年」的理想，欣喜之情，溢於言表。這些與諸多詠開元、天寶遺事的詩篇，當是白居易「新樂府」諸作之同調，用心也是一致的，前後媲美，互相呼應。

　　至若〈塞下〉、〈塞下曲〉、〈雁門太守行〉、〈從軍行〉、〈採桑〉、〈公子行〉等，學習曹操借古題而寫時事，感時傷世，忠憤填胸，表現他並未忘懷世事，仍不失老驥伏櫪之心。其詠史懷古詩，在對往史的詠歎中，寄寓著對現實的深深悲慨，往復低回，立意特深。如〈經咸陽

〔註16〕《唐詩解》卷二十九，《四庫全書存目叢書》集部三七○總集類，臺灣商務印書館，1986 年，頁 77。

〔註17〕《樊川文集》卷五〈守論〉，《四部叢刊正編》（○三七），臺灣商務印書館，1979 年，頁 59。

城〉通過阿房宮的暴成暴廢，批判始皇殘酷惡行，揭櫫國家興亡在於
「生人之意」這一千古不易之眞理。〈詠史二首〉，譴責武帝好大喜功，
爲一己之貪欲，勞苦天下，徒結外怨，虛損國力，又歌頌魯仲連不求
名利的高尚情懷。借漢喻唐，指斥時政，諷刺權貴。〈讀西漢書十四
韻〉刺武帝耗費民脂民膏，執迷求仙。若聯繫中、晚唐憲宗李純、穆
宗李恆、武宗李炎、宣宗李忱皆服金石之藥，或親受法籙，求長生不
死之道的不切實際，詩人借漢武以諷時君之意是非常明顯的。〈隋堤
懷古〉斥責煬帝的淫逸之行，且爲唐朝之重蹈覆轍而憂心忡忡；〈上
元懷古〉的「只聞丞相夷三族，不見扁舟泛五湖」，亦是有感於現實
而發。而〈感春申君〉、〈讀狄梁公傳〉等詩，再與中晚唐宦官擅政，
皇權旁落，朝臣默拱，追求享樂的社會現實合觀，詩中深意不言可喻。

三、小　結

　　張祜心繫朝政，洞察民瘼，在晚唐形式主義文風甚囂塵上，詩風
日益萎靡的潮流之下，繼承「感事寫意」的精神，獨能以質樸的五言
古風歌詠時事，大膽揭露，深刻諷刺，自不失爲佼佼者。陸龜蒙曾譽
之爲「才子之最也」〔註18〕，而沈德潛卻以「譏刺輕薄，絕無詩品」
〔註19〕貶抑之，二人看法兩極，皆不免太過。蓋張祜力挽狂瀾之作，
諫諷怨謠，鋒芒畢露，直可「與六義相左右，未可以雕蟲小巧目之。」
〔註20〕至於其婉媚清新、豔麗俊逸的「宮詞」諸作，仍沒有背離諷諭
懲勸的詩教，只不過詩意委婉曲折，隱而不露，若能除去「豔情」帷
幕，探其眞諦精髓，當知其絕非「輕薄」而已。

〔註18〕〈和過張祜處士丹陽故居並序〉，《全唐詩》頁 7194。
〔註19〕《唐詩別裁集》卷二十云：「祜又有集靈臺詩：『卻嫌脂粉汙顏色，
　　　　淡掃蛾眉朝至尊。』譏刺輕薄，絕無詩品。」廣文書局，1970 年，
　　　　頁 544。
〔註20〕吳景旭《歷代詩話》卷五十一，見《文淵閣四庫全書》集部四二二，
　　　　臺灣商務印書館，1986 年，頁 482。

第二節　曹　鄴

一、生　平

　　曹鄴（西元816～875年），字業之，桂州人。《全唐詩》編詩二卷，錄詩一○八首。又《全唐詩補編》三首，計存詩一一一首。生平湮沒，「作詩二十載，闕下名不聞。無人爲開口，君子獨有言。」（〈城南野居寄知己〉）這是詩人聲名身世的自敘。應考十年，九次落第，作〈四怨三愁五情詩〉，抒其憤懣情緒，雅道甚古，終獲賞識推薦，于大中四年（西元850年）進士及第。〔註21〕關心民苦，持論不阿，至「中歲便歸休」。〔註22〕從此報國無門，出仕無路，過著「手自鋤」、「讀殘書」的隱居生活，終老於桂林。

　　《唐詩紀事》謂：「駕與曹鄴友善，工古風。」〔註23〕明‧蔣冕〈曹祠部集序〉盛讚：「其詩格調高古，意深語健，諸體略備。」〔註24〕曹鄴詩不多，但內容豐富，或是針對當時的政治事件而寫，著眼於治亂興衰；或反映社會的種種矛盾，傳達了底層群眾的呼聲；或詛咒官吏的貪殘，斥責權貴顯要的荒唐無恥，皆有杜甫、白居易遺風。只是，杜、白新樂府，還是以勸誡爲名，而曹氏的社會諷刺詩，卻是潑辣不隱，直抒哀情，直言怨刺。其作品「梗概而多氣」，不但有通俗樸實的篇章，也有不少詩作感懷身世，悲嘆宦海浮沉，詠史傷時憫亂，贈寄抒發積鬱，交織著怨忿、感傷、失望等種種複雜的情緒，在哀惋中透露不平，冷嘲中寓意感嘆。這恰恰是「世積亂離，風衰俗怨」的社會環境中所激起的怨怒之聲、哀思之音、亂國末世之調。

〔註21〕《唐才子傳》卷七〈曹鄴〉條，頁126。
〔註22〕鄭谷〈送吏部曹郎中免官南歸〉，見《全唐詩》頁7728。又據友人李洞〈送曹郎中南歸時南中用軍〉一詩，得知曹鄴是在懿宗咸通九年（西元868年）辭官南歸的。
〔註23〕計有功《唐詩紀事》卷六十三〈劉駕〉條，見《四部叢刊正編》（○九九），臺灣商務印書館，1979年，頁519。
〔註24〕〈曹祠部集序〉，見《四庫全書》集部二二別集類，臺灣商務印書館，1986年，頁129。

二、作品舉隅

詩人處於萬方多難之世，眼見官吏貪鄙，急征厚斂，感於事，怨於內，興於嗟嘆，發於吟詠，於是便有吊民哀苦之詩。在〈奉命齊州推事畢寄本府尚書〉詩中，鞭辟入裡地評價「州民言刺史，蠹物甚於蝗」；愴然疾呼「社鼠不可灌，城狐不易防」，陳述刺史貪贓枉法之可惡，敲開晚唐吏治黑暗之冰山一角；一針見血地道出朝政難免窳敗，民生難免凋敝的內在根源，並提出要救民瘡痍，必先去此蟊賊的建議。更多同情農民被剝削被壓迫之詩篇，如〈四怨三愁五情詩〉中的〈其四怨〉：「手推嘔啞車，朝朝暮暮耕。未曾分得穀，空得老農名。」〈其五情〉：「勿怪官倉粟，官倉無空時。」〈賀雪寄本府尚書〉：「麥根半成土，農夫泣相對。」為農卻無穀可食，因收成盡被沒入官倉；再有霜雪天災，心血一夕化為烏有，貧農只能相對飲泣。

鄴之憫農詩作，以〈官倉鼠〉、〈捕魚謠〉最為膾炙人口。前者明顯地源出《國風‧碩鼠》，借殘害糧倉的鼠類比喻荼毒人民的官吏，文字簡練而批判深刻：

> 官倉老鼠大如斗，見人開倉亦不走。
>
> 健兒無糧百姓饑，誰遣朝朝入君口？

用語幽默詼諧，手法誇張揶揄，是一首寓意深刻的好詩。筆下的官倉鼠，卑劣、貪求、狡猾、破壞等習性，醜陋無比，體型與膽氣都已到了令人咋舌的程度。詩人還以與老鼠對話的嬉笑口吻，探究不公平現象的社會原因，寓含憤怒斥責之意。全詩筆力如刀，入骨侵髓，讀之，禁不住擊節稱快。〈捕魚謠〉脫胎於民歌，近乎謠諺，純乎口語：

> 天子好征戰，百姓不種桑。天子好年少，無人薦馮唐。
>
> 天子好美女，夫婦不成雙。

分別以不同內容排比陳列，由偏見全；又以對比方式深化內涵，聚焦於同一主題。雖僅作客觀敘寫，不動聲色，不加褒貶，而事實提供的強烈對立與因果關係，卻顯示了深刻的思想內容與鮮明的憎愛態度。斥責天子一人無道殃及天下，對晚唐社會的病態作了凝縮概括，既具有直接的

時事性，又有豐富的歷史感，真是能言人之所不敢言。

　　詛咒藩鎮內亂，譴責統治集團之貪戰、好戰，兵民備受禍殃，也是曹鄴詩的一大主題。〈甲第〉詩說：「將軍來此住，十里無荒田」，諷刺了邊將貪鄙營私，魚肉鄉里的醜行。〈長城下〉：「遠水猶歸壑，征人合憶鄉。泣多盈袖血，吟苦滿頭霜。」把征人受苦役折磨的慘狀和思鄉如夢的殷情寫得深邃透徹。〈秦後作〉云：「軹道人不回，壯士斷消息。父母骨成薪，蟲蛇自相食。」「徒流殺人血，神器終不試。一馬渡空江，始知賢者賊。」對統治者窮兵以為功，不恤生民，滅絕人性的作為，寫得入木三分。貪戰、好戰，都是不義之戰，〈戰城南〉詩云：

　　　　千金畫陣圖，自為弓劍苦。殺盡田野人，將軍猶愛武。

　　　　性命換他恩，功成誰作主。鳳皇樓上人，夜夜長歌舞。

寫將軍們暴殄國家錢財，興師動兵，喪盡農民性命，以此不義之戰邀功受恩，夜夜歌舞。充分傳達人民厭惡戰爭，渴求寧靜和平生活的願望。戰爭造成生靈離亂，征人哀怨，婦女愁苦，〈築城三首〉借詠秦築長城，抒發人民苦於勞役，輾轉呻吟之聲，迴蕩思婦不盡的哀怨。三首各摘錄二句讀之：

　　　　不辭嫁與郎，築城無休日。（其一）

　　　　力盡土不盡，得歸亦無家。（其二）

　　　　不知城上土，化作宮中火。（其三）

一邊是生民遭受塗炭，生不如死；一邊是統治者高樓明燭，管弦紅袖。這簡直是替民問罪的文字，可視為杜甫〈無家別〉的另作。七尺之軀，只是速死之具，寧可手足殘缺，或能免於征戰，以求無災無難到齒搖髮蒼。連年戰亂，征人苦，親人痛，是絕望的悲鳴，血淚的控訴，與杜荀鶴〈再經胡城縣〉同為不朽。還有〈下第寄知己〉、〈贈道師〉、〈南征怨〉、〈怨歌行〉諸篇，描繪戰禍慘狀，一幅幅淒神寒骨的景象，令人怵目驚心。

　　有些詩篇針對當時的政治事件而發，〈續幽憤〉堪為代表。詩為文宗大和九年（西元 835 年）甘露之變而作，對當代害賢嫉能，不容

忠介之士的敗風，流露出不絕的怨憤：「危魂沒太行，客弔空骨節。千年瘴江水，恨聲流不絕。」時人都噤若寒蟬，他獨能公忠剛正，諤諤直言。還有不少作品勾勒出顯貴權要荒唐無恥行徑的，如〈四望樓〉：「座上日已出，城中未鳴雞。無限燕趙女，吹笙上金梯。風起洛陽東，香過洛陽西。公子長夜醉，不聞子規啼。」日日笙歌，夜夜狂歡，香飄千里，糜爛荒淫。再如〈貴宅〉、〈和潘安仁金谷集〉等，寫紙醉金迷、窮奢極慾之生活，誠不知今夕何夕！

詩人目睹李唐王朝瘡痍遍地、江河日下的政局，和賢良投暗處、瓦釜居高堂的弊政，難免憂鬱於內而夙夜嘆惋，或見物傷情，或登臨激情，或讀史動情。懷古憫時，隨遇而發，這類詩歌別具一種深刻的諷諭效果。〈姑蘇臺〉、〈南征怨〉、〈登嶽陽樓有懷寄坐主相公〉等篇，寄言兵火廢墟，感傷時遷世衰；〈徒相逢〉、〈四怨三愁五情詩・其二怨〉，憤言鄉土不被朝廷賞識，無人薦舉，蹉跎難近的不滿情緒，對於賢人不顯，讒人高張的顛倒世道，給予尖銳諷刺。〈讀李斯傳〉：「難將一人手，掩得天下目。不見三尺墳，雲陽草空綠。」對於貪戀祿位，終致殺身滅族的李斯，極盡揶揄，這不啻是當頭棒喝，足以警醒世人；〈放歌行〉對於三閭大夫罹難見放，大鳴不平；〈東武吟〉、〈過白起墓〉、〈文宗陵〉、〈代班姬〉等，充滿古是今非，英雄無用的淒切意味。還有〈庭草〉、〈四怨三愁五情詩・其一情〉等，是嘆息，是怨嗟，是祭悼，是輓歌，是末代有志士人的共同心聲。托物寄興，蓄意幽遠，鬱鬱然與騷人同風。

三、小　結

曹鄴對於喪亂痛心疾首，藉由古風、樂府及近體短章指論時事，探索問題，直刺現實的黑幕，有議論、有抒情、有控訴。善於集中、概括生活中紛雜而慘痛的事實，深掘這些矛盾產生的病根禍源，諷刺如霜，寓意無窮，可說是對《詩經》刺惡揚善精神的發揚，深得杜甫、白居易之神髓。

其詩簡淨質樸，自然清新，採用了大量的口語入詩，比喻通俗生動，有著濃厚的歌謠色彩，顯出樂府品格。風格幽默冷峻，潑辣尖銳，相較於日趨靡麗、纖巧、自詡新奇的形式主義詩風，實大異其趣。王夫之在評〈代羅敷誚使君〉一詩時謂：「此公眞樂府好手，亦眞詩人。」〔註25〕陸時雍論其五古云：「以意撐持，雖不迫古，亦所謂『鐵中錚錚，庸中姣姣』矣。」〔註26〕於晚唐詩壇，無疑是難能可貴的空谷足音。《四庫全書總目提要》評曰：「顧其詩乃多怨老嗟卑之作。蓋坎壈不遇，晚乃成名，故一生寄託，不出此意。」〔註27〕此恐怕是紀昀的偏見。

第三節　于　濆

一、生　平

于濆，字子漪，生於唐文宗大和六年（西元 832 年），卒年不詳。才秀人微，取湮當代。居里、行蹤、仕履，史書均乏記載，如今只能從零星的材料中，簡單地勾勒出一個粗略的輪廓。懿宗咸通二年（西元 861 年）舉進士，其後，做過泗州判官。《新唐書・藝文志》著錄「于濆詩一卷」；《宋史・藝文志》著錄「于濆古風詩一卷」。此後，宋人陳振孫《直齋書錄解題》、王堯臣《崇文總目》、尤袤《遂初堂書目》等，或作《于濆古風詩》，或作《于濆集》，均著錄一卷。今《全唐詩》存詩一卷，計四六首。

于濆對於當時形式主義及輕佻虛華的詩風深表不滿，《唐才子傳》說他：「患當時作詩者拘束聲律而入輕浮，故作古風三十篇以矯弊俗，

〔註25〕王夫之《唐詩評選》，王學太校點，文化藝術出版社，1997 年，頁76。

〔註26〕陸時雍《詩鏡總論》，見丁福保輯《歷代詩話續編》，木鐸出版社，1988 年，頁 1422。爲省篇幅，後文再引自本書者，僅標明頁碼。

〔註27〕紀昀《四庫全書總目提要》卷二五一，臺灣商務印書館，1986 年，頁 23。

自號逸詩。」〔註28〕三十篇「逸詩」早已散佚，但揆諸所作，皆極諷
刺，干教化，深爲時流所許。全部用對比的手法，控訴了社會的分配
不公、苦樂不均的不合理現象，而這些現象又集中體現在農民和戰士
身上。舉凡人民生活的痛苦，剝削階級的腐朽，邊塞戰爭帶來的苦難，
嚴重的階級對立等等，無不在其詩中得到充分反映。又所作幾乎全爲
五言古詩，顯現詩人是有意識地運用這種形式爲武器，繼承比興傳
統，發揚質樸、平易詩風，以起到補偏救弊的作用。

二、作品舉隅

　　于濆志高品端，不慕榮利，不趨炎附勢。〈感懷〉詩表白了自己
的心志：

　　　　采薇易爲山，何必登首陽；濯纓易爲水，何必泛滄浪。

　　　　貴崇已難慕，諂笑非所長。東堂桂欲空，猶有收螢光。

以賢者伯夷、叔齊自況，縱然潦倒落魄，也不乞憐諂媚；即使應舉下
第，也要如東晉車胤一樣，堅持苦學。詩人儘管躊躇滿志，卻始終不
得伸展，一生淪落潦倒，致使詩中時有感喟身世，壯志難酬的苦悶，
流露出抑鬱和感傷的情調。如〈早發〉、〈述己嘆〉等慨嘆人生艱難；
〈越溪女〉借詠貧富不同的越溪女之遭遇，寄寓自身之不平與無可奈
何；〈青樓曲〉則假美女所思不見，青春漸逝，以比自己累舉不第，
年歲已長的徬徨；〈擬古意〉更借一貌美女子之逾時未嫁，寄託自己
懷才不遇而又橫遭物議的憤懣情緒。究其底蘊隱曲，仍是藉以控訴那
個動盪不安的年代。

　　作品以反映社會貧富懸殊、同情貧苦爲主，諸如：〈苦辛吟〉、〈里
中女〉、〈古宴曲〉、〈思歸引〉、〈野蠶〉、〈織素謠〉、〈田翁歎〉、〈山村
叟〉、〈秦富人〉等，都從不同角度，沉痛地戳破晚唐黑暗的帷幕，對
於不重視勞動，只貪圖飽暖，縱情聲色歌舞的墮落風氣，表示了嚴正
抗爭。茲節錄部分詩句以見其梗概：

〔註28〕《唐才子傳》卷八〈于濆〉條，頁 137。

> 壟上扶犁兒，手種腹長饑。
> 窗下拋梭女，手織身無衣。(〈苦辛吟〉)
> 貧女苦筋力，繰絲夜夜織。
> 萬梭為一素，世重韓娥色。(〈織素謠〉)
> 頻年繇役重，盡屬富家郎。(〈田翁嘆〉)
> 雖露巾覆形，不及貴門犬。(〈山村叟〉)

窮苦人民的飢寒交迫，與達官顯貴的驕奢淫逸，形成強烈對比。耕者無食挨餓，織者無衣受凍，這是不合理的，卻也是當時普遍的現象。〈古宴曲〉云：

> 燕娥奉巵酒，低鬟若無力。十戶手胼胝，鳳凰釵一只。
> 高樓齊下視，日照羅衣色。笑指負薪人，不信生中國。

對於那些「無功及生人」(〈野蠶〉)不勞而食的寄生蟲極為憤恨，批判尖銳。〈秦富人〉一詩，同樣鞭笞那些慳吝刻薄的富人「糞土視金珍，猶嫌未奢侈」之可惡。它如〈擬古諷〉、〈燒金曲〉等，也都直陳時事，深刺當世之弊，重擊統治者的愚蠢無能。

其次，于濆也頗為關注戍邊、征戰不已，人民離散分別、白骨沙場的嚴酷事實。此時邊塞詩，可以說是從浪漫主義的樂觀，熱情昂揚、積極進取轉入了寫實主義的悲觀、冷峻描敘、無情解剖。豪邁的氣概、熱情的調子、瑰麗的色彩等宏偉氣象已然消退，取而代之的是現實的幽冷、淒厲，滲入了時代的悲與怨，其基調只有長歌當哭，蒼涼哀痛，只有憤怒，只有絕望。如〈隴頭吟〉：

> 行人何彷徨，隴頭水鳴咽。寒沙戰鬼愁，白骨風霜切。
> 薄日朦朧秋，怨氣陰雲結。殺成邊將名，名著生靈滅。

戰爭浩劫後的塞漠景況，前所未見。上半極力渲染了戰場淒涼蕭殺的氣氛，白骨遍野，風霜逼人。接著寫天上薄日晦暗，戰死的鬼魂哀怨結成愁雲密佈，陰森恐怖，令人不寒而慄，這就是晚唐詩人眼中的邊塞。前六句的反復點染，極盡刻畫情景之能事，為的是烘托出「殺成邊將名，名著生靈滅」，這一深刻主題。士卒賣命，將軍受封，一將功

成萬骨枯，竟成爲普遍的規律。主題相似的尚有〈塞下曲〉：「燕然山上雲，半是離鄉魂。衛霍徒富貴，安能清乾坤。」燕然山上愁慘的濃雲，半是離鄉戰士的冤魂凝聚而成。以象徵的手法寫出那些武將們孜孜以求的燕然山勒石記功，實際上是用士卒的白骨堆砌而成的。戰士犧牲慘死，曝屍荒野，只是做爲屠夫們逞一己私慾的工具罷了。另一首〈隴頭吟〉也寫出征人無窮的嗚咽，傾訴不公，道盡無奈：

借問隴頭水，終年恨何事。深疑嗚咽聲，中有征人淚。

自古蘊長策，況我非才智。無計謝潺湲，一宵空不寐。

連年征戰，鎧甲生蝨，屍橫遍野，不知何年何月才得解甲以歸。但無論是與邊疆民族的戰爭，或是藩鎮間的相互殘殺，都並不是眞正爲了保衛國家民族利益的，而僅僅是將軍們獲取高官厚祿的殘酷手段：

自是愛封侯，非關備胡虜。（〈古別離〉）

凌煙閣上人，未必皆忠烈。（〈戍卒傷春〉）

赤肉痛金瘡，他人成衛霍。

目斷望君門，君門苦寥廓。（〈邊遊錄戍卒言〉）

強烈的意識到，遍體的刀箭創傷，竟給他人鋪墊了上爬晉級的階梯。把戰士們的艱苦、委屈以及怨憤，淋漓傾吐，這比那些徒然羨慕畫像凌煙閣的人，自然崇高而富有人性。藉由征人的自述，道出了厭戰、怨戰的根本原因，並嚴厲譴責那些只知擴充權勢、圖謀富貴的邊將，懷疑這些人又怎能廓清國家的內憂外患呢？怎能帶給千萬百姓太平盛世呢？此和劉駕、曹鄴、邵謁的〈戰城南〉及蘇拯的〈古塞下〉〔註29〕等，皆同曲同工。

三、小 結

綜觀于濆詩作，都揭示了同一主題：抨擊那毀滅生靈的不義之戰，鞭撻那不恤士卒、貪求封侯、追求厚賞的庸腐軍閥。這些飽含激

〔註29〕劉駕、曹鄴、邵謁的〈戰城南〉及蘇拯〈古塞下〉，依序分見《全唐詩》頁 6780、6865、6994、8250。

情的詩句，都是言人所不敢言，鋒芒銳利，針針見血。

　　于濆善於以樂府和古詩的形式呈現寫實的內容，成功地發揮了民歌和古詩通俗明快、樸實自然的本色；不以華麗、秀美相矜誇，也不以靡靡之音附和流俗，眞正做到了白居易所說的「非求宮律高，不務文字奇。惟歌生民病，願得天子知。」〔註30〕詩人捨棄浪漫主義的激烈熱情，滲入了時代的悲與怨，走向現實主義的深化，而能在古樸中透露出激憤，於質直中顯示出鋒芒。明‧謝榛論于濆詩曰：「有關風化」〔註31〕；清‧賀裳也說：「晚唐詩人，余最喜于濆、曹鄴」，且列舉濆之〈擬古意〉、〈塞下曲〉、〈長城曲〉、〈戍客南歸〉等作，認爲「如此數篇，眞當備蒙瞍之采。」〔註32〕蓋不失爲持平之論。

第四節　皮日休

一、生　平

　　皮日休（西元833～883年）字襲美，襄陽人。性傲誕，隱居鹿門，自號閒氣布衣。咸通八年，登進士第。集二十八卷，《全唐詩》編詩九卷，卷八百七十收諧謔詩二首，其中〈詠螃蟹呈浙西從事〉一首，已見正卷（題〈詠蟹〉）。補遺五首，共錄詩四○○首。又《全唐詩補編》錄詩九首，計存詩四○九首。

　　日休生當晚唐文、武、宣、懿、僖五朝，主要活動時期是懿宗咸通至僖宗廣明的二十年間，有唐社稷已是日薄西山，殘燈將盡。值此衰微末季，詩人多有用世救時之志。《唐才子傳》曰：「（皮日休）時值末年，虎狼放縱，百姓手足無措，上下所行，皆大亂之道，遂作《鹿門隱書》六十篇，多譏切謬政。」〔註33〕以憤激之詞，指斥天下，陸龜蒙因

〔註30〕〈寄唐生〉，《全唐詩》頁4663。
〔註31〕《四溟詩話》卷三，人民文學出版社，1961年，頁66。
〔註32〕《載酒園詩話‧又編》〈于濆〉條，見郭紹虞編《清詩話續編》，頁381。
〔註33〕《唐才子傳》卷八〈皮日休〉條，頁143。

此屢讚其對道統的貢獻。論其思想，基本上是遵循孔孟之道，偏重於「仁政愛民」、「積極入世」等方面，此從整部《皮子文藪》〔註34〕中幾乎涉及到全部儒家經典和儒家推崇的人物可知。

二、作品舉隅

皮日休揭櫫寫作的動機與宗旨是：「傷前王太佚，作〈憂賦〉；慮民道難濟，作〈河橋賦〉；念下情不達，作〈霍山賦〉；憫寒士道壅，作〈桃花賦〉。……皆上剝遠非，下補近失，非空言也。」〔註35〕所謂「剝非」，即剝除不合理之處，指出弊病所在。所謂「補失」，即補正失誤，提出合理對策。又說：「狀花卉，體風物，非有所諷，輒抑而不發」。〔註36〕唾棄詩歌的「豔傷麗病」，力反不切於用的空疏言論，強調創作旨歸在於補察時政，洩導人情。〈霍山賦·序〉云：「臣日休以文為命士，所至州縣山川，未嘗不求其風謠。」〔註37〕傾聽人民聲音，多憂國傷時、批判現實之作。寫戰爭行役，傷憫萬姓；寫蝗旱天災，哀憐飢民。或以譏刺時政、反映百姓困苦生活為主軸；或以鞭撻上位者奉玩好、輕人命為基調。其中〈三羞詩〉及十篇〈正樂府〉尤稱傑作。

〈三羞詩〉三首是作者通過對當時現實的深刻觀察，感到自己悖離人民，深覺慚愧，而能突破偏見同情天下蒼生。其所以題名「三羞」，從〈序〉中可明其緣由：「皮子窺之，愬然泣，衄然羞，故作是詩贐之。」此一羞也；「皮子謂之內過曰，吾之道不足以濟時，不可以備位，又手不提桴鼓，身不被兵械，怡然自順，怡然自樂，吾亦為許師之罪人耳。作詩以吊之。」此二羞也；「因羞不自容，作詩以唁之。」

〔註34〕《皮子文藪》，凡二百篇，為十卷。見《四部叢刊正編》（○三七），臺灣商務印書館，1979 年。

〔註35〕〈文藪·序〉，見同註上，頁 2。

〔註36〕《皮子文藪》卷一〈桃花賦·序〉，見《四部叢刊正編》（○三七），臺灣商務印書館，1979 年，頁 10。

〔註37〕《皮子文藪》卷一〈霍山賦·序〉，見同註上，頁 5。

此三羞也。

　　其一，爲朝廷的清官食吏遭受逼害而潸然淚下。讚揚他們的行爲，更悲憫他們的遭遇：「蒼惶出班行，家室不容別。玄鬢行爲霜，清淚立成血。」忠臣被斥，得罪於當權者，不得不「赫赫負君歸，南山采芝蕨。」其二，寫他於咸通七年路過許州時，目睹人民因政府用兵安南所受徵兵之苦，詩中敘述了許州兵士戰歿交阯：「昨朝殘卒回，千門萬戶哭。哀聲動閭里，怨氣成山谷。」家屬悲哭聲動城郭，而自己是「家不出軍租，身不識部曲。亦衣許師衣，亦食許師粟。」油然升起羞愧之意。並痛斥官吏貪暴，引發邊疆戰事，將帥知小謀彊，人民白白犧牲。其三，詩寫淮右蝗旱，潁民轉徙，盈途塞陌，命似螻蟻的慘象：「夫婦相顧亡，棄卻抱中兒。……兒童吃草根，倚桑空羸羸。斑白死路旁，枕土皆離離。」生動地描繪出了一幅唐末流民圖。

　　總此三羞，或憤慨佞人得勢，賢者陸沉；或苦邊疆戰事，頻年不息；或憫災荒威虐，骨肉相棄，百姓流殍，無可控訴。語語有同情，字字寓針砭，皆是情感噴薄於紙背，是詩亦是史。

　　〈正樂府十篇〉，是學習〈新樂府五十首〉的產物，其思想、命意，簡直就是白居易之作的翻版；敘寫黎民苦難，足可與〈秦中吟十首〉，前後比「苦」。題材上是「一吟悲一事」，將當時社會中可悲可懼的事件集中敘述，夾敘夾議，且能「卒章顯其志」，好惡強烈，流露著關心民瘼的眞誠，發揮了樂府的眞正功能。

　　人禍之甚，莫過於兵燹。所以詩人彈劾時政，針砭時弊，辛辣的筆端，首先指向「戒戰功」。〈卒妻怨〉正是反映戰禍頻仍之悲劇，並鞭撻統治者對出征士卒家屬的無情待遇。可與杜甫〈兵車行〉、白居易〈新豐折臂翁〉二詩前後輝映。市井小民除了戰爭、征戍之外，尚有力役之苦。唐代的驛站中設有驛夫（路臣），路臣行役，神速如飛，疲憊難堪；有司如凶神惡煞，督促甚急，動輒捶撻。〈路臣恨〉一詩，直接道出了行役者心中的怨恨。

　　苛稅是一種可怕的人禍。皇室連年用兵，國庫空虛，濫增稅目，

百姓憔悴撐持，縱不死於戰火，猶難逃於飢荒。〈橡媼歎〉運用集中、濃縮、聚焦的手法，透過人物典型化的塑造，表現同類人群的命運，讀之，如聽聞農婦之哀泣：

> 秋深橡子熟，散落榛蕪岡。傴傴黃髮媼，拾之踐晨霜。
> 移時始盈掬，盡日方滿筐。幾曝復幾蒸，用作三冬糧。
> 山前有熟稻，紫穗襲人香。細穫又精舂，粒粒如玉璫。
> 持之納於官，私室無倉箱。如何一石餘，只作五斗量？
> 狡吏不畏刑，貪官不避贓。農時作私債，農畢歸官倉。
> 自冬及於春，橡實誑饑腸。吾聞田成子，詐仁猶自王。

採直書其事的「賦」法，表達奔迸的感情，戳穿現實黑幕，把貪官狡吏敲詐、盤剝貧民的盜賊行徑，淋漓盡致地揭露，怨怒之情，溢於言表。詩人首先滿懷激情地塑造了一位駝背枯槁老婦在深秋撿拾橡子，以備三冬充饑之糧的情景，接著以頌古非今的方式，刻劃「家田輸稅盡，拾此充饑腸」〔註38〕的無告圖像，強烈譴責「不畏刑」的狡吏，「不避贓」的貪官。「如何」一問，見百姓無奈之態；「誑饑腸」則見生民水盡山窮。詩人滿腔忿懑終於爆發，乃怒斥現今的在位者連田常式的假仁假義都沒有了。〔註39〕時勢險惡，生不如死，簡直是人間煉獄。

皮子認爲「人至急日粟帛焉。夫一民之飢，須粟以飽之；一民之寒，須帛以暖之。」〔註40〕百姓辛勤終日，但求活其身、暖其身而已，然豺虎當道，蛇虺橫行，窮征暴斂，即令熟稻遍野的豐年，猶啼飢號寒。〈農父謠〉再一次控訴超負荷的賦稅，痛陳「均輸法」的弊害：

> 農父冤苦辛，向我述其情。難將一人農，可備十人征。
> 如何江淮粟，輓漕輸咸京。黃河水如電，一半沉與傾。
> 均輸利其事，職司安敢評。三川豈不農？三輔豈不耕？
> 奚不車其粟，用以供天兵。美哉農父言，何達計王程。

〔註38〕 白居易〈觀刈麥〉，《全唐詩》頁4655。

〔註39〕 田成子，名田常，又名陳恆，春秋時齊國宰相。他「詐仁而王」的行徑，歷代被視爲大奸大惡的典型。

〔註40〕 《皮子文藪》卷三〈原寶〉，見《四部叢刊正編》（○三七），臺灣商務印書館，1979年，頁19。

江淮是朝廷稅賦主要取給地，「江淮粟」要長途跋涉運抵京城（長安），其間危險艱苦、浪費損耗，難以估計，民間至有「用斗錢運斗米」〔註41〕的傳言。史載：「江淮漕租米至東都輸含嘉倉，以車或馱陸運至陝。而水行來遠，多風波覆溺之患，其失嘗十七八，故其率一斛得八斗為成勞。……而河有三門、底柱之險，……輓夫繫二鈲於胸，而繩多絕，輓夫則墜死。」〔註42〕又：「歲漕經底柱，覆者幾半。河中有山號『米堆』，運舟入三門，雇平陸人為門匠，執標指麾，一舟百日乃能上。諺曰：『古無門匠墓』，謂皆溺死也。……覆船敗輓，至者不得十之四五。」〔註43〕黃河三門底柱之險，沉船、翻船、墜死事故不斷，百姓盡做波臣；復有如虎似豹的狡吏，營私舞弊，諫議之官姑息養奸，任其敲骨吸髓。居上位者操權亂國，殘民害物，詩人憂危慮深，將如何解民於倒懸呢？對時弊的具體建言，願得天子知，可惜這是一個「上心未諭於下，下情未達於上」〔註44〕的政治環境，天下萬機，一人聽斷，骨鯁忠義之言根本無緣「上達天聽」。

　　諷進奉、勸任賢，是〈正樂府十篇〉的主題之一。唐朝皇帝，大多「不思心腹之疾兮，又玩膏肓之病。」〔註45〕沉緬於聲色犬馬之中，驕奢淫逸。史載：安史之亂前夕，唐玄宗鬥雞走狗，和絃逐舞，寵愛楊貴妃，貴妃好食荔枝，當時「州縣以郵傳疾走稱上意，人馬僵斃，相望於道。」驛馬飛馳，屍骨棄道，只為滿足楊妃口腹之慾，豈不荒唐？如此「致遠物以悅婦人，窮人之力，絕人之命，有所不顧，如之何不亡？」〔註46〕帝王荒淫毀亂，醉生夢死，不思自救，必蹈前人覆

〔註41〕《新唐書》卷五十三〈食貨三〉，頁1367。

〔註42〕見同註上，頁1365。

〔註43〕見同註上，頁1370。

〔註44〕《新唐書》卷一百三十二〈吳兢傳〉載玄宗時，吳兢上疏：「夫以一人之意，綜萬方之政，明有所不燭，智有所不周，上心未諭於下，下情未達於上。」見同註上，頁4527。

〔註45〕《皮子文藪》卷二〈憫邪〉，見《四部叢刊正編》（○三七），臺灣商務印書館，1979年，頁14。

〔註46〕謝枋得《唐詩絕句選》卷三評杜牧〈過華清宮〉詩。廣文書局，1970

沒之轍。晚唐諸帝變本加厲，色荒之餘，復屬意聚斂，「常賦之外，
進奉不息。」〔註47〕各地方官每年都會按時向天子進獻方物，「每假
進奉，廣有誅求。」〔註48〕貢品──來自窮苦百姓以生命換取所得，
可見「進奉」害民之甚。〈哀隴民〉詩云：

> 蚩蚩隴之民，懸度如登天。空中覘其巢，墮者爭紛然。
> 百禽不一得，十人九死焉。隴川有戍卒，戍卒亦不閑。
> 將命提雕籠，直至金堂前。

統治階層以雕籠豢養鸚鵡作爲玩弄寵物，爲圖一己享樂，迫使隴民登
高履險，「十人九死」的去捕捉，又令戍卒離開職守，專送「珍禽」
到「金堂」來。鳥不易得，人多枉死；一邊是高樓朱閣，紅燭歌舞；
另一邊是墮者紛然，命賤如土。愚闇荒樂的帷幕後面，是慘痛的難民
景象，兩兩對照，豈不是貴族生活在天堂之上，而百姓沉淪煉獄之中
嗎？〈惜義鳥〉一詩，則由義鳥之被戲弄，聯想到賢士之陸沉：商顏
一帶產鳥，鳥能惜仁重義，遂常爲人所捕獲，以爲貢品。被送入宮廷
的義鳥，竟是充作宮娥玩伴，「飽以稻粱滋，飾以組繡華。惜哉仁義
禽，委戲於宮娥。」暗諷仁義之士徒有抱負，卻處處受限，在在任人
玩弄，其視義鳥則有過之而無不及。唐季諸君昏憒，昵比群小，埋毀
人才；奸臣蔽君，貪吏害民〔註49〕，無怪乎詩人義憤填膺，嚴詞抨擊。
〈賤貢士〉即爲此而發：

> 南越貢珠璣，西蜀進羅綺。到京未晨旦，一一見天子。
> 如何賢與俊，爲貢賤如此。所知不可求，敢望前席事。
> 吾聞古聖人，射宮親選士。不肖盡屏跡，賢能皆得位。

　　　年，頁 42。
〔註47〕《新唐書》卷五十二〈食貨二〉，頁 1358。
〔註48〕《白氏長慶集》卷四十一〈論裴均進奉銀器狀〉，見《四部叢刊正編》
　　　（○三六），臺灣商務印書館，1979 年，頁 487。
〔註49〕《新唐書》卷二○八〈田令孜傳〉述及僖宗朝政時說：「是時賢人無
　　　在上者，惟佞倖迤貪相與備員，偷安緘默而已。」頁 5885。卷二二
　　　五〈逆臣傳贊〉，也說宣宗在位時「賢臣斥死，庸懦在位，厚賦深刑，
　　　天下愁苦。」頁 6469。

珠璣、綺羅等貢品，入京即見天子，而賢俊本是國之寶，卻鄙若塵灰，無緣「前席」。詩人對於天子好珍品而不惜賢俊的荒唐作爲，大表不滿與深深的憂慮、慨嘆。〈鹿門隱書六十篇〉中有一段話，說得透徹：「不行道，足以喪身；不舉賢，足以亡國。金貝珠璣，非能言而利物者也。至夫有國者，寶之甚乎賢，借之過乎聖。如失道而有亂，國且輸人，況乎金貝珠璣哉！」〔註50〕諫誠君王當效法古聖王捨珍禽、重人命，重賢才、輕金玉。

　　懲貪官、諫巧詐，是〈正樂府十篇〉的又一重要主題。當時官吏皆是：「諂顏偷笑，辱身卑己，汲汲於進！」〔註51〕剝下媚上，殘民以逞，愚昧凶毒，飽食無所爲的「混沌」、「雄虺」之輩。〈貪官怨〉諷刺吸人脂膏的官吏慾壑難塡，又譏其愚且貪：

　　　　素來不知書，豈能精吏理？大者或宰邑，小者皆尉史。

　　　　愚者若混沌，毒者如雄虺。傷哉堯舜民，肉袒受鞭箠。

國家之邑宰尉史，賞與不學無術之宦豎充當。愚蠢者是「聲色狗馬外，其餘無一知。」〔註52〕荼毒者則是貪虐多詐，姿意宰割，永不饜足，官場烏煙瘴氣，百姓飽受凌虐。詩人從「吾聞古聖人，天下無遺士」的慕古心理出發，對國家嫉賢屈才，導致奸佞當道、相互傾軋的亂象，憂心忡忡。反觀外國官史倒是「夷師本學外，仍善唐文字」。〈頌夷臣〉一詩，一再對比著說：「所以不學者，反爲夷臣戲。所以尸祿人，反爲夷臣忌。吁嗟華風衰，何嘗不由是。」譏諷那些尸位素餐之庸吏，可謂入木三分。同時，詩人對於國力衰微，邊患深重的局面，也作認眞思考。〈誚虛器〉一詩，對於朝廷以襄陽鬃器欺紿異族的作法，不敢苟同，力斥主政者欺騙之手段，末句：「如何漢宣帝，卻得呼韓臣」，則是假西漢皇帝劉詢勵精圖治，恩信及於戎虜，使南匈奴呼韓邪單於臣

〔註50〕《皮子文藪》卷九，見《四部叢刊正編》（○三七），臺灣商務印書館，1979 年，頁 61。

〔註51〕《皮子文藪》卷三〈原己〉，見同註上，頁 20。

〔註52〕白居易〈悲哉行〉，見《全唐詩》頁 4664。

服之事〔註 53〕，勸諫君主應秉誠信、棄巧詐，「修德以來遠人」。深刺當世之弊，警醒當權者，使人君有惕然知戒之心，可謂剴切。

此外，如〈茶灶〉一詩，反映了茶農「如何重辛苦，一一輸膏粱」的被剝削生活。〈太湖石〉，寫石之被徵，「賞玩若稱意，爵祿行斯須。」詩人不禁問題：「苟有王佐士，……得如茲石無？」與〈哀隴民〉、〈惜義鳥〉、〈賤貢士〉如出一轍，同為賢士之淪落不遇，徒呼負負。

三、小　結

皮子之作，篇篇為時、為民而發，直截指陳現實弊端，「句句考事實」，有如歷史實錄、社會圖鑑。有批判，有感慨，表現了他對腐朽政治的深刻認識，與一般追求文采辭藻者大相逕庭，較之那些庸俗淺薄之作，自然高出一等。種種令人心顫的社會寫真，均能以至誠之情，化尋常為奇崛，深具藝術感染力，且以創作實踐力挽萎靡衰敗之不良風習，成為時尚的反撥，克稱樂府「正聲」。前人批評說：「皮襲美……律體刻畫堆垛，諷之無音，病在下筆時先詞後情，無風骨為之幹也。」〔註54〕若單就其酬酢唱和的律體而論，尚稱允當，至於其五古、樂府之成就，堪稱獨領末代之風騷。

第五節　羅　隱

一、生　平

羅隱，字昭諫，餘杭人。生於唐文宗大和七年（西元 833 年），卒於梁太祖開平三年（西元 909 年），主要活動於晚唐宣、懿、僖、昭四朝。與「辭藻富贍」的羅虬、「才清而綿致」的羅鄴，並稱「江東三羅」而居其首。〔註55〕有《歌詩集》十四卷，《甲乙集》三卷，《外

〔註53〕參見《漢書》卷八〈宣帝紀〉，中華書局，1966 年，頁 266。
〔註54〕胡震亨《唐音癸籤》卷八〈評彙四〉頁 66。
〔註55〕王定保《唐摭言》卷十，世界書局，1967 年再版，頁 113。又楊慎
　　　　《升庵詩話》卷一：「晚唐江東三羅，羅隱、羅鄴、羅虬也。皆有集

集》一卷。《全唐詩》編詩十一卷，補遺一首，錄詩四八一首。又《全
唐詩補編》十四首，計存詩四九五首。除少數五、七言古詩和雜言詩
外，基本上都是近體詩，尤以七律最多。詩風以淺俗著稱，故李日剛
《中國詩歌流變史》將他列爲「淺俗派」詩人之首。〔註56〕

　　《舊五代史》曰：「（隱）詩名於天下，尤長於詠史，然多所譏諷。」
〔註57〕《唐才子傳》說他：「詩文凡以譏刺爲主，雖荒祠木偶，莫能
免者」、「褊急性能，動必嘲訕。」〔註58〕處於那風雨飄搖的時代，加
上傲岸不屈的性格，促使其詩「篇篇皆有喜怒哀樂、心志去就之語。」
〔註59〕譏諷、抗爭和憤激，是他對晚唐社會之態度，也是他詩文的風
格特點。社會詩近四十首，是唐末五代社會諷刺詩人的典型。

二、作品舉隅

　　唐末王朝分崩離析，政治一塌糊塗，社會破碎不堪，羅隱對一切
已經絕望，所以詩中就只有赤裸裸的嘲諷和批判。他善於借題發揮，
而以譏諷鞭撻爲目的。首先，表現在謗訕科舉。〈曲江春感〉：「聖代
也知無棄物，侯門未必用非才。」既照出聖代，自比非才，透顯濃重
失意之情，是詩人科場屢挫，仕途無望的眞實反映，也是對晚唐社會
用非其人的一種抗議。場屋中徇私舞弊，大行其道，雖然年年舉辦，
但被錄取的盡是一些不學無術的小人，而眞正的才學之士，卻得不到
「春風」恩澤。〈春風〉詩云：

　　　也知有意吹噓切，爭奈人間善惡分。

　　　但是秕糠微細物，等閒抬舉到青雲。

借春風作比，辛辣嘲諷了當世選才用人之弊。他懷才抱志，卻十試不

　　　行世，當以鄭爲首。」見清・李調元編纂《函海叢書》（十九），宏
　　　業書局，1972年，頁12088。
〔註56〕《中國詩歌流變史》（上），文津出版社，1987年，頁454。
〔註57〕《舊五代史》卷二十四〈羅隱傳〉，中華書局，1966年，頁326。
〔註58〕《唐才子傳》卷九〈羅隱〉條，頁157。
〔註59〕胡仔《苕溪漁隱叢話》前集卷二十四引《桐江詩話》語，世界書局，
　　　1976年三版，頁162。

第，而無才無德的豪門貴胄，卻平步青雲，竊居高位。昭宗避難西蜀
途中，賜猴子以「孫供奉」，羅隱因援引無門，滿腔憤慨，遂以〈感
弄猴人賜朱紱〉詩諷刺之：

> 十二三年就試期，五湖煙月奈相違。
>
> 何如買取猢猻弄，一笑君王便著緋。

身在亂世，考與不考無所謂，想當官自有其他渠道。任人唯親，已是
不公，弄猴博得君王一笑，即可「著緋」，豈非荒誕至極。雖以近乎
嘻笑之筆進行揶揄屬罵，其中辛酸與不平，卻也掩藏不住。再如〈西
京崇德里居〉、〈江邊有寄〉、〈黃河〉、〈中原甲子以辛丑駕幸蜀四首〉
等，皆是針對科舉弊端而發。

其次，諷刺昏君貪官。廣明元年（西元 880 年）黃巢攻入長安，
僖宗倉皇逃到四川成都，逢此巨變，羅隱寫下〈帝幸蜀〉一詩：「馬
嵬山色翠依依，又見鑾輿幸蜀歸。泉下阿蠻應有語，這回休得怨楊妃。」
帝王禁不住女色的誘惑而沉淪，導致敗政亡國的歷史一再重演，又豈
能一概卸責於「女禍」呢？此所以諫誡「色荒」。淮南節度使高駢惑
於蠻吏呂用之、張守一、諸葛殷等神仙之說，酷好法術，荒唐不堪，
羅隱寫了〈淮南高駢所造迎仙樓〉予以譏刺。再如〈后土廟〉：「四海
兵戈尚未寧，始於雲外學儀形。九天玄女猶無聖，后土夫人豈有靈？」
亦是諷諫迷信神仙法術之無稽。

羅隱嘗投於錢鏐幕下，賓主遇合，如魚得水。但當他得知西湖的
漁民每天都要向錢王府交納「使宅魚」數斤，難遏憤怒，而有〈題磻
溪垂釣圖〉之作：

> 呂望當年展廟謨，直鉤釣國更誰如？
>
> 若教生在西湖上，也是須供使宅魚。

上聯指實，下聯虛寫，虛實對比，諷刺顯現。錢鏐見詩感悟，遂蠲其徵。
詩人面對騷動亂離、兵革滔天的時代，常常哀嘆「疲甿賦重全家盡，舊
族兵侵大半死。」（〈送王使君赴蘇台〉）「乾坤墊裂三分在，井邑摧殘一
半空。」（〈江亭別裴饒〉）人民無辜被殺，而那些禍國殃民的武夫，卻

在壘壘的屍骨上建立起自己的新寶座，「生靈寇盜盡，方鎮改更頻。夢裡舊行處，眼前新貴人。」(〈亂後逢友人〉)深爲百姓鳴冤訴苦。另外，〈秦中富人〉：「高高起華堂，區區引流水。糞土金玉珍，猶嫌未奢侈。」亦痛詆富人之侈靡奢華。

　　再次，通過詠史以刺時，是羅隱社會詩的又一特色。詩人以獨有的敏銳洞察力，從浩瀚的史料中提取足以警世的精粹題材，用自己的熾烈情思，冶熔鑄煉成思想堅實、識見卓特、感情豐沛、詩味濃郁的藝術結晶。在詠歎歷史的成敗得失中，多面度地折射出現實的影子，使得其詩兼具史論的性質。如〈臺城〉、〈煬帝陵〉、〈姑蘇台〉，借陳後主的沉湎遊樂及隋煬帝的荒淫無度，深刺懿宗、僖宗的愚昧失國。〈秦紀〉：「憐君未到沙丘日，肯信人間有死無？」表面上諷刺秦始皇，實際上仍是對唐朝的一些專橫跋扈的軍閥進行了揶揄。〈馬嵬坡〉、〈華清宮〉談論安史之亂，認爲唐王朝的衰落，罪不在楊妃，而應該由明皇負全責。〈西施〉更是一首見解不凡、論辯有力的佳作，指出國家興亡的原因，不在「女禍」，而是有其不可移易的客觀形勢：

　　　　家國興亡自有時，吳人何苦怨西施。
　　　　西施若解傾吳國，越國亡來又是誰。

　　隱詩除了緣情刺時外，尚多托物寄興、詠物喻志之作。借描述自然中習見的事物，引申、議論，巧妙地與諷刺對象緊密結合，如〈金錢花〉：「若教此物堪收貯，應被豪門盡斸將」，寫盡豪門貪婪成性、壟斷財富的猙獰面目；前述之〈春風〉，訕謗任用私人、顛倒賢愚的現象；又有〈雪〉詩，一反常人之說，言雪對於貧苦農戶何「瑞」之有：

　　　　盡道豐年瑞，豐年事若何。長安有貧者，爲瑞不宜多。

此是對於深居大宅、錦衣玉食的富戶顯貴高談闊論的反諷，也是對豐歉同悲、飢寒相接的貧者的同情。再如〈蜂〉：「採得百花成蜜後，爲誰辛苦爲誰忙。」是對於終年辛苦仍不足以溫飽，而那些不勞而獲的寄生蟲卻可以大肆揮霍的現實，表示極大的憤慨。其他詠物詩作，如

〈鷹〉、〈錢〉、〈浮雲〉、〈柳〉、〈松〉等等，或直言不忌，或象徵比興；甚而戲謔嘲訕，寓莊在諧，總之，是在嬉笑中見針刺，警策動人。

三、小　結

《唐音癸籤》云：「羅昭諫酣情飽墨，出之幾不可了，未少佳篇，奈爲浮渲所掩，然論筆材，自在僞國諸吟流上。」〔註60〕所評的當，唯所謂「浮渲」二字，語意籠統，如果是指羅隱詩中露骨的諷刺而言，恐怕有待商榷，因爲詩人爲了全面反映那一個苦難而極不合理的社會，筆端略帶浮滑誇張，實乃無可厚非。沈德潛說昭諫詩：「猶稜稜有骨」〔註61〕；薛雪說他：「調高韻響，絕非晚唐瑣屑」〔註62〕；李慈銘也評其詩曰：「峭直可喜」〔註63〕。論者都看到了隱詩風格雄健的一面，遂許以「五代執牛耳者」之地位。〔註64〕就整個唐末詩壇進行考察，此一論斷可謂信而不虛。

第六節　聶夷中

一、生　平

聶夷中，字坦之。河東（今山西永濟縣）人。宋·計敏夫《唐詩紀事》、尤袤《全唐詩話》，元·辛文房《唐才子傳》、孫光憲《北夢瑣言》及《永濟縣志》卷三十三《人物》都有關於聶夷中的記載，但皆簡略。統合諸家之說，可得其生平輪廓如下：生於唐文宗開成

〔註60〕《唐音癸籤》卷八〈評彙四〉，頁68。
〔註61〕《唐詩別裁集》卷十六說：「唐末昭諫詩，猶稜稜有骨。」廣文書局，1970年，頁438。
〔註62〕《一瓢詩話》說：「羅昭諫爲三羅之傑，調高韻響，絕非晚唐瑣屑，當與韋端己同日而語。」見丁仲祜編《清詩話》，頁904。
〔註63〕《越縵堂讀書記》卷八〈文學〉說：「昭諫詩格雖未醇雅，然峭直可喜，晚唐中之錚錚者。」世界書局，1975年再版，頁635。
〔註64〕李調元《雨村詩話》卷下曰：「五代自以韓偓、韋莊二家爲升堂、入室，然執牛耳者必推羅江東。」廣文書局，1971年，頁39。

二年（西元 837 年），卒於唐僖宗中和四年（西元 884 年）。〔註 65〕懿宗咸通十二年（西元 871 年）登第，因時局動亂，久滯長安，直到「皂裘已弊」，才得授華陰縣尉。《新唐書・藝文志》著錄「聶夷中詩二卷」；《唐才子傳》卷九曰「有詩一卷」；《全唐詩》卷六三六編詩一卷，錄詩三七首，其中與孟郊詩相重的有九首，與李紳、許棠詩相重的各一首，因此，確定爲聶夷中詩的只有二十六首。又據清人俞琰所輯的《歷代詠物詩選》，中有〈詠雪〉詩一首，合計存詩二十七首。除〈聞人說海北事有感〉一首七律外，全部是五言詩，其中樂府題就佔了十幾首。辛文房說他：「蓋奮身草澤，備嘗辛楚，卒多傷俗憫時之舉，哀稼穡之艱難。適値險阻，進退維谷，才足而命屯，有志卒爽，含蓄諷刺，亦有謂焉。」〔註 66〕出身寒微，接近窮苦人民，多爲關懷民瘼或諷諭現實的作品，有農民的呼聲，有征婦的哀嘆；又生性耿介，志向高潔，處境窘困，亦多貧士坎壈不遇的感慨，充斥抑鬱憤懣之思。

二、作品舉隅

夷中深切瞭解「在暖須在桑，在飽須在耕」（〈客有追歎後時者作詩勉之〉）的道理，強調爲政務在安民，安民則首重農桑，所以有〈贈農〉云：「勸爾勤耕田，盈爾倉中粟。勸爾無伐桑，減爾身上服。」勉勵農民當勤奮田事，以保衣食無虞，同時，也勸諫當政者應該效法聖王賢君，貴民食、輕金玉、賤珠寶。〈古興〉寫道：

　　片玉一塵輕，粒粟山丘重。唐虞貴民食，只是勤播種。

　　前聖後聖同，今人古人共。一歲如苦饑，金玉何所用。

詩人的深情傾注於掙扎中的黎民百姓，寫出他們的痛苦、要求和願望，詩多以農民爲主題，字裡行間洋溢著悲憫之意。其中尤以〈詠

〔註 65〕李調元《全五代詩》考定聶夷中「卒於後梁初年」。見《函海叢書》
　　　　（三六），宏業書局，1972 年，頁 21717。又《永濟縣志》卷三十三
　　　　〈聶夷中〉條，亦主此説。山西人民出版社，1991 年，頁 519。
〔註 66〕《唐才子傳》卷九〈聶夷中〉條，頁 150。

田家〉（一作〈傷田家〉）最爲膾炙人口：

> 二月賣新絲，五月糶新穀；醫得眼前瘡，剜卻心頭肉。
>
> 我願君王心，化作光明燭；不照綺羅筵，只照逃亡屋。

前四句是當時社會的「怪現象」，赤裸裸地再現廣大農民的窘迫處境，曲盡田家情狀。清・趙翼《垓餘叢考》論此詩甚詳，曰：

> 《學齋占畢》引之，以爲最得風人之體。但二月安得有絲，當是傳寫之誤耳云云。不知此正所謂醫瘡剜肉也。蓋二月絲未出，五月穀未登，而迫不及待則預指將來所出之絲穀以售人錢，正如陸宣公疏所云：蠶事方興已輸縑稅，農功未艾遽斂穀租也。〔註67〕

二月事蠶，五月力農，然賦稅疊徵，官府催逼，走投無路的農民皆以借貸或賣青度日。「賣新絲」、「糶新穀」這種寅吃卯糧式的生活，衣食源絕，正如剜肉醫瘡，爲害甚烈。如此惡性循環，農民淪於萬劫不復之境，其結果必然是只有逃亡。後四句運用反筆揭示的手法，含蓄而又辛辣地譏諷君王昏聵，皇室奢侈浮靡，慨嘆世道之不公。「綺羅筵」與「逃亡屋」形成強烈對比，增強了批判力道，並形象生動地指明農家賣青破產的眞正原因。最後仍寄望君王，力戒侈奢，拯濟飢溺。詩人熟諳世故，深鑒民情，所以有此痛心入骨之語，眞可謂一聲一淚，一字一金。孫光憲評謂：「有三百篇之旨，此亦爲詩史。」〔註68〕沈德潛則將它與柳宗元〈捕蛇者說〉相提並論〔註69〕；此詩也曾感動鄭板橋，以之作爲教育兒子的「教科書」〔註70〕，可見其藝術魅力與不凡價值。

〈田家二首〉，也廣爲傳誦，茲錄其一：

〔註67〕《垓餘叢考》卷二十四〈轟夷中詩〉條，新文豐出版公司，1975年，頁11。

〔註68〕阮一閱《詩話總龜》前集卷五引《詩史》語，廣文書局，1973年，頁135。

〔註69〕《唐詩別裁集》卷四說：「此詩言簡意足，可匹柳文。」廣文書局，1970年，頁141。

〔註70〕《鄭板橋全集》〈濰縣寄舍弟墨第三書〉。四部刊要本，漢京文化事業，1982年，頁22。

　　　　父耕原上田，子斸山下荒；六月禾未秀，官家已修倉。

藉官家修倉一事，暗示賦稅之沉重，言簡意足，是較爲含蓄蘊藉的筆法。

前兩句寫農家從耕田到開荒，終年辛苦，毫無空閒，是當時生活的縮影。

後二句則是強烈對比：一面是辛勤忘我的勞動，一面是殘酷無止盡的剝

削，田家與剝削者，勞動者與官府的尖銳對立。一個「未」字，一個「已」

字，農家望成的焦灼如焚，官家收租的迫不及待，前後對照，封建統治

者的殘酷已表露無遺，而詩人的憫農之心亦躍然紙上。

　　　國勢日蹙，兵革多務，詩人嘆生不逢時，青雲無路，幽憤塡膺，

無邊的苦悶充溢詩中，遂多抨擊紈褲子弟腐化墮落、縱樂享受的齷齪

心理及醜陋面目之作。〈公子行二首〉可爲代表：

　　　　漢代多豪族，恩深益驕逸。走馬踏殺人，街吏不敢詰。

　　　　紅樓宴青春，數里望雲蔚；金缸焱勝晝，不畏落暉疾。

　　　　美人盡如月，南威莫能匹。芙蓉自天來，不向水中出。

　　　　飛瓊奏雲和，碧簫吹鳳質。唯恨魯陽死，無人駐白日。（其一）

　　　　花樹出牆頭，花裡誰家樓？

　　　　一行書不讀，身封萬戶侯。

　　　　美人樓上歌，不是古涼州。（其二）

游閒階級，酒池肉林，寡廉鮮恥；豪族貴戚飛揚跋扈，氣焱高張，目

無法紀。詩人憎惡之氣，泉湧噴薄，吐之而後快。又〈公子家〉云：

「種花滿西園，花發青樓道。花下一禾生，去之爲惡草。」「禾麥」

爲人民食糧，只因長在花園，妨礙彼等賞花，竟視之如惡草，除之而

後快。斥其好惡不分，賢愚不辨，如同好人受害，壞人得寵，揭露的

是公子王孫，抨擊的正是那個腐朽社會。它如〈大垂手〉諷刺權貴者

像風吹落花一般地玩弄摧殘女性：「裝束趙飛燕，教來掌上舞。舞罷

飛燕死，片片隨風去。」〈空城雀〉：「一雀入官倉，所食能損幾。所

慮往復頻，官倉乃害爾。」以鋒利尖刻的語言，隱喻的手法，痛指貪

官汙吏如鳥雀之多，掠取官倉存糧，以致於糧倉蕩劫一空。〈過比干

墓〉是扣合旌表直諫而死的比干之一歷史事件，讚揚憂國憂民的忠

臣，不獨弔古，亦所以諷今。末二句感慨「靜念君臣間，有道誰敢論？」正符合僖宗寵臣田令孜招權納賄，奪人財物，「有陳訴者，付京兆杖殺之，宰相以下鉗口莫敢言」〔註71〕的時事。

夷中也有「反戰」之詩，〈胡無人行〉後半云：「請攜天子劍，斫下旄頭星。自然胡無人，雖有無戰爭。悠哉典屬國，驅羊老一生。」對於戰爭的厭惡痛恨，也是直接而徹底的。而其表現征婦怨女的樂府詩，婉轉入情，細膩感人。如〈古別離〉、〈烏夜啼〉、〈起夜來〉、〈雜怨〉等，有對遠隔他鄉、戍守邊地的丈夫的思念，有離別的傷懷，也謳歌堅貞純潔的愛情，反映時代廣大婦女的痛苦。如〈雜怨〉第一首寫道：「生在綺羅下，豈識漁場道！良人自戍來，夜夜夢中到！漁陽萬里遠，近於中門限。中門逾有時，漁陽常在眼！」思念愛人，無法團聚。第二首更悲憤地說：「君淚濡羅巾，妾淚滴路塵！羅巾今在手，日得隨妾身；路塵如因飛，得上君車輪！」愛人久戍不歸，與其永遠生離，不如同去遠戍。詩人抓住典型場景，質樸地記錄所見所聞，寥寥數筆，如攝影鏡頭一般，晚唐社會萬象，通通一覽無遺。

三、小 結

處於「嘲雲戲月，刻翠粘紅」，雕飾藻繪的衰敗詩風下，聶夷中堅持以「矯弊俗」爲己任，意主諷喻，極力發揚從《詩經》以降「言事感懷」的優良傳統，近於皮日休、陸龜蒙、于濆等人，是晚唐日趨浮豔頹靡詩壇中，可貴的一股清流。且常出之以質樸淺近的語言，表達刺世疾邪的思想，既無生澀的字，又無冷僻的典，描寫生動，立意深刻。《全唐詩話》論道：「言近意遠，合三百篇之旨也。」〔註72〕辛文房評其詩曰：「古樂府尤得體；皆警省之辭，裨補政治，

〔註71〕《資治通鑑》卷二百五十二〈唐紀六十八〉，頁2491。
〔註72〕尤袤《全唐詩話》卷五曰：「夷中有〈公子行〉云：『種花滿西園，花發青樓道。花下一禾生，去之爲惡草。』又〈詠田家〉詩云：『父耕原上田，子斸山下荒。六月禾未秀，官家已修倉。』又云：『二月賣新絲，五月糶新穀。醫得眼前瘡，剜卻心頭肉。我願君王心，化

樂而不淫，哀而不傷，正〈國風〉之義也。」〔註73〕胡震亨也說：
「晚季（按指晚唐）以五言古詩鳴者，曹鄴、劉駕、聶夷中、于濆、
邵謁、蘇拯數家。……夷中語尤關教化。」〔註74〕皆許其詩爲「三
百篇之正」、「國風之遺」，良有以也。

第七節　陸龜蒙

一、生　平

　　陸龜蒙，字魯望，吳郡人。生年無從確考，大約生於會昌四年（西
元 844 年）以前，卒於中和初，此說首見於由晚唐入五代的王定保所
著之《唐摭言》。〔註75〕姜亮夫《歷代人物年里碑傳綜表》據之定其
卒年爲中和元年（西元 881 年）。屢舉進士不第，辟蘇、湖二郡從事，
因不滿官場腐敗，退隱松江甫里，自稱「江湖散人」、「甫里先生」，
號「天隨子」。經歷文、武、宣、懿、僖宗五代，主要活動於朝綱崩
壞、腐尹塞朝的懿、僖二朝。生性不交流俗，不阿權貴，終生窮愁憤
鬱，疾病纏身，壯年齎志以歿。與皮日休交往甚密，兩人詩文齊名，
時稱「皮陸」。〔註76〕現存《笠澤叢書》四卷、《松陵集》十卷。《全
唐詩》編詩十四卷，錄詩五九九首。又《全唐詩補編》三首，計存詩
六〇二首。五古動則百韻數百言，長篇排奡，最見功力；律絕之典麗
精工，尤爲後人推崇，元好問選編《唐詩鼓吹》，錄其作三十五首之
多。〔註77〕

　　　作光明燭。不照綺羅筵，只照逃亡屋！』所謂言近意遠，合三百篇
　　　之旨也。」見清·何文煥輯《歷代詩話》頁 204。
〔註73〕《唐才子傳》卷九〈聶夷中〉條，頁 150。
〔註74〕《唐音癸籤》卷八〈評彙四〉，頁 65。
〔註75〕《唐摭言》卷十曰：「陸龜蒙……中和初，遘疾而終。」世界書局，
　　　1967 年再版，頁 117。
〔註76〕《唐音癸籤》卷二十五〈談叢一〉曰：「皮、陸以萍合唱和吳中，因
　　　而齊稱。」頁 226。
〔註77〕元好問《唐詩鼓吹》卷三，見《四庫全書》集部三〇四，臺灣商務印

龜蒙標舉眞文，反對僞文，對於文壇上充斥著聲律辭藻的時文，深惡痛絕，曾有過一次集中的揭露：「盟契質要，朝成夕反；誥誓制令，尾違首言；牋檄奏報，離方就圓；傳錄注記，醜讎美憐；銘誄碑表，虛功妄賢；歌詩賦頌，多思諂權。」〔註78〕強調文學的眞實性，著眼於文學的「懲勸」和「化下風上」的作用。爲文作詩，志在「扶荀孟」、「守道」、「通古聖」，因此，雖身處江湖，隱居不仕，卻沒有忘記天下，此可從他的眾多文論中，窺見端倪。〈苔賦・序〉曰：

> 江文通嘗著〈青苔賦〉，盡苔之狀則有之，懲勸之道雅未聞也。如此，則化下諷上之旨廢。因復爲之以嗣其聲云。
> 〔註79〕

此和杜牧的「鋪陳功業，稱較短長」〔註80〕，實質上是相同的，也與皮日休思想如出一轍，皆是以繼承《風》、《雅》自命。沿續司馬遷的「發憤著書」及韓愈的「不平則鳴」說，每將耳目所接，情之所興，採用「鋪陳今之政教善惡」的賦法，抒鬱憤、懲積弊，構成其詩歌化下諷上，匡救時弊的主要內容。若將其〈和過張祜處士丹陽故居並序〉中的一段精妙詩論，移作自述，亦頗貼切妥適。〔註81〕其詩語言質樸而筆底情深，詩風直追元、白，並和皮日休、聶夷中、杜荀鶴等人所作，共同構成晚唐現實主義詩歌主流。

二、作品舉隅

陸龜蒙有大量憤世嫉俗作，絕非「空言」之詩人。〈雜諷〉九首、

書館，1986 年，頁 411～420。
〔註78〕《甫里先生文集》卷十八〈書銘〉，見《四部叢刊正編》(〇三七)，臺灣商務印書館，1979 年，頁 146。
〔註79〕《甫里先生文集》卷十四〈苔賦・序〉，見《四部叢刊正編》(〇三七)，臺灣商務印書館，1979 年，頁 115。
〔註80〕《樊川文集》卷十六〈上安州崔相公啓〉，見同註上，頁 136。
〔註81〕〈和過張祜處士丹陽故居並序〉謂祜：「及老大，稍窺建安風骨，誦樂府錄，知作者本意。短章大篇，往往間出，諫諷怨讁，時與六義相左右。」見《全唐詩》頁 7194。

〈村夜二篇〉等，就是他憤慨時事、同情庶民的優秀代表作品。前者是一組刺世詩，對那些「朝趨九韶音，暮列五鼎食」的上層社會進行了尖銳的諷刺，慷慨注氣，大筆淋漓。後者：「萬戶膏血窮，一筵歌舞價」、「日晏腹未充，霜繁體猶裸。」比之白居易的「一叢深色花，十戶中人賦」〔註82〕，更為憤慨剴切，與杜甫的「朱門酒肉臭，路有凍死骨」〔註83〕，同樣震撼人心。又〈江湖散人歌〉寫世事的變遷，反映藩鎮的跋扈，展現了唐末動亂的局面：蕃將負恩背叛、權閹猖獗、吏治骯髒、節度史濫權，無辜的百姓慘遭殺戮，倖存者啼飢號寒，「四方城壘猶占地，死者暴骨生寒飢」的場景，望之令人欷歔。就算倖存返鄉，「歸來輒擬荷鋤笠，詬吏已責租錢遲。」才要荷鋤耕種，豺狼官吏卻已迫不及待地催逼稅租，「只今利口且箕斂，何暇俯首哀惇藜！」根本不管百姓死活，詩人乃嚴厲譴責「官家未議活蒼生」的惡行惡狀。至於〈築城詞〉二首，反映縣役之深重，鞭撻將軍不顧民命以求高功的醜陋罪行：

> 城上一培土，手中千萬杵。
>
> 築城畏不堅，堅城在何處。（其一）
>
> 莫嘆將軍逼，將軍要卻敵。
>
> 城高功亦高，爾命何勞惜。（其二）

　　重賦是晚唐始終存在的問題，除了〈村夜〉二篇外，〈刈穫〉、〈彼農二章〉、〈南徑漁父〉、〈戰秋辭〉、〈新沙〉等詩，皆圍繞此一主題，代民叫苦。尤其是〈新沙〉一詩，想像新穎奇特，用語誇張詼諧，自是魯望的傑作：

> 渤澥聲中漲小堤，官家知後海鷗知。
>
> 蓬萊有路教人到，應亦年年稅紫芝。

末兩句，真可謂思落天外，想入非非了。乍看起來，似乎是荒謬的，但揭開表像，其中正是上層社會的齷齪心態及貪婪本質。〈五歌〉之

〔註82〕　〈買花〉，《全唐詩》頁4676。
〔註83〕　〈自京赴奉先縣詠懷五百字〉，《全唐詩》頁2265。

三〈刈穫〉，具體地描述了災荒之年農民的苦難，充滿悲憫。詩云：「自春徂秋天弗雨，廉廉早稻纔遮畝。芒粒稀疏熟更輕，地與禾頭不相拄。我來愁築心如堵⋯⋯」，因為「十穗蕭條九穗空」，農民一年又得挨餓受凍了，然而為政者並不能體恤，專營一己之私，「古者為邦須蓄積，魯饑尚責如齊糴。今之為政異當時，一任流離恣徵索。」權貴者的剝削魔爪無孔不入，天下蒼生實難以苟活。又〈南涇漁父〉詩寫道：「余觀為政者，此意諒難到。民皆死搜求，莫肯興愍悼。今年川澤旱，前歲山源潦。牒訴已盈庭，聞是類禽噪。」官吏索租催賦，如毒蛇糾纏，猙獰橫行，潦災、旱災全不管。告誡為政者竭澤而漁的悲慘結局是：「盈川是毒流，細大同時死。⋯⋯苟負竭澤心，其他盡如此。」（〈藥魚〉）憤懣之情，充溢墨楮，溢於言表。天災人禍，苛稅悍吏，百姓衣不蔽體，食不果腹，詩人目睹親歷，泣血控訴。試臚列詩作片斷，藉窺全豹之一斑：

今來九州內，未得皆恬然。賊陣始吉語，狂波又凶年。（〈崦裡〉）

南北唯聞戰，縱橫未勝農。（〈江墅言懷〉）

世間羽檄日夜急，掉臂欲歸巖下行。（〈新秋月夕客有自遠相尋者作吳體二首以贈〉）

英材盡作龍蛇蟄，戰地多成虎豹村。

除卻數般傷痛外，不知何事及王孫。（〈徐方平後聞赦因寄襲美〉）

水國不堪旱，斯民生甚微。（〈水國詩〉）

還有許多以斥荒淫誤國為主的篇章，明確點出「女禍亡國」之謬：〈景陽宮井〉、〈和襲美館娃宮懷古五絕〉、〈吳宮懷古〉等，即是著例。而對於愚妄求仙的君主，亦不乏冷峻的批判，如〈上雲樂〉：「青絲作筰桂為船，白兔擣藥蝦蟆丸。便浮天漢泊星渚，回首笑君承露盤。」某些詩觸及到咸通九年到十年徐州士兵起義之事，揭露了軍隊屠殺無辜兵民的血腥暴行，概括地寫出了武力鎮壓帶給人民的災難性結果，如〈奉酬襲美先輩吳中苦雨一百韻〉：「此時淮海波，半是生人血。霜

戈驅少壯，敗屋棄羸耋。踐踏比塵埃，焚燒同稾秸。」而〈丁隱君歌〉：
「去歲猖狂有黃寇，官軍解散無人鬥，滿城奔迸翰之間，只把枯松塞
圭竇。」則是寫黃巢起義一事。凡此種種，都是朝政日壞，兵戈時起，
社會動盪，民生凋敝的歷史實錄，而其中則充塞著詩人的不平之氣。

三、小　結

　　以賦法爲詩，通篇議論，爲陸龜蒙的一大特色。賦法的特點是：
「以述情切事爲快，不盡含蓄也。」〔註84〕述情、切情、眞率，正是
這類詩的明顯標誌，梁啓超稱這種手法爲「奔迸的表情法」，認爲這
是「一毫不隱瞞，一毫不修飾。……這類文學，眞是和那作者的生命
劈不開。……這種生命，是要親歷其境的人自己創造。」〔註85〕龜蒙
正是以全生命貫注其間，情感奔流噴發，議論激切，憾人心扉。

　　〈甫里先生傳〉曰：「少攻歌詩，欲與造物者爭柄。遇事則變化不
一，其體裁始則凌鑠波濤，穿穴險固，囚鎖怪異，破碎陣敵，卒造平淡
而後已。」〔註86〕可見寓風骨於平淡是詩人追求的最高境界，平淡中卻
極秀麗，所以韋莊稱其「詩篇清麗」〔註87〕，宋人楊萬里更贊許爲「晚
唐異味」。〔註88〕唯因龜蒙較少深致曲折、含蓄委婉的比興之作，導致
論者有貶抑之詞，如胡震亨直說他「墨采反覆黯鈍」，是由於「多學爲
累，苦欲以賦料入詩耳。」〔註89〕道出其藝術上拙劣之處，然此實不免
有枉古誣今之嫌。盛唐杜甫開詩歌議論之端，中唐韓愈、孟郊闢「以文

〔註84〕《藝苑卮言》卷四，見丁福保輯《歷代詩話續編》頁 1010。
〔註85〕《中國韻文裡頭所表現的情感》，臺灣中華書局，1992 年，頁 7。
〔註86〕《甫里先生文集》卷十六，見《四部叢刊正編》（○三七），臺灣商務
　　　　印書館，1979 年，頁 133。
〔註87〕參見王定保《唐摭言》卷十〈韋莊奏請追贈不及第人近代者〉條，
　　　　世界書局，1967 年再版，頁 117。
〔註88〕楊萬里〈讀笠澤叢書〉云：「笠澤詩名千載香，一回一讀斷人腸，晚
　　　　唐異味同誰賞？近日詩人輕晚唐。」《誠齋集》卷二十七，《四部叢
　　　　刊正編》（○五七），臺灣商務印書館，1979 年，頁 251。
〔註89〕《唐音癸籤》卷八〈評彙四〉，頁 66。

爲詩」之始，龜蒙則推而廣之，有所創制開掘，在唐末「自領一隊」，從而使「以文爲詩、以議論爲詩、以才學爲詩」〔註90〕臻於巔峯，並直接開啓宋詩先河。皮日休嘗謂：「其才之變，眞天地之氣也。近代稱溫飛卿、李義山爲之最，俾陸生參之，未知其孰爲後先也。」〔註91〕點檢熟讀其大量自具風貌的現實主義傑作，當知此非溢美之詞。在晚唐，他是可以頡頏皮日休、羅隱，而超過了聶夷中、曹鄴等人的。

第八節　杜荀鶴

一、生　平

　　杜荀鶴，字彥之，池州石埭人。生於唐武宗會昌六年（西元 846 年），卒於唐哀帝天祐四年（西元 907 年），自號「九華山人」，自序其文爲《唐風集》十卷。唐代顧雲《唐風集・序》、元・辛文房《唐才子傳》以及宋代計有功《唐詩紀事》、周必大《二老堂詩話》，都說他是杜牧妾懷孕以後嫁給杜筠所生的。周必大還寫詩曰：「千古風流杜牧之，詩材猶及杜筠兒。向來稍喜《唐風集》，今悟樊川是父師。」〔註92〕《全唐詩》編詩三卷，補遺一首，錄詩三二七首。又《全唐詩補編》三首，計存詩三三〇首。全爲五、七言近體，七律最多。

　　杜荀鶴出身孤寒，宣稱自己：「食無三畝地，衣絕一株桑。」（〈秋日寄吟友〉）「糲食粗衣隨分過，堆金積帛欲何如？」（〈自遣〉）「回頭不忍看羸童，一路行人我最窮」（〈長安道中有作〉），慨嘆不已，誠然「天地最窮人」。乾坤腐儒，文場失利，抱怨無人汲引：「空有篇章驚海內，更無親族在朝中。」（〈投從叔補闕〉）「未必有詩堪諷誦，只憐無援過吹噓。」（〈下第寄池州鄭員外〉）雖懷荊山之玉，握靈蛇之珠，

〔註90〕嚴羽《滄浪詩話・詩辯》，見清・何文煥輯《歷代詩話》頁 688。
〔註91〕《松陵集・序》，見《四庫全書・集部二七一》，臺灣商務印書館，1986 年，頁 165。
〔註92〕《二老堂詩話・杜荀鶴事》，見清・何文煥輯《歷代詩話》頁 659。

仍無法蟾宮折桂，以致半生蹭蹬，終生窮愁。大順二年（46 歲）進士及第，又自負才華，堅守清白，在那個「鸞鳳伏竄，鴟鴞翱翔」的社會裡，堅持獨醒、獨清的操守，不肯摧眉折腰，出賣靈魂。《唐才子傳》曰：「荀鶴苦吟，平生所志不遂，晚始成名。況丁亂世，殊多憂惋思慮之語，於一觴一詠，變俗為雅，極事物之情，足丘壑之趣，非易能及者也。」〔註93〕繼承賈島的寒瘦苦吟精神，延續張籍反映社會現實的旨趣，詩主諷刺，針對當時力役租稅各種殘酷的剝削，傾力書寫，流露出反抗精神，是一個敢於直面血淋淋現實的詩人。

二、作品舉隅

　　杜荀鶴社會詩約三十多首，反映了黃巢起義後，兵連禍接、混戰亂離、殘破蕭條的社會面貌，傷憐百姓，譏刺時政，具有很高的價值。尤其不用典故，不尚詞采，將淺近通俗之語融入聲律對偶之中，達到既平易委婉又蘊藉深沉的境界。

　　晚唐長期的軍閥混戰，百姓不得倖免：「農夫背上題軍號，賈客船頭插戰旗」（〈贈秋浦張明府〉），造成田無禾麥，邑無煙火。干戈擾攘，使得「四海十年人殺盡」（〈哭貝韜〉）、「幾州戶口看成血」（〈將入關安陸遇兵寇〉），滿目瘡痍，十室九空，白骨遍地，荊棘彌望，戰禍之慘烈恐怖，已到了無可復加的地步。表現同一主題的還有〈旅泊遇郡中叛亂示同志〉、〈長林山中聞賊退寄孟明府〉、〈亂後逢李昭象敘別〉、〈寄顧雲〉、〈塞上〉、〈塞上傷戰士〉等，皆反映戰亂所帶給人民的斑斑苦難。

　　吏治黑暗，官軍凶殘，總以老百姓的鮮血，染紅「朱紱」；以群眾的頭顱，換取功勳；以百姓的枯骨，構築自己的「凌煙閣」。詩人看清真面目，所以不斷發出憤怒號呼：

　　　　去歲曾經此縣城，縣民無口不冤聲。
　　　　今來縣宰加朱紱，便是生靈血染成。（〈再經胡城縣〉）

〔註93〕《唐才子傳》卷九〈杜荀鶴〉條，頁 168。

喊出了廣大被壓迫人民的沉痛呼聲，如岩漿奔突、驚雷乍響；揭露了官吏立功加官的內幕，諷刺政治，擊中要害。去年來到縣城，但聞百姓怨聲載道，今年再經過這裡，卻看到縣宰升官晉級。一年之間，人民從「冤聲」到「血染」，兩次見聞由淺及深，情感漸次增強，終於潰決迸發，怒斥縣官身上所加紅袍，正是犧牲無數百姓，以鮮血染紅的。清末劉鶚《老殘遊記》中，寫山東巡撫玉賢因害民升官的詩句「血染頂珠紅」〔註94〕，便是從此脫化而來。據《資治通鑑》載：官軍每與盜遇，軍家大敗，恐無功獲罪，多持村民爲俘，朝廷不加審查，便行殺戮，因而獲賞金帛爵祿。〔註95〕這些作威作福的「軍家」，鉤牙鋸齒、害人虐物的豺狼，遍搜寶貨以肥私囊，亂殺平民以邀重賞〔註96〕，既不畏法，更不怕天，因爲他們是殺人無罪，掠奪有功的。「如此數州誰會得，殺民將盡更邀勳。」（〈題所居村舍〉）罵的就是這批國家的蛀蟲，人民的蟊賊。〈旅泊遇郡中叛亂示同志〉就集中地刻畫了軍閥兇殘醜惡的嘴臉：

> 握手相看誰敢言，軍家刀劍在腰邊。
> 遍搜寶貨無藏處，亂殺平民不怕天。
> 古寺拆爲修寨木，荒墳開作甃城磚。
> 郡侯逐出渾閒事，正是鑾輿幸蜀年。

官軍趁火打劫有若旋風，罄室傾囊，目無法紀，令人髮指。人民流離哀嚎，呻吟流血，在位者依然荒淫殘暴、奢侈享樂。

荀鶴詩中，常常看到一些「粉色全無饑色加」、「底事渾身著苧

〔註94〕《老殘遊記》第六回〈萬家流血頂染猩紅，一席談心辯生狐白〉題詩曰：「得失淪肌髓，因之急事功。冤埋城闕暗，血染頂珠紅。處處傉鶊雨，山山虎豹風。殺民如殺賊，太守是元戎！」遠東圖書，1956年，頁41。
〔註95〕《資治通鑑》卷二百五十二〈唐紀六十八〉，頁2491。
〔註96〕「亂殺平民」的事，在當時是舉不勝舉。如《資治通鑑》卷二百五十二〈唐紀六十八〉載：西川節度使高駢「詐殺無辜者近萬人」，「使人夜掩補之，圍其家，挑牆壞戶而入，老幼孕病，急驅去殺之，嬰兒或撲於階，或擊於柱，流血成渠，號哭震天，死者數千人，夜以車載屍投之於江。」頁2492。

麻」，形容憔悴、顏色枯槁的蠶婦；「麻苧衣衫鬢髮焦」，凄苦無告的寡婦；伶仃孤苦、朝不保夕的病叟；筋衰力竭、負重怨深，苦耕在蓬蒿地的「無子無孫」之田翁，等等被殘害的小人物。雖時隔千載，讀之依稀聞其悲鳴、見其愁容，仍不能不為他們一灑同情之淚。〈山中寡婦〉、〈題所居村舍〉、〈亂後逢村叟〉、〈田翁〉、〈蠶婦〉、〈傷硤石縣病叟〉、〈送人宰德清〉、〈自江西歸九華〉等詩皆飽蘸血淚，充滿人道關懷。茲臚列數篇詩句於下：

> 粉色全無饑色加，豈知人世有繁華。
> 年年道我蠶辛苦，底事渾身著苧麻？（〈蠶婦〉）

> 無子無孫一病翁，將何筋力事耕農？
> 官家不管蓬蒿地，須勒王租出此中。（〈傷硤石縣病叟〉）

> 白髮星星精力衰，種田猶自傍孫兒。
> 官苗若不平平納，任是豐年也受饑。（〈田翁〉）

> 因供寨木無桑柘，為點鄉兵絕子孫。
> 還似平寧徵賦稅，未嘗州縣略安存。（〈亂後逢村叟〉）

這是悲痛的哭泣，也是震天的控訴。連年戰禍，田園荒盡，產業蕩然，家徒壁立，而賦稅不減，人民將何以維生呢？「亂世人多事，耕桑或失時，不聞寬賦斂，因此轉流離。」（〈送人宰德清〉）人民多成為「逃戶」，淪為民賊。〈山中寡婦〉（一作〈時世行〉）寫賦稅之重，《鑑誡錄》記述此詩諷刺朱溫的本事，提供了詩篇的創作背景。〔註97〕通過一個面容憔悴、鬢髮枯焦老婦的悲痛遭遇，暴露了居高位者毒蛇猛獸般的貪婪與無恥：

> 夫因兵死守蓬茅，麻苧衣衫鬢髮焦。
> 桑柘廢來猶納稅，田園荒盡尚徵苗。
> 時挑野菜和根煮，旋斫生柴帶葉燒。

〔註97〕何光遠《鑑誡錄》卷九曰：「梁朝杜舍人為詩愁苦，悉干教化……在梁朝獻朱太祖時世行十首，欲令太祖省傜役，薄賦斂。是時方當征伐，不洽上意，遂不見遇。」見鮑廷博輯《知不足齋叢書》第二十二集，上海古書流通處，1921 年，頁 5767。

　　　　任是深山更深處，也應無計避徵徭。

廢了的桑柘，仍舊要納稅；荒蕪的田園，還是要徵苗，逃入深山尚且
不得倖免，所謂：「苛政猛於虎」〔註98〕，詩中所記正是此一殘酷事
實。這是苦難百姓的縮影，是當時社會現實的高度概括。此與陸龜蒙
〈新沙〉相互輝映，寫盡唐末兵禍慘狀、苛政之虐，讀之令人酸鼻。

　　殘酷的人禍之餘，繼之以嚴重的天災，村民室如懸磬，野無青草，
赤地千里，滿目蕭條，而王公貴族則仍錦衣玉食、夜夜笙歌，誠不知
人間尚有苦難。〈雪〉詩採用對比手法表現貧富懸殊，有句云：「擁袍
公子休言冷，中有樵夫跣足行」；另一首〈山中對雪有作〉云：「玉帳
英雄攜妓賞，山村鳥雀共民愁」。這一冷一暖，一賞一愁，兩種截然
不同的生活與心態，諷諭之意甚爲深切。

三、小　結

　　荀鶴針對晚唐詩壇上追求辭藻綺麗、音韻工巧的形式主義傾向，
提出反駁，主張摒棄「浮華景」，改變「源流淺」的詩風。始終堅持「詩
旨未能忘救物」，強調詩歌的創作原則是：「言論關時務，篇章見國風。」
（〈秋日山中寄李處士〉）認爲詩歌應該緊密地與現實生活相結合，繼承
風雅傳統，以起到正得失、移風俗的作用。杜荀鶴多用律體形式寫諷諭
內容，他把盛、中唐詩人們在「新樂府」裡賦詠而在近體裡很少接觸的
題材，大量地引入了近體詩中；把複雜的內容凝縮到短小的篇幅之中，
這樣使得近體詩樂府化，一方面開拓了近體詩的運用範圍，提高其抒情
敘事功能，一方面也標誌著新樂府運動的深入。更重要的是，他衝破了
當時七律中的香奩脂粉之氣，力排競事俳偶的陋習，以口語入律，不事
雕琢，運用白描手法，通過形象化的勾勒，顯示出事物的本來面目。〈亂
後逢村叟〉、〈山中寡婦〉、〈旅泊遇郡中叛亂示同志〉、〈雪〉等七律，都
用淺顯通俗的口語，融敘事、抒情於一爐，委婉流暢，形象鮮明，這實

〔註98〕《禮記‧檀弓下》，見《十三經注疏》（五），藝文印書館，1981 年，
　　　　頁 194。

際上是杜甫所開的淺近七律詩風的一個新的發展。

　　《舊五代史》說杜荀鶴：「善爲詩，詞句切理，爲時所許。」〔註99〕其詩俗而能雅，樸而切理。胡震亨評曰：「杜彥之俚淺，以衰調寫衰代，事情亦自眞切。」〔註100〕詩人將思想感情滲透於客觀事物中，以樸素的語言，寫重大的題材；以激切的心情，寫平民的呼聲，述情陳事，懇惻如見，合風人刺美時政之義。這類「侮慢縉紳」的詩，語涉國計民生，含有濃厚的時代性，鋒芒具現，實乃社會詩眞正價值所在。好友顧雲爲《唐風集》作序，稱其詩有陳子昂之風，能使貪吏廉、邪臣正、人倫綱紀備，「可以潤國風，廣王澤」，深具教化之功，不失爲「詩之雄傑者也」。〔註101〕

第九節　鄭　谷

一、生　平

　　鄭谷，字守愚，袁州人。生於唐宣宗大中五年（西元851年），卒於梁太祖開平四年（西元910年）。〔註102〕《唐才子傳》謂谷「穎悟絕倫，七歲能詩」，司空圖見而奇之，曾許之曰：「當爲一代風騷主」。〔註103〕僖宗光啓三年（西元887年）擢第，歷官右拾遺、都官郎中，詩名盛於唐末，人稱「鄭都官」，又以〈鷓鴣〉詩句「雨昏青草湖邊過，花落黃陵廟裡啼」而得名，至有「鄭鷓鴣」之稱。有《雲臺編》三卷，《宜陽集》三卷，《外集》三卷。《全唐詩》編詩四卷，錄詩三二五首。

〔註99〕　《舊五代史》卷二十四〈杜荀鶴傳〉，中華書局，1966年，頁325。
〔註100〕《唐音癸籤》卷八〈評彙四〉，頁68。
〔註101〕《唐風集・序》，見《四庫全書・集部二二》，臺灣商務印書館，1986年，頁584。
〔註102〕據聞一多《唐詩大系》，見《聞一多全集・辛集》，上海開明書店，1948年，頁436。
〔註103〕《唐才子傳》卷九〈鄭谷〉條，載司空圖「見而奇之」一事，頁160。又宋・尤袤《全唐詩話》卷五，亦記此事，見清・何文煥輯《歷代詩話》頁224。

又《全唐詩補編》三首，計存詩三二八首。與許棠、任濤、張蠙等唱答往還，號「芳林十哲」〔註104〕，而居其首。場屋失意，自稱「游舉場凡十六年」〔註105〕，踞躓蹉跎，飄泊未已。又因國無寧靜之日，事事堪悲，觸景神傷，詩人感時念亂的情調，彷彿在爲晚唐低唱輓歌，所以清人薛雪評其詩曰：「聲調悲涼，吟來可念」。〔註106〕

二、作品舉隅

鄭谷詩歌的中心內容，是對患難時代的感傷，既關心時局和國家安危，感喟喪亂，又哀民生多艱，同情百姓苦難。分從不同側面刻畫王室的頹敗及戰亂殘破景象，深切悲嘆，痛徹反思。唐末蜀中烽火四起、兵革未休，遭亂後的都城，如同廢墟，詩人無限痛惜，不勝浩嘆：「秋光不見舊亭台，四顧荒涼瓦礫堆。火力不能消地力，亂前黃菊眼前開。」（〈初還京師寓止府署偶題屋壁〉）「宮闕飛灰燼，嬪嫱落里閭。藍峰秋更碧，霑灑望鑾輿。」（〈順動後藍田偶作〉）「夜來夢到宣麻處，草沒龍墀不見人。」（〈壬戌西幸後〉）鋪寫戰後宮室燔燒殆盡，宮城內殿的殘破荒涼景象。尤其〈渚宮亂後作〉一詩，寫歷經征戰蹂躪的荊州一帶，故園荒涼，大有黍離之感：

> 鄉人來話亂離情，淚滴殘陽問楚荊。
> 白社已應無故老，清江依舊繞空城。
> 高秋軍旅齊山樹，昔日漁家是野營。

〔註104〕 《唐才子傳》卷九〈鄭谷〉條載，「芳林十哲」尚有李棲遠、張喬、喻坦之、周繇、溫憲、李昌符等。見同註上。蓋此說不確，因《唐摭言》卷九有〈芳林十哲〉條，記秦韜玉、郭薰等八人，《唐語林》卷四〈企羨〉和卷三〈方正〉條，記秦韜玉、李岩士等爲「芳林十哲」，並說他們皆結交宦官，干擾有司取士。「芳林」是進入內宮宮門的名字，秦韜玉等因以得名。由於他們也是活動在咸通年間，所以多與鄭谷等混淆。鄭谷等人在史料中並無勾結宦官之事，故不應有「芳林」之譏。

〔註105〕 鄭谷《雲臺編・序》，見《四庫全書・集部二二》，臺灣商務印書館，1986年，頁450。

〔註106〕 《一瓢詩話》，見丁仲祜編《清詩話》，頁905。

　　牢落故居灰燼後，黃花紫蔓上牆生。

　　天祐二年（西元 905 年）六月，朱全忠戮朝臣三十餘人，沉屍於河，宰相裴贄賜死。消息第二年初傳至宜春，谷有〈黯然〉詩：「搢紳奔避復淪亡，消息春來到水鄉。屈指故人能幾許，月明花好更悲涼。」表達對大批朝臣的淪亡和唐王朝的覆滅之沉痛哀悼。還有〈渭陽樓閒望〉、〈寂寞〉等，皆強化了現實的感傷。他對於唐王朝是十分留戀與惋惜的，雖然時常以看破紅塵自我安慰，但這種自我麻醉的背後是淒楚悲涼的。且讀〈搖落〉一詩：

　　夜來搖落悲，桑棗半空枝。故國無消息，流年有亂離。

　　霜秦聞雁早，煙渭認帆遲。日暮寒蛩急，邊軍在雍歧。

將自然界的秋風淒瑟、萬物蕭條，與氣數將盡的歷史事實，融為一體，寫的還是僖宗時期幾度亂軍威脅京師之事。

　　詩人哀矜民瘼，痛惜農事凋敝，遂把匕首、投槍擲向四肢不勤、五穀不分的權貴：

　　禾黍不陽豔，競栽桃李春。

　　翻令力耕者，多作賣花人。（〈感興〉）

　　承時偷喜負明神，務實哪能得庇身。

　　不會蒼蒼主何事，忍饑多是力耕人。（〈偶書〉）

窮苦百姓，努力耕作，仍得忍受饑餓，不禁懷疑天理公道何在？控訴無門，真的就只能「無語問蒼天」了。對於艱難時事和民不聊生的現狀，統治者不是視而不見，就是刻意迴避，躲進紙醉金迷、燈紅酒綠的生活裡。鄭谷對此也有所揭露，〈錦二首〉之一，主題嚴肅，針砭犀利，對於貧苦織女寄予無限同情：

　　布素豪家定不看，若無文采入時難。

　　紅迷天子帆邊日，紫奪星郎帳外蘭。

　　春水濯來雲雁活，夜機挑處雨燈寒。

　　舞衣轉轉求新樣，不問亂離桑柘殘。

詩中把達官貴人的豪奢淫逸與貧苦百姓的辛勞飢寒，作了鮮明的對比：一方是舞衣旋轉，香風陣陣，仙樂飄揚；一方是雨夜挑機，青燈

螢螢，飢寒交迫。這些詩篇，涉及僖、昭時代動亂社會之種種弊端，又與史書記載相符，為時代留下見證。

晚唐時，綺靡婉麗的齊梁詩風再度復活，鄭谷對此頗為憂慮，常思起而振之。所謂：「騷雅荒涼我未安」（〈靜吟〉），「調和雅樂歸時正，澄瀘頹波到底清。」（〈兵部盧郎中光濟借示詩集以四韻謝之〉）詳讀其詩，實不難發現他想擺脫纖弱柔靡的詩風，極力向杜甫靠攏的用心，詩中或化用杜甫成句，或隱括杜甫詩意，處處表現對杜甫的心儀與學習之忱。蓋二人生活經歷太近似了，一經安史之亂，一歷黃巢起義，皆飽受戰亂流離之苦，羈旅行役，貧老多病。其〈峽中〉詩的深深哀愁，與杜甫當年淹留夔州時之感受相彷佛。〈中秋〉詩，無論從題材、立意和抒情手法、審美情緒等方面看，都酷似杜甫憂時念亂的名篇〈春望〉。大杜有「星垂平野闊，月湧大江流」，谷有「樹盡雲垂野，檣稀月滿湖」（〈久不得張喬消息〉）。又：「兵革未休無異術，不知何以受君恩。」（〈奔問三峰寓止近墅〉）顯然就胎源於杜甫〈諸將〉之「獨使至尊憂社稷，諸君何以答昇平。」〈江行〉的「關東多事日，天末未歸心」；〈詠懷〉的「薄宦渾無味，平生粗有詩」；〈漂泊〉的「十口飄零猶寄食，兩川消息未休兵」；〈春暮詠懷寄集賢韋起居袞〉的「長安一夜殘春雨，右省三年老拾遺」，以及前引〈搖落〉之「故國無消息，流年有亂離」，沉鬱深厚，置之工部集中，是可亂真的。

三、小 結

鄭谷詩就內容情調而論，是以一種蕭瑟悲涼的情韻間接反映了唐末衰退的國運。宋人多以淺俗、格卑貶抑之，歐陽修首開其漸，南宋・晁公武繼之，云：「谷⋯⋯格韻凡猥，語句浮俚」；嗣後，周紫芝、范晞文同譏之曰：「氣象淺俗」、「卑弱無氣」。〔註107〕明・胡震亨感嘆：

──────────

〔註107〕 歐陽修《六一詩話》論曰：「其詩極有意思，亦多佳句，但其格不甚高。」南宋晁公武《郡齋讀書志》卷四中說：「谷詩屬思頗切於理，而格韻凡猥，語句浮俚，不為議者所多。」周紫芝《竹

「無奈骨氣太孱」〔註108〕，許學夷更鄙之，謂谷詩：「聲盡輕浮，語盡纖巧」，集中除二三十篇外，「餘皆村陋，不足錄也」。〔註109〕然宋紹興間童宗說作〈雲臺編序〉則讚之曰：「論其格雖不甚高，要其鍛鍊句意，鮮有不合於道」，更許其詩「有補於風教」。〔註110〕代有評騭，褒貶不一。其實，悲怨愁苦之辭，衰颯感傷之音，確實是縈繞於晚唐詩壇的主旋律。不止谷詩如此，晚唐詩人由於受時代影響和個人遭際的坎坷，痛感國運衰落，悲嘆個人窮愁，各種感傷意識融合為一，詩歌的色彩情調自然是較乏風骨，有衰颯之聲了。

鄭谷自序詩集《雲台編》曰：「雖屬對聲律未暢，而不無旨諷。」〔註111〕又在〈讀故許昌薛尚書詩集〉中云：「篇篇高且真，真為國風陳。」大量的社會詩中，貫串著一種寓時代苦難於一己不平的孤憤之氣，有鮮明的時代徵候，能得杜甫精神之二、三。紀昀稱谷「往往於風調中獨饒思致，汰其膚淺，擷其精華，固亦足為晚唐之巨擘矣。」〔註112〕此論毋寧是別具隻眼。

第十節　其他詩人

晚唐發揚美刺傳統的社會詩人，除以上所述者外，為數尚不少。如一向被歸類為綺麗頑豔詩風之代表的溫、李、杜三家，論者往往忽略了他們關懷蒼生，感事諷時的另一面。其次，有些詩人，如劉駕、

坡詩話》稱之為「氣象淺俗」；范晞文《對床詩話》說他「卑弱無氣」。以上《六一詩話》、《竹坡詩話》，見清‧何文煥輯《歷代詩話》頁265、341。

〔註108〕《唐音癸籤》卷八〈評彙四〉，頁66。

〔註109〕《詩源辨體》卷三十二，人民文學出版社，1998年，頁303。

〔註110〕《雲臺編三卷‧序》，見《豫章叢書》第十函第一○四冊，浙江大學出版。

〔註111〕《雲臺編‧自序》，見《四庫全書‧集部二二》，臺灣商務印書館，1986年，頁450。

〔註112〕《四庫全書總目提要》卷一五一，臺灣商務印書館，1986年，頁29。

鄭嵎、韋莊等，他們的作品或許不豐，但畢竟在當時也曾經發揮過力量，是時代的聲音，歷史的面貌，理應受到重視。

一、溫庭筠

　　溫庭筠（西元 818～870 年），本名岐，字飛卿，太原人。少敏悟，才思豔麗，韻格清拔。集二十八卷。《全唐詩》編詩九卷，卷八百七十一收諧謔詩一首，補遺五九首，共錄詩三九五首。又《全唐詩補編》一首，計存詩三九六首。數十首詠史傷時之作，無論遠比近喻，旨在勸誡當朝皇帝，避免重蹈覆轍。還寫了許多樂府詩，郭茂倩選出三十二首編入新樂府，標稱「樂府倚曲」。

　　溫庭筠有爲數不少的詩篇，觸及了社會問題，反映了行將崩潰的晚唐現實；或諷諫君王，或嘲弄權貴，或揭露科舉弊端，或抨擊官場黑暗，或謳歌治世名臣，有著非常鮮明的時代色彩。如對於藩鎮日趨驕橫，直接威脅到唐王朝，懷著強烈的危機感，於是有〈奉天西佛寺〉、〈湖陰詞〉之作；對於宦官之操縱實權，生殺予奪，爲所欲爲，皇帝廢立無常，倍感憤怒，遂有〈經西塢偶題〉之篇。再如〈雉場歌〉，援引《南史》齊東昏侯置射雉場，致使郊郭「工商莫不廢業，樵蘇由之路斷」〔註113〕的史實，諷刺唐武宗的畋獵無度；〈春江花月夜詞〉寫楊廣荒淫誤國，復蹈陳轍，其實也是晚唐昏庸諸帝的寫照；〈過華清宮二十二韻〉、〈馬嵬佛寺〉、〈偶成四十韻〉等，引唐玄宗、楊貴妃事暗含諷諫：因爲近佞遠賢、疏於防範，鬥雞走馬、沉湎酒色，終致安史亂起，播下亡國的種子；〈達摩支曲〉、〈邯鄲郭公詞〉嘲笑北齊後主高緯的亡國之恨；〈塞寒行〉、〈遐水謠〉直接反映邊塞戰爭帶給百姓的莫大苦難，對征夫思婦的生離死別寄予極深的同情。尤其是〈燒歌〉一詩，詛咒貪得無厭的官家：「誰知蒼翠容，盡作官家稅！」痛感獨裁者的重賦聚斂，而有此震撼人心的精警句子。

〔註113〕《南史》卷五〈齊本紀〉，中華書局，1966 年，頁 152。

二、李商隱

　　李商隱，字義山，號玉谿生，懷州河內人。生於獻宗元和七年（西元 812 年），卒於大中十二年（西元 858 年）。〔註 114〕有《樊南甲、乙集》各二十卷，玉谿生詩三卷。《全唐詩》編詩三卷，錄詩五九四首。又《全唐詩補編》四首，計存詩五九八首。

　　義山多聯繫時事，反映政治的社會詩篇。如寫甘露之變，感嘆文宗悲劇之〈有感二首〉、〈重有感〉、〈詠史〉；抨擊宦官的〈楚宮〉、〈故番禺侯以贓罪致不辜事覺母者他日過其門〉、〈曲江〉等，直斥當權宦官為「凶徒」；痛恨藩鎮割據、譴責恃強叛反的，如〈井絡〉、〈行次昭應縣道上送戶部李郎中充昭義攻討〉、〈壽安公主出降〉等。同時對朝廷的失策、討叛戰爭的流弊，提出嚴正抗議，如〈隋師東〉寫討伐李同捷事，有「軍令未聞誅馬謖，捷書惟是報孫歆」之嘆，對諸將靖邊不力卻謊報功勳，深致憤慨。尤以〈行次西郊作一百韻〉最為鏗鏘，可與杜甫〈北征〉媲美。千瘡百孔的腐敗社會，喚起詩人「療救」的激情，以刻骨入髓、力透紙背的春秋史筆，逐層地挑開了潰敗王朝的瘡痛，揭示出時代風雲的變幻，指陳治亂之理是「繫人不繫天」，強調若能任賢施仁，可弭盜亂。此外，同情人民、反映人民願望的還有〈贈田叟〉、〈所居永樂縣久旱縣宰祈禱得雨田賦詩〉等。

　　晚唐昏君迷戀求仙長壽之術，行徑愚昧，詩人便借用周穆王西遊的神話故事，寫了著名的七絕〈瑤池〉予以嘲諷。又〈漢宮〉、〈賈生〉、〈過楚宮〉、〈漢宮詞〉、〈華嶽下題西王母廟〉、〈茂陵〉、〈碧城三首〉等，亦表現同一主題。其次，揭示君主荒淫失德、重色而誤國的有〈富平少侯〉、〈陳后宮〉、〈吳宮〉、〈南朝〉、〈馬嵬二首〉、〈夢澤〉、〈過景陵〉、〈北齊二首〉等。再次，黨爭是晚唐社會的一大毒瘤，它加速了上層集團的潰亂、腐朽。義山處於牛李黨爭的漩渦中，

〔註 114〕據吳調公《李商隱研究》一書所考定，明文書局，1988 年，頁 3。

對此洞察深微，涇渭是非，並嚴予批判：〈哭遂州蕭侍郎二十四韻〉、〈井泥四十韻〉、〈海客〉、〈潭州〉、〈岳陽樓〉、〈韓碑〉、〈舊將軍〉等，皆表現了他的正義立場和耿介性情，同時也從側面反映了一個歷史時期的面貌。

三、杜　牧

　　杜牧（西元 803～852 年），「剛直有奇節，不爲齷齪小謹，敢論列大事，指陳病利尤切至。」〔註115〕存詩四百來首，自稱「平生五色線，願補舜衣裳。」（〈郡齋獨酌〉）藉詩歌表達了經邦濟世、憂國憂民的抱負。或直接歌詠時事，或以詠史方式寄託心中感慨，深寓對現實的不滿和諷刺，尤爲後人稱道。

　　吐蕃侵佔河西、隴右，杜牧作〈河湟〉、〈皇風〉、〈郡齋獨酌〉，對於朝廷的昏亂和國勢的衰微，感慨萬端，無限憂憤。關心北方居民，受到回鶻侵略，倉皇逃離，乃作〈早雁〉詩，以雁作比，寄託他對於遭難人民的深切同情。渴望削平藩鎮，鞏固邊防，使人民得以安居樂業，〈感懷詩〉爲這方面的代表作。詩中有系統地反映了從唐建國至唐敬宗寶歷二年李同捷叛亂，二百多年的治亂盛衰變遷，尤其痛切追述安史亂後藩鎮跋扈、兵連禍結的社會現實，「急徵赴軍需，厚賦資兇器」，戰爭引發急徵厚賦，荼毒蒼生，詩人感憤：「韜舌辱壯心，叫閽無助聲。」對國家前途的關切何等執著！至於直接敘寫百姓生活者，有〈題村舍〉：「三樹稚桑春未到，扶床乳兒午啼飢。潛銷暗鑠歸何處，萬指侯家自不知。」又在離開黃州赴任池州時，有〈即事黃州作〉，詩中描述當時民生景況是「蕭條井邑如魚尾」，慨嘆人民苦於烽火虐政，痛苦萬端〔註116〕，並怒責統治者之禦敵無策。

〔註115〕《新唐書》卷一六六〈杜牧傳〉，頁 5097。
〔註116〕《詩・周南・汝墳》：「魴魚赬尾，王室如毀。」魚勞則尾赤，小杜以此比喻百姓困苦。見《十三經注疏》（二），藝文印書館，1981 年，頁 44。

　　小杜尤長於鑑往知來的詠史諷諭時，或明論、暗議，或抒情、描敘，總善於把歷史與現狀緊密結合起來加以理性考察。時有歷史變遷的感喟，每在即景抒情中注入厚重的歷史沉思。如〈江南春絕句〉、〈題烏江亭〉、〈洛中二首〉、〈過驪山作〉等名篇。再如〈華清宮三十韻〉詩句云：「月聞仙曲調，霓作舞衣裳；雨露偏金穴，乾坤入醉鄉。」諷刺昏瞶荒淫的君主，其意甚顯。《彥周詩話》說：「小杜作〈華清宮〉詩云：『雨露偏金穴，乾坤入醉鄉。』如此天下，焉得不亂？」〔註117〕《竹坡詩話》評曰：「杜牧之〈華清宮三十韻〉，無一字不可人意，其敘開元一事，意直而詞隱，曄然有騷雅之風。」〔註118〕這種稱許，絕非溢美。〈過華清宮絕句三首〉也是不朽傑作，蓋不便明言，也不便多言，轉而以含蓄的筆法，寓深刻的諷刺，借盛唐以諷晚唐，正是弦外之音、言外之意。總之，是既有史論色彩，又與時政結合，確有深刻的現實意義，這些詩堪為《樊川集》增色，而在一片淒涼蕭瑟的氣氛中，益發顯得燦爛奪目，真不愧為「晚唐翹楚」。〔註119〕論者咸以為他專事華藻，長於風華綺靡之作，實為一隅之見。

四、劉　駕

　　劉駕（西元821～872年），字司南，江東人，登大中六年進士第。〔註120〕出身寒微，有詩〈上馬嘆〉可證；仕途不順，一生蹭蹬，此在〈贈先達〉、〈青門路〉、〈下第後屏居長安書懷太原從事〉等詩中，皆有所表白。《全唐詩》編詩一卷，錄詩六九首，除六首七絕外，均為五言古風。《唐才子傳》曰：「劉駕初與曹鄴為友，深相結，俱工古風詩。」

〔註117〕　許顗《彥周詩話》，見清・何文煥輯《歷代詩話》頁390。
〔註118〕　周紫芝《竹坡詩話》，見同註上，頁350。
〔註119〕　薛雪《一瓢詩話》，見丁仲祜編《清詩話》，頁903。
〔註120〕　生卒年據卞岐〈晚唐詩人劉駕和他的作品〉一文考訂，文學遺產，1982年1月，頁13。又暫定其籍貫為「浙江紹興人」。梁超然〈劉駕的交遊、行蹤及其他〉一文，在此基礎上，詳加勾稽，論證其籍貫應為「九江、湖口」一帶，殆與史籍所說的「江東」都相吻合。文學遺產，1984年3月，頁108。

「駕詩多比興含蓄，體無定規，意盡即止，為時所宗。」〔註121〕

　〈唐樂府十首並序〉為代表作。每章從四句至十二句不等，完全取決於思想內容，真正做到「體無定規，意盡即止。」宣宗大中五年（西元851年），長期被吐蕃佔據的河湟地區終於收復，朝野為之歡慶，駕獻詩表達了滿腔的興奮和由衷的祝頌。〈序〉曰：

> 唐樂府，自〈送征夫〉至〈獻賀觴〉，歌河湟之事也。……獲見明天子以德歸河湟地，……情有所發，莫能自抑，作詩十章，目曰唐樂府。雖不足以貢聲宗廟，形容盛德，而願與耕稼陶漁者歌田野江湖間，亦足自快。

河湟重新歸唐，是晚唐政治生活中的大事，是「耕稼陶漁者」的共同願望，駕大力歌頌，既是對正義戰爭的充分肯定，同時也是對那些「狂悍而不可遏」的藩鎮以有力的棒喝。如其二〈輸者謳〉，把收復河湟的戰爭認為是「同我家私事」，顯示上下一心、同仇敵愾的普遍願望。其四〈邊軍過〉，寫兵不擾人，軍紀整肅，糧草充實。其九〈樂邊人〉，更一反歷史上的邊塞之苦，願意「任向邊頭老」。

　在劉駕現存的六十九首詩中，〈反賈客樂〉和〈賈客詞〉最引人注意。〈反賈客樂〉詩前小序云：「樂府有〈賈客樂〉，今反之。」全詩僅六句，是反元稹、張籍、劉禹錫的〈賈客樂〉而作：「無言賈客樂，賈客多無墓。行舟觸風浪，盡入魚腹去。農夫更辛苦，所以羨爾身。」跳出世俗之見，擊破尋常之規，寫商人之苦，情深意切，恰到好處。通過「以此射彼」的方式，借「無言賈客樂」襯托「農夫更辛苦」，語言質樸自然，無絲毫刀雕斧鑿之跡，看似通俗平淡，實則足以「使味之者無極，聞之者動心。」〔註122〕〈賈客詞〉同一旨趣，點出賈客的可悲下場：「揚州有大宅，白骨無地歸。」又有〈桑婦〉、〈牧童〉、〈江村〉、〈空城雀〉等詩，或直接描敘，或對比襯托，或寓言比擬，主題都是反映農民的貧困和辛勞；〈豪家〉、〈上馬歎〉、〈古出塞〉、〈戰城南〉

〔註121〕辛文房《唐才子傳》卷七〈劉駕〉條，頁126、127。
〔註122〕鍾嶸《詩品‧序》，見清‧何文煥輯《歷代詩話》頁3。

等，揭露權貴豪奢，反對不義戰爭。〈築臺詞〉寫道：「前杵與後杵，築城聲不住；我願築更高，得見秦皇墓！」題下自注：「漢武築通天台，役者苦之。」顯然是以古鑒今，控訴無窮無盡的勞役。此外，還有反映婦女問題的〈棄婦〉、〈效古〉；詠懷古蹟的〈姑蘇臺〉、〈釣臺懷古〉等，筆調皆甚哀。聶夷中對他推崇備至，說是「君詩如門戶，夕閉晝還開；君名如四時，春盡夏復來。」〔註123〕

五、鄭 嵎

鄭嵎，字賓先，生卒年不詳，大中五年（西元 851 年）登進士第。《全唐詩》卷五六七錄〈津陽門詩〉一首。

唐代詩苑，於安史之亂後，以唐明皇、楊貴妃為題材，藉以展示歷史的變遷，抒寫今昔盛衰感的詩章不少。分別從各個不同的角度，探尋唐代由盛轉衰的歷史緣由，其中最具特色者當屬白居易的〈長恨歌〉、李商隱的〈馬嵬〉以及鄭嵎的〈津陽門詩〉。三詩各有所重，〈長恨歌〉著重生之情，〈馬嵬〉側重死之情，〈津陽門詩〉則另闢徯徑，藉景的烘托與體驗，通過對敘事、抒情的有機組合，委婉敘說，以深沉的歷史眼光，全面而具體地審視了安使之亂前後的時空景象，闡述主人公悲劇發生的過程，並曲折地揭示唐帝國國運衰落的根源。

〈津陽門詩·序〉自道：「下帷於石甕僧院，而甚聞宮中陳跡。」又逢客邸主翁「自言世事明皇……為道承平故實。」顯然是以「陳跡」、「故實」為主軸，搜採允稱完備。津陽門為驪山華清宮之外關，地處禁闉與京道的要衝。鄭嵎於大中三年（西元 849 年）冬，途經該處，得聞店主所道之承平故實，加上多年輾轉相傳的宮中陳跡，予以混揉整理，乃成就這百韻一千四百字的七言古詩。詩可分作五部分，前二部分以鋪衍誇飾的筆調，極力渲染太平天子李隆基的窮奢極欲：「繞林呼盧恣樗博，張燈達晝相謾欺。相君侈擬縱驕橫，日從秦虢多游嬉。朱衫馬前未滿足，更驅武卒羅旌旗。」楊玉環厚承

〔註123〕聶夷中〈哭劉駕博士〉詩，見《全唐詩》頁 7300。

恩寵、矜能恃巧：「玉奴琵琶龍香撥，倚歌促酒聲嬌悲。」導致玄宗忠奸不辨、人妖混淆，黃鐘毀棄、瓦釜雷鳴，其結果自然是倉皇南奔。至此，詩人筆鋒陡轉，詩歌進入第三部分，寫玄宗天天吞飲苦酒，向冥冥中的情人暗訴衷腸，以慰私情：「鑾輿卻入華清宮，滿山紅實垂相思。飛霜殿前月悄悄，迎春亭下風颸颸。」第四部分，重彩描繪昔日繁華雍容的華清宮，以及崔峨輝煌的樓台亭樹，與今日之凋零兩相對照，並以其頹敗殘破，象徵唐王朝國運的衰落，層層渲染，極盡曲筆。最末，以口述者對於唐王朝氣數已盡、大廈將傾的欷吁感嘆作結。

　　藝術手法上，詩人也自出機杼，以別致的主客問答方式貫穿全篇。敘述中穿插對話，能爲詩歌更添波瀾，帶給人以親切、真實的感覺，從而克服了一味鋪敘所可能造成的平直、低沉、枯燥的缺陷。又口述者的特殊身分（唐明皇近衛），使得他的述說、追憶和反思帶有強烈的感情色彩，加強了詩歌主題的真切效應，也使全詩具有過來人的沉重幽思和蕩人心魄的感染力量，此所以透顯其不凡之處。再者，檢點全篇千餘言，竟無一字呵斥或者批評那個斷送李唐百年江山的酒色天子李隆基，令人頗覺蹊蹺。其實，不獨鄭嵎如此，白居易也不例外，其最主要原因，當是哀婉纏綿之情，具有奪人淚下的魅力，所以詩人在觸及那段搖人心旌的愛情悲劇時，猶不免躊躇起來，遂將時人盡知的醜史悄然隱去。雖是將大量筆墨用於披露李隆基生活上的荒淫無度與政治上的昏庸顢頇，卻未直接評說，但透過字裏行間所流溢出的感情傾向，我們仍可以感受到他對玄宗禍國殃民行爲的正視及批判，只是並非那麼明顯罷了。在藝術效果上，做到了「用意隱然，最爲得體」〔註124〕，此所以鄭嵎得以〈津陽門詩〉一首，名傳後世。

〔註124〕吳喬《圍爐詩話》卷三：「古人詠史但敘事而不出己意，則史也，非詩也；出己意、發議論而斧鑿錚錚，又落宋人之病；用意隱然，最爲得體。」見郭紹虞編《清詩話續編》，頁558。

六、韋　莊

　　韋莊（西元 836～910 年），字端己，京兆杜陵人，中唐詩人韋應物的玄孫。在亂離中度過大半生，詩多反映唐末戰亂，如〈清河縣樓作〉：「千里戰塵連上苑，九江歸路隔東周。」〈贈戍兵〉：「紅旌不卷風長急，畫角閒吹日又曛。止竟有征須有戰，洛陽何用久屯軍？」主題類似的尚有〈辛丑年〉、〈重圍中逢蕭校書〉、〈贈薛秀才〉、〈賊中與蕭韋二秀才同臥重疾二君尋愈余獨加焉恍惚之中因有題〉、〈又聞湖南荊渚相次陷沒〉、〈睹回戈軍〉等。此外，關懷現實，針砭時弊之作，如〈咸通〉、〈官莊〉、〈立春日作〉等。而〈憫耕者〉所反映的就極為典型：「何代何王不戰爭，盡從離亂見清平。如今暴骨多於土，猶點鄉兵作戍兵。」詛咒可惡的藩鎮豪強，頻繁征戰，對於死難的人民，寄予深切同情。總括地說，他是以感傷之情言家國亂離之事，目之所及，心之所感，凝結於情，真摯而感人。尤以〈秦婦吟〉飲譽天下，而有「〈秦婦吟〉秀才」之稱。

　　〈秦婦吟〉發揮詩史精神，呈現黃巢禍亂造成的社會慘況，是為紀實之作的顛峰。韋莊以充滿驚悸和仇怨的心靈，全面披露當時亂象，對於唐王朝權貴們尸位素餐、昏庸麻木的狀況作了深刻的揭示。詩題曰「吟」，蓋詩人有感於現實的殘破亂離，不勝浩嘆，而發為悲歌哀吟。〔註125〕全詩二百三十八句，一千六百六十六字，是現存唐詩中最長的一首。可分為兩部分，前半是秦婦陷落黃巢軍的經過和遭際，後半則是她逃離長安後，一路上的見聞和感想。生動地描寫了廣大人民在官軍罄室傾囊的殘酷掠奪下，「家財既盡骨肉離」，「朝飢山草暮宿霜」的苦況。史載黃巢軍兵陷皇都「大掠」、「洗城」〔註126〕，詩中客觀地敘寫，對於殺戮之慘、官軍的無能與殘暴，

〔註125〕　張表臣《珊瑚鉤詩話》卷三曰：「吁嗟慨嘆，悲憂深思謂之吟。」見清・何文煥輯《歷代詩話》頁 476。

〔註126〕　《新唐書》卷二二五〈黃巢傳〉：「（西元 881 年，黃巢入長安）甫數日，因大掠，……爭取人妻女亂之，捕得官吏悉斬之，火

指陳可謂痛快淋漓，是唐朝覆亡悲劇的一面鏡子，足以補史傳，更可以爲殷鑑。

七、唐彥謙、秦韜玉、吳融

　　唐彥謙（西元839年～？），字茂業，并州人。曾隱居鹿門山，稱鹿門先生，有《鹿門集》。存詩近二百首，《全唐詩》編爲二卷。寫民生艱苦的有五古〈宿田家〉，反映了統治者對人民的欺淩、壓榨和盤剝，表達對苦難人民的同情和對殘酷現實的不滿，當胎息於杜甫的〈石壕吏〉、白居易〈宿紫閣北山村〉，只是議論的成份加重。還有七古〈採桑女〉，寫民不堪命。頷聯云：「侵晨探採誰家女，手挽長條淚如雨」，寫春寒桑葉遲放，採桑女的辛酸悲苦，末云：「愁聽門外催里胥，官家二月收新絲。」斥官府重稅之害人。

　　秦韜玉，字仲明。京兆人。僖宗中和二年，得准敕及第。《全唐詩》編詩一卷，錄詩三六首。又《全唐詩補編》一首，計存詩三七首，全是七言，其中多數爲七律。〈貧女〉一詩，歷代傳誦：「蓬門未識綺羅香，擬託良媒益自傷。誰愛風流高格調，共憐時世儉梳妝。敢將十指誇纖巧，不把雙眉鬥畫長。苦恨年年壓金線，爲他人作嫁衣裳。」表面上寫貧女的抑鬱和牢騷，實際是「語語爲貧士寫照」〔註127〕，語意雙關，愈咀嚼愈覺得意味深長。餘如〈寄懷〉、〈豪家〉、〈織錦婦〉、〈隋堤〉、〈紫騮馬〉、〈問古〉、〈貴公子行〉諸篇，或借歷史諷喻現實，或借詠物寄託感情，是較有社會意義的詩作。

　　吳融（西元850年～？），字子華，越州山陰人。主張以詩歌干預時政，「善善則頌美之，惡惡則風刺之」，認爲詩歌當「有益於事」、「關於教化」。〔註128〕如〈風雨吟〉，譴責只知享樂不念國家興亡的

　　盧舍不可賫，宗室侯王屠之無類矣。」中華書局，1966年，頁6458。《舊唐書》卷二○○〈黃巢傳〉：「賊怒坊市百姓迎王師，乃下令洗城，丈夫丁壯，殺戮殆盡，流血成渠。」頁5394。
〔註127〕沈德潛《唐詩別裁集》卷十六，廣文書局，1970年，頁443。
〔註128〕吳融〈禪月集序〉，《四部叢刊正編》（○三八），臺灣商務印書館，

富豪搢紳和那些「甚於賊」的官軍，孤憤之思溢於言表；〈平望蚊子二十六韻〉借蚊之害人，鞭撻貪官汙吏。外如〈太湖石歌〉、〈李周彈箏歌〉、〈贈李長史〉等，都藉詠物而引出對時世變亂的感慨。

1979 年，頁 3。

第六章　晚唐風人體主要作家及其作品

　　洪邁《容齋三筆》指出「風人體」源於樂府子夜四時歌，緊接著說：「至唐張祜、李商隱、溫庭筠、陸龜蒙亦多此體」[註1]，且舉陸龜蒙〈風人詩〉四首及皮日休所和三章，還有劉采春所唱，共提到有「風人體」之作者六人。葛立方《韻語陽秋》則僅提到皮、陸二人。胡震亨說：「風人詩……張祜、皮、陸為多。」[註2]凡所述及者皆晚唐詩人，由知「風人體」之作，至晚唐獨多。蓋這種不直道情意而有所託諷的雙關語淵源既遠，流風所及亦廣。時至晚唐，因「唯美文風再起，於是吳歌格的諧隱又流行」[註3]，蔚為風潮，作者鼎沸了。

第一節　張　祜

　　樂府之作多沿用舊題，〈團扇郎〉、〈拔蒲歌〉、〈莫愁樂〉、〈襄陽

〔註1〕　《容齋三筆》卷十六〈樂府詩引喻〉條，大立出版社，1981年，頁609。

〔註2〕　《唐音癸籤》卷二十九〈談叢五〉，頁254。

〔註3〕　邱師燮友曰：「晚唐諸詩人，如李商隱、皮日休、陸龜蒙等，在他們的詩中，用口語入詩，但詩語曲折而多諧隱，語多雙關。大抵盛唐中唐載道的文學盛，言志的作品，不及諧隱、風人的技巧。晚唐唯美文風再起，於是吳歌格的諧隱又流行。」〈唐詩中吳歌格與和送聲之研究〉，國科會報告，1971年，頁92。

樂〉等，都具有南朝民歌的風味，樸實自然，清新別致。詩中表現對不幸婦女的同情，對她們愛情的尊重，如〈車遙遙〉寫閨情尤見動人，末句云：「桑間女兒情不淺，莫道野蠶能作繭。」以野蠶喻新歡，實具深婉諷諭之旨，尤其是諧音雙關的表現手法，自由活潑，靈動多樣。如〈拔蒲歌〉：

> 拔蒲來，領郎鏡湖邊。郎心在何處？莫趁新蓮去！
>
> 拔得無心蒲，問郎看好無？

以「新蓮」諧「新憐」，隱喻「新歡」；以蒲草的「無心」，諧郎的「無心」。就當前景、眼前物，抒情寓意，語言清麗，洋溢著熱情奔放的氣息。〈讀曲歌五首〉，仿六朝小詩，五言四句，口語入詩，自然親切：

> 窗中獨自起，簾外獨自行。愁見蜘蛛織，尋思直到明。
>
> 碓上米不舂，窗中絲罷絡。看渠駕去車，定是無四角。
>
> 不見心相許，徒云腳漫勤。摘荷空摘葉，是底採蓮人。
>
> 窗外山魈立，知渠腳不多。三更機底下，摸著是誰梭。
>
> 郎去摘黃瓜，郎來收赤棗。郎耕種麻地，今作西舍道。

分別以「思」諧「絲」；「蓮」諧「憐」；「梭」諧「疏」，表「疏遠」；「棗」諧「早」，以棗心之「赤」寓郎之「赤」心。山魈為「獨腳蟲」，所以「腳不多」，是歇後雙關語，其真正的含意是：「來往不勤快」。

第二首較為費解。按北朝王肅妻謝氏〈贈王肅〉詩：「本為箔上蠶，今作機上絲；得絡逐勝去，頗憶纏綿時。」〔註4〕況澄《雜體詩鈔》卷五曰：「花杠云：絡與喜樂之樂同音；勝與勝負之勝同音。絡，絡絲也。勝，機持經者也。」絡，纏絲，諧音「樂」。劉餗《隋唐佳話》卷下云：「張昌儀兄弟恃易之、昌宗之寵，所居奢溢，逾於王主。末年有人題其門曰：一絢絲，能得幾日絡？昌儀見之，遽命筆書其下曰：一日即足。無何而禍及。」〔註5〕「絡」亦諧「樂」，以喻小人之逐眼前享樂，難以長久。故此處前兩句表面的意思是說：碓上的米也

〔註4〕見丁福保編《全漢三國晉南北朝詩》，世界書局，1978 年三版，頁1485。

〔註5〕劉餗《隋唐佳話》卷下，中華書局，1979 年，頁39。

不舂了，窗裡的絲也不絡了。而整首詩的底意應是：既無心舂米，更無心絡絲，眼睜睜看著情人駕車遠去，乃怨恨車輪不生四角，竟轉動不停的把親人帶走了。抒怨於物，想像十分奇妙，不失風人之旨。又有〈車遙遙〉句云：「君心若車千萬轉，妾身如轍遺漸遠。」可與此互讀比照。邱師燮友以為「四角是『方正』的隱語，想他是個不方正的人」﹝註6﹞，疏解亦圓滿。陸龜蒙〈古意〉：「君心莫淡薄，妾意正棲托。願得雙車輪，一日生四角。」正是從張詩化出，可作此詩註腳。

〈蘇小小歌三首〉，譬喻生動，也是極為典型的「風人體」：

> 車輪不可遮，馬足不可絆。長怨十字街，使郎心四散。
>
> 新人千里去，故人千里來。剪刀橫眼底，方覺淚難裁。
>
> 登山不愁峻，涉海不愁深。中擘庭前棗，教郎見赤心。

第一首，以十字街的「四散」諧郎心飄盪不定，不可羈絆之「四散」。明知情郎用心不專，卻不忍直斥其非，轉而遷怒於十字街，埋怨因有它的存在，才使情郎難收放浪之心，似無理實妙傳其情。第二首，末兩句是「前句比興引喻，後句以實言證之」，為道地之「風人體」。以裁衣的「裁」，諧裁奪的「裁」。言新人、故人之間，難以抉擇。第三首，因棗熟後，核成紅色，故借棗的「赤心」，諧己堅貞的「赤心」，表愛戀的赤誠如火。生動展露少女情懷，令人有如見其形，如聞其聲之感。其他尚多，茲再錄數篇比喻清新自然，頗值玩味者：

> 自君之出矣，萬物看成古。
>
> 千尋葶藶枝，爭奈長長苦。（〈自君之出矣〉）
>
> 為底胡姬酒，長來白鼻騧。
>
> 摘蓮拋水上，郎意在浮花。（〈白鼻騧〉）
>
> 白團扇，今來此去捐。
>
> 願得入郎手，團圓郎眼前。（〈團扇郎〉）

「一尋」八尺，則「千尋」蓋「極長」矣；而葶藶又為「苦樹」，所以

﹝註6﹞邱師燮友〈唐詩中吳歌格與和送聲之研究〉，國科會報告，1971年，頁53。

說是「長長苦」。〈白鼻騧〉以「水上浮花」喻郎之「浮華」，極為醒豁。〈團扇郎〉則以團扇的「團圓」，諧人的「團圓」，也很妥貼。又如〈江南雜題三十首〉，寫江南風物，其十九有句：「雀語嘉賓笑，蛩鳴懶婦愁。」《中華古今注‧鳥獸》曰：「雀一名嘉賓。」「蟋蟀，一名秋吟螿……濟南人謂之懶婦。」〔註7〕《唐風‧蟋蟀》陸疏云：「幽州人謂之趨織」，並引諺曰：「趨織鳴，懶婦驚。」〔註8〕以懶婦對嘉賓，字面便十分工整，不僅都有出處，且都一語雙關。

第二節　李商隱

　　李商隱〈無題〉諸作，千古傳頌，卻也因主題朦朧迷離，言人人殊，難作鄭箋。然而認為「愛情」為其主要質素，也得到普遍的認同。由於特殊因素，作者內心世界某種難於明言、又難以遺忘或隱忍不言的矛盾，想說、不好說又非說不可的心理，不得已乃指物寓意，諧音雙關之。茲摘部分詩句，略作說明：

　　　　相見時離別亦難，東風無力百花殘。
　　　　春蠶到死絲方盡，蠟炬成灰淚始乾。(〈無題〉)

此膾炙人口的詩句，似乎脫胎於六朝樂府〈子夜歌〉：「春蠶易感化，絲子已復生」及〈子夜冬歌〉：「與郎對華榻，絃歌秉蘭燭」。「絲」、「思」諧音；「淚」指「蠟淚」，也指「相思之淚」，同字同音雙關。「春蠶」、「蠟炬」兩個傳頌千古的意象隱喻，刻劃出綿長熾熱，堅貞不渝的摯愛相思，如蠟炬之燃燒煎熬，像蠶絲之繭縛，無窮無盡，沒完沒了；除非身死成灰，此情不泯。

　　　　颯颯東風細雨來，芙蓉塘外有輕雷。
　　　　金蟾齧鎖燒香入，玉虎牽絲汲井迴。(〈無題〉)

<hr>

〔註7〕馬縞《中華古今注》卷下〈雀〉、〈蟋蟀〉條，百部叢書集成之二，嚴一萍輯，藝文印書館，1965年，頁6、8。

〔註8〕《詩‧唐風‧蟋蟀》及陸《疏》，見《十三經注疏》(二)，藝文印書館，1981年，頁216。

「香」、「絲」諧「相」、「思」，襯托詩中主人寂寥孤獨、內外隔絕的
處境，隱曲傳達迷離恍惚的失落之痛。又如：

> 照梁初有情，出水舊知名。裙衩芙蓉小，釵茸翡翠輕。
> 錦長書鄭重，眉細恨分明。莫近彈棋局，中心最不平。（〈無
> 題〉）

尾聯是借物寓意，諧音雙關語。《後漢書・梁冀傳》注曰：「彈碁，兩
人對局，白黑碁各六枚，先列碁相當，更相彈也。碁局以石為之。」
〔註9〕據聞魏文帝善此技，用手巾拂之，無不中〔註10〕，有〈彈碁賦〉
云：「局則……豐腹高隆，庫根四頹。」又說：「文石為局，金碧齊精，
隆中夷外，理緻肌平。」〔註11〕《夢溪筆談》說棋盤「中心高如覆盂，
其巔為小壺，四角微隆起。」〔註12〕《唐音癸籤》述彈棋之源、棋盤
造型及其遊戲方法與規則，頗為詳盡：「戲之有彈棋，始漢武，以代
蹴踘之勞。其法用石為局，中隆外庫，黑白棋各六枚，先列棋相當，
下呼上擊之，以中者為勝。」〔註13〕可知彈碁局是「中高外平」。此
以彈碁局的「中心不平」，諧為情所困的人「心中不平」。另外，〈柳
枝五首〉：「本是丁香樹，春條結始生。玉作彈棋局，中心亦不平。」
雙關手法，與此同一機杼。玉谿生最擅於此，尚多雙關詩句：

> 一帶不結心，兩股方安髻。慚愧白茅人，月沒教星替。（〈李
> 夫人三首〉）

以絲帶單條之不能「結心」，諧人之孤單，唯有兩股成雙方能安「計」，
以「髻」諧「計」，「安計」即「安心」。此顯然模仿梁・武帝〈子夜四
時歌・秋歌〉：「鏡上兩人髻，分明無兩心。」及〈讀曲歌〉：「梳頭入黃
泉，分作兩死計。」彎彎曲曲的道出願望，隱隱約約的表達情愫。

> 密帳真珠絡，溫幃翡翠裝。楚腰知便寵，宮眉正鬥強。

〔註9〕《後漢書・梁冀傳》注引《藝經》語，中華書局，1966年，頁1178。
〔註10〕胡震亨《唐音癸籤》卷十九〈詁箋四〉，頁174。
〔註11〕魏文帝〈彈棋賦〉，見明・張溥《漢魏六朝百三家集・魏文帝集》，
新興書局，1976年，頁759。
〔註12〕沈括《夢溪筆談》卷十八〈技藝〉，鼎文書局，1977年，頁13。
〔註13〕見同註10，頁173。

結帶懸梔子，繡領刺鴛鴦。輕寒衣省夜，金門熨沉香。(〈效徐陵體贈更衣〉)

邱師燮友謂：「梔諧吉，梔子喻吉祥，鴛鴦喻成雙成對。」〔註14〕梁・徐悱妻劉令嫺詩云：「兩葉雖爲贈，交情永未因；同心何處恨，梔子最關人。」〔註15〕按：「梔子」諧音「之子」，指「良人」。

恨臥新春白袷衣，白門寥落意多違；
紅樓隔雨相望冷，珠箔飄燈獨自歸。(〈春雨〉)

冷字雙關：一指「春雨之寒意」；一指佳人已去，「情意已冷」。

日日春光鬥日光，山城斜路杏花香。
幾時心緒渾無事，得及游絲百尺長。(〈日日〉)

「緒」字引出「游絲百尺長」，「絲」諧「思」。百無聊賴，心思遊蕩，不知如何是好。

恨望逢張女，遲迴送阿侯。空看小垂手，忍問大刀頭。(〈擬意〉)

刀頭有「環」，以之諧「還」，低聲問看「幾時歸來」？未別即問歸期，難分難捨之情，已盡攝入此一語一念之中。

春日在天涯，天涯日又斜。鶯啼如有淚，爲濕最高花。(〈天涯〉)

「啼」字雙關「淚濕」。又清・管世銘《讀雪山房唐詩凡例・七絕凡例》云：「詩中諧隱，始於古藁砧。……李商隱『只應同楚水，長短入淮流。』亦是一家風味。」按：所舉乃商隱〈追代盧家人嘲堂內〉〔註16〕，以「淮」諧「懷」，指「心中」。

〔註14〕見邱師燮友〈唐詩中吳歌格與和送聲之研究〉，國科會報告，1971年，頁43。

〔註15〕六朝劉令嫺〈摘同心梔子贈謝娘因附此詩〉，見丁仲祜編《全漢三國晉南北朝詩》，藝文印書館，1975年9月三版，頁1582。又楊愼《升菴詩話》卷三載〈劉三娘光宅寺見少年頭陀有感〉詩云：「長廊欣目送，廣殿悅逢迎。何當曲房裡，幽隱無人聲。兩葉雖爲贈，交情永未因。同心何處切，梔子最關人。」見清・李調元編纂《函海叢書》（十九），宏業書局，1972年，頁11851。

〔註16〕李商隱〈追代盧家人嘲堂內〉詩云：「道郤橫波字，人前莫謾羞。只

第三節　溫庭筠

〈南歌子詞〉二首（一作〈添聲楊柳枝辭〉），雙關隱語極爲工巧，委婉述情又饒有風趣，是愛情詩中的精品：

> 一尺深紅蒙曲塵，天生舊物不如新。
>
> 合歡桃核終堪恨，裡許元來別有人。（其一）
>
> 井底點燈深燭伊，共郎長行莫圍棋。
>
> 玲瓏骰子安紅豆，入骨相思知不知。（其二）

前一首，桃核由兩半組合而成，故曰「合歡桃核」，喻男女相「結合」。「人」諧「仁」，隱喻合歡之人心中原來有「別人」，暗諷喜新厭舊者。「許」字是「裡」之助詞，爲唐人口語，如戴叔倫詩句：「秋風裡許杏花開」。後一首，「燭」諧「囑」，叮嚀之意。「井底點燈——深燭伊」，是歇後雙關語。「長行」，古博戲名。李肇《唐國史補》下：「今之博戲，有長行最盛，其具有局有子，子有黃黑各十五，擲採之骰有二。其法生於握槊，變於雙陸。」〔註 17〕此處兼指「長程之行」，即「長別」也。「圍棋」音同「違期」。字面意爲：點燈相照，與郎共作「雙陸」之戲；裡層意思則是說：詩中女主人公與郎「長別」時，深囑勿逾時而不歸。「莫違期」是「深囑」的具體內容，又爲下文的「入骨相思」伏筆。「玲瓏骰子安紅豆——入骨相思」，也是歇後雙關語。紅豆，一名相思子，常用以象徵愛情或相思。《唐音癸籤》載：「筆叢謂唐人骰子近方寸，凡四點；當加緋者，或嵌相思子其中」。〔註 18〕因此，「入骨相思」既是指骰子上鮮紅渾圓的紅點，又指女子的一片相思癡情。王世貞《藝苑卮言》中，載有明正德間妓女〈詠骰子〉詩，曰：「一片寒微骨，翻成面面心；自從遭點汙，拋擲到如今。」〔註 19〕正是以骰子自喻，傾吐其受到玷污拋棄的無窮苦衷。

溫庭筠學習「吳歌格」的情況，甚是明顯，有許多諧音雙關的「風

　　應同楚水，長短入淮流。」見《全唐詩》頁 6179。

〔註 17〕李肇《唐國史補》卷下，世界書局，1968 年再版，頁 61。

〔註 18〕《唐音癸籤》卷二十〈詁箋五〉引《徐氏筆精》語，頁 180。

〔註 19〕《藝苑卮言》卷七，見丁福保輯《歷代詩話續編》頁 1070。

人體」，設想新穎，別開生面。如〈蘇小小歌〉，其前半云：

買蓮莫破券，買酒莫解金；

酒裡春容抱離恨，水中蓮子懷芳心。

吳宮女兒腰似束，家在錢唐小江曲。

一自檀郎逐便風，門前春水年年綠。

「蓮」諧「憐」，憐愛也。破券即立契約。〈北齊太上時童謠〉：「千金買果園，中有芙蓉樹；破券不分明，蓮子隨他去。」〔註20〕溫詩蓋自此脫化，言「買取憐愛不必訂定契約」，意指兩情相悅，重在眞心承諾。而「水中蓮子──懷芳心」，爲歇後雙關語。「蓮子」，諧「憐子」，指愛人。此以蓮子「懷芳心」，諧女子的「素心」，允稱妥貼巧妙。又如〈織錦詞〉云：

簇簌金梭萬縷紅，鴛鴦豔錦初成匹。

錦中百結皆同心，蕊亂雲盤相間深。

‥‥‥‥‥‥‥‥‥‥‥‥‥‥‥‥‥‥‥‥‥‥‥

象尺熏爐未覺秋，碧池已有新蓮子。

以錦結之「同心」，雙關情人的「同心」；又以「新蓮子」諧「新憐子」，指「新歡」，怪情人琵琶他抱。還有不少是「絲」「思」相諧的：

唯絲南山楊，適我松菊香。（〈寓懷〉）

擣麝成塵香不滅，拗蓮作寸絲難絕。（〈達摩支曲〉）

船頭折藕絲暗牽，藕根蓮子相留連。

郎心似月月未缺，十五十六清光圓。（〈張靜婉採蓮歌〉）

巫娥傳意托悲絲，鐸語琅琅理雙鬢。（〈蔣侯神歌〉）

皆以蓮藕之「絲」諧思念的「思」；「蓮子」諧「憐子」；「雙」諧「霜」。又〈生祿屏風歌〉末聯云：「宜男漫作後庭草，不似櫻桃千子紅。」祿，求子祭。屏風上刻有祈求生子祭祀的圖案。詩以草名「宜男」，諧生男育女的「宜男」；以櫻桃的「千子」，雙關百子千孫的「千子」，貼切自然。〈晚坐寄友人〉：「應卷蝦簾看皓齒，鏡中惆悵見梧桐。」

〔註20〕《樂府詩集》卷八十七〈雜歌謠辭五〉，里仁書局，1984年，頁1227。

以「梧桐」諧「吾同」，皆取眼前物以寓意，蘊藉婉曲，情致搖曳。

唐人諧謔的詩，也多語帶雙關。庭筠有〈戲令狐相〉云：

> 自從元老登庸後，天下諸胡悉帶鈴。

「胡」、「狐」音同；「令」、「鈴」音近。此以「戲」為題，已標明諧謔成分。令狐綯為相，因宗族人少，常欲擴充其宗黨，以同崔、盧等巨族抗衡。於是，一些勢利小人紛紛趨附，不吝其力，至有姓「胡」冒「令狐」者，故庭筠戲詞挖苦之。〔註21〕此外，〈經西塢偶題〉：「日影明滅金色鯉，杏花喋喋青頭雞」。以鯉諧「李」，隱喻帝座之危；用青頭雞典故，暗指「甘露之變」。〔註22〕〈走馬樓三更曲〉：「春姿暖氣昏神沼，李樹拳枝紫芽小。」亦以「李樹」（唐，李姓）拳枝喻壽王「李瑁」，譏玄宗聚麀之穢行。

第四節　陸龜蒙

有〈風人詩四首〉，如下：

> 十萬全師出，遙知正憶君。一心如瑞麥，長作兩岐分。
> 破藥供朝饗，須憐是苦辛。曉天窺落宿，誰識獨醒人。
> 旦日思雙屨，明時願早諧。丹青傳四瀆，難寫是秋懷。
> 聞道更新幟，多應廢舊旗。征衣無伴搗，獨處自然悲。

第一首，《說文》：「十萬曰億」，「十萬全師」歇後語是「整億軍」；麥穗兩岐，乃豐年之兆，所以「瑞麥」的注語便是「兩岐分」。「正憶君」諧「整億軍」，是同音異字雙關語，已將謎底寫出。又以瑞麥的「兩

〔註21〕參見宋·錢易《南部新書》（庚），中華書局，1985 年，頁 66。

〔註22〕《三國志》卷四〈齊王芳傳〉，注引《世語》及《魏氏春秋》云：
「時安東將軍司馬文王鎮許昌，微還擊維，至京師。帝於平樂觀以臨軍過。中領軍許允與左右小臣謀，因文王辭，殺之，勒其眾以退大將軍。已書詔於前。文王入，帝方食栗，優人雲午等唱曰：『青頭雞，青頭雞。』青頭雞者，鴨也。帝懼不敢發。文王引兵入城，景王因是謀廢帝。」見《三國志》，中華書局，頁 128、129。
又參閱杜文瀾編《古謠諺》卷七〈優人青頭雞唱〉條，世界書局，1983 年四版，頁 106、107。

歧分」，諧一心的「兩歧分」，是同音同字雙關語。第二首，以「辛」
諧「薪」，破藥是「苦薪」，諧音「苦辛」，隱喻憐愛的苦辛。第三首，
「諧」諧「鞋」。馬縞《中華古今注》曰：「凡取婦之家，先下絲麻鞋
一雙，取其和諧之義。」〔註23〕蔣防《霍小玉傳》：「先此一夕，玉夢
黃衫丈夫抱生來，至席，使玉脫鞋。驚寤而告母，因自悟曰：『鞋者
諧也，夫婦再合；脫者解也，既合而解，亦當永訣。』」〔註24〕用鞋
子的「雙」屨，比喻與情人的結「成雙」，以早晨穿的「早鞋」，諧早
日結合的「早諧」，以「秋懷」諧「愁懷」。其裡層的意義是：「天天
想和他結成雙，明兒個願能早早與他諧合；丹青作畫傳遍四海，最難
畫的該是相思的愁懷吧。」末一首，「新幟」諧「心志」，「舊旗」諧
「舊期」，「處」諧「杵」，皆同音異字雙關語。古幟、志二字相通，《漢
書·高帝紀》：「旗幟皆赤」，師古注：「史家或作幟，或作志，意義皆
同。」〔註25〕表面是「更新幟」，自然引出「廢舊旗」，底意則是怨對
方改變心志，早已忘了舊有的約期，獨處無伴，自然是悲了。處處諧
音雙關，且標出「風人詩」，可知作者是有意爲之。

又有〈子夜變歌三首〉，也是佳作：

　　人傳歡負情，我自未嘗見。三更開門去，始知子夜變。
　　歲月如流邁，春盡秋已至。熒熒條上花，零落何乃遽。
　　歲月如流邁，行已及素秋。蟋蟀吟堂前，惆悵使儂愁。

其一，三更即是子夜，「子夜變」既指「歡子」半夜負情變卦，同時
雙關題目，妙在天然。其二：以「遽」諧「逝」，作「作速」解。其
三，「蟋蟀鳴」所以人「愁」，此可與張祜〈江南雜題三十首〉之十九
參看。

　　龜蒙風人詩仍以愛情爲基調，且多借女子口吻出之，含蓄纏綿。

〔註23〕馬縞《中華古今注》卷中〈麻鞋〉條，百部叢書集成之二，嚴一萍
　　　　輯，藝文印書館，1965 年，頁 5。
〔註24〕蔣防《霍小玉傳》，百部叢書集成之三二，嚴一萍輯，藝文印書館，
　　　　1968 年，頁 7。
〔註25〕《漢書》卷一〈高帝紀〉，中華書局，1966 年，頁 10。

〈樂府雜詠・金吾子〉：「嫁得金吾子，常聞輕薄名。君心如不重，妾腰徒自輕。」嫁得金龜婿，本以爲有享不盡之榮華，可以廝守終生，豈知郎心輕薄浮華。埋怨之餘，自己猶不免如楊花柳絮之「輕」，隨風飄盪了。此「輕」字，除了表示因思君而骨瘦腰輕外，當兼攝有他意。再讀以下二首：

淮上能無雨，回頭總是情。蒲帆渾未織，爭得一歡成。（〈山陽燕中郊樂錄〉）

車輪明月圍，車蓋浮雲盤。雲月徒自好，水中行路難。

遙遙洛陽道，夾道生春草。寄語櫂船郎，莫誇風浪好。（〈江南曲〉）

「雨」諧「汝」；「情」是底字，表字是「晴」。且淮上「無雨」，引出「總是晴」，歇後雙關語。「歡」即「歡子」，指愛人。「歡」也是俗諺「造帆」之意。周密《齊東野語》云：「余生長澤國，每聞舟子呼造帆曰歡，……意謂吳諺耳。及觀唐樂府有詩云：『蒲帆渾未織，爭得一歡成。』是知方言俗語，皆有所據。」〔註26〕詩意是說：「淮水之上沒有下雨，回頭看去是一片晴朗好天氣；蒲草編織的帆還沒完成，等編好了趕快把愛人接來。」濃濃的情意，殷殷的期盼，流露出迫不及待的心緒。次首中的「風浪」，既實指行船時的風與浪，同時暗指外在種種「誘惑」，一物雙關兩意。此外，如〈古意〉：「君心莫淡薄，妾意正棲託。願得雙車輪，一夜生四角。」也與祐之〈讀曲歌五首〉之二，互相發明。寫既癡且純的愛情，出之於坦率而健康的語言，鮮明而生動的比喻，清新活潑，風格迷人。又〈雜諷九首〉之四：「赤舌可燒城，讒邪易爲伍。」以「火舌」燒城雙關「人舌」之可畏。

〔註26〕周密《齊東野語》卷二十〈舟人稱謂有據〉條，華東師範大學出版社，1987年，頁396。

第五節　皮日休、曹　鄴

一、皮日休

有〈和魯望風人詩三首〉，逐一分析之：

　　刻石書離恨，因成別後悲。莫言春繭薄，猶有萬重思。

用刻石成「碑」，諧別後離恨的「悲」；用春蠶結繭雖薄，仍有萬重「絲」，諧春日之苦相「思」。因事比興，巧用雙關，妙傳離愁別恨，且皆將本字寫出。

　　鏤出容刀飾，親逢巧笑難。日中騷客佩，爭奈即闌干。

以「笑」諧「鞘」。鞘，刀室也，即刀劍的護套或匣子。《詩·小雅·瞻彼洛矣》：「鞞琫有珌」。《傳》云：「鞞，容刀鞞也。鞞，上飾；珌，下飾。」《正義》曰：「古之言鞞，猶今之言鞘。」〔註27〕容刀，容飾之刀，佩之以備儀容，顯其能制斷，乃有德君子。「闌干」，光橫斜貌，上承「日中」。劉方平〈夜月〉詩：「更深月色半人家，北斗闌干南斗斜。」〔註28〕詩寫騷客佩帶有巧飾之容刀以候人，從日中苦候至日影闌干，仍未逢巧笑之女，可見其「難」。此即「前句比興引喩，後句實言以證之」，道地的風人詩。

　　江上秋聲起，從來浪得名。逆風猶挂席，苦不會凡情。

放浪形骸之「浪」，諧波浪之「浪」；「凡」諧「帆」，「凡情」亦即「帆晴」，言宜於揚帆的晴天。詩謂：不慮風浪之惡，觸礁之險，猶勉強挂席張帆，是不懂不解天候變化對航行的重大影響。根據皮日休《松陵集·序》所述，皮、陸二人是在咸通十年（西元 869 年）相識，從此一見如故，相互唱和「凡一年」，共得作品六百五十八篇，這些「風人詩」也包含其中，故可斷定是咸通十年之作。〔註29〕皮子還有〈嘲

〔註27〕《十三經注疏》（二）《詩經》，藝文印書館，1981 年，頁 479。

〔註28〕《全唐詩》頁 2840。臺灣商務印書館，1986 年，頁 165。

〔註29〕《松陵集·序》寫道：「（咸通）十年，……日休爲郡從事。居一月，有進士陸龜蒙字魯望者，以其業見造，凡數編。……由是風雨晦冥，蓬蒿欹薈，未嘗不以其應而爲事。苟其詞之來，食則輟之而自飫，寢則聞之而必驚。凡一年，爲往體各九十三首，今體各一百九十三首，

歸仁紹龜詩〉:

> 硬骨殘形知幾秋,屍骸終是不風流。
>
> 頑皮死後鑽須遍,都爲平生不出頭。

附序曰:「日休謁仁紹,數往不得見,因作詠龜詩云。」詩題曰「嘲」,知有「嘲戲」之意。因仁紹姓「歸」且不輕易出現,所以日休譏他如烏龜之不常出頭。使用諧音雙關語,增加戲謔成分,更具諷諭效果。

二、曹鄴

晚唐詩人迺以〈風人體〉、〈風人詩〉爲題者,除皮、陸外,尚有曹鄴。《全唐詩》卷五百九十二錄鄴〈風人體〉詩:

> 出門行一步,形影便相失。何況大堤上,驄馬如箭疾。
>
> 夜夜如織婦,尋思待成匹。郎只不在家,在家亦如出。
>
> 將金與卜人,謔道遠行吉。念郎緣底事,不具天與日。

「絲」諧「思」,又以布匹的「成匹」,諧情人的「匹偶」。疑此應爲三首,傳錄者誤合爲一。蓋「風人體」效「吳歌西曲」,多爲五言四句。鄴又有詩〈望不來〉,也屬於風人體:

> 見花憶郎面,常願花色新;爲郎容貌好,難有相似人。

以草木「花色」,喻指人之「花樣」。此襲自六朝樂府〈作蠶絲〉:「敢辭機杼勞,但恐花色多。」以衣著的「花色」,諧人的「花色」,指「機巧」。又前文提到〈官倉鼠〉一詩,也是以諧音雙關達到諧謔嘲弄之意:「健兒無糧百姓饑,誰遣朝朝入君口。」「君」字雙關「你」(指老鼠)和「君王」二義,詩人以嬉笑態度,進行人鼠對話,實際上是鞭撻殘民以逞的暴君。

雜體各三十八首,聯句問答十有八篇在其外,合之凡六百五十八首。」《松陵集》共分十卷,除了卷三的二十首〈太湖詩〉是作於咸通十一年之外,其餘皆應如序所說的一年之作。見《四庫全書‧集部二七一》,臺灣商務印書館,1986 年,頁 165。

第六節　杜牧、李群玉

一、杜　牧

杜牧〈贈別二首〉其二：

> 多情卻似總無情，唯覺尊前笑不成；
> 蠟燭有心還惜別，替人垂淚到天明。

以蠟燭的「有心」、「垂淚」惜別，諧多情女子不忍別離的「有心」。
以「燭心」之燃燒滴淚，比「人心」之煎熬折騰，形象具體，工巧貼
切；又以無情襯托有情，依依惜別，一往情深，富於創造性，更具感
染力。〈歎花〉詩云：

> 自恨尋芳到已遲，往年曾見未開時；
> 如今風擺花狼藉，綠葉成陰子滿枝。

用花來比女子，尋芳來遲，儼然為少婦；以花落結子的「子」，諧子
女的「子」，喻兒女成群。另〈悵詩〉內容與此近似，題下附注云：
「牧佐宣城幕，遊湖州，刺史崔君張水戲，使州人畢觀，令牧閒行
閱奇麗，得垂髫者十餘歲。後十四年，牧刺湖州，其人已嫁生子矣，
乃悵而為詩。」〔註30〕蓋奇麗驚見，匆匆一別，再相逢時，昔日垂
髫少女，已為人婦、人母，詩人倍感惘悵而作詩記之，語意雙關，
情意無限。

二、李群玉

李群玉寫了一些民歌體的情詩，語言樸實，情韻婉轉，讀起來琅
琅上口，富於音樂美。如〈寄人〉：

> 寄語雙蓮子，須知用意深。莫嫌一點苦，便擬棄蓮心。

「蓮子」諧「憐子」；「意」諧「薏」，是為「蓮子心」。《爾雅·釋草》：
「荷……其實蓮，其根藕，其中的，的中薏。」邢昺疏引陸機疏云：
「蓮青皮，裏白，子為的；的中有青為薏，味甚苦，故俚語云苦如薏

〔註30〕《全唐詩》卷五百二十七，詩云：「自是尋春去較遲，不須惆悵怨芳
　　　　時。狂風落盡深紅色，綠葉成陰子滿枝。」頁6033。

是也。」〔註31〕蓮心性苦，常被棄而不食，以此隱喻遭棄之悲。願情人知我用情之深，用心之苦，莫輕易打退堂鼓，放棄愛我、憐我之心。款款深情，藉諧音雙關語表意，更增含蓄婉轉之美。〈龍安寺佳人阿最歌八首〉其二：

> 見面知何益，聞名憶轉深。拳攣荷葉子，未得展蓮心。

見其人、聞其聲，徒讓人增添思念而已，諸多因素阻隔，終究無法充分表達愛憐之情。托情於物，蘊蓄纏綿心意，雙關手法與〈寄人〉相似。此外，〈贈回雪〉云：

> 回雪舞縈盈，縈盈若回雪。腰支一把玉，只恐風吹折。

「回雪」雙關，既指舞妓回雪，同時刻畫了舞妓回雪體態輕盈飄忽，舞姿曼妙動人。〔註32〕明代李夢陽有樂府〈掌上舞〉詩云：「盈盈掌上舞，飛飛素雪迴。」〔註33〕蓋脫化於此。群玉又有〈初月二首〉，其二云：

> 凝鬟立戶前，細魄向娟娟。破鏡徒相問，刀頭恐隔年。
>
> 輕輕搖遠水，脈脈下春煙。別後春江上，隨人何處圓。

顯然脫胎於古樂府〈藁砧〉，隱括其意，詢問歸期，情深意切。

第七節　其他詩人

杜荀鶴〈望遠〉：

> 門前通大道，望遠上高臺。落日人行盡，窮邊信不來。
>
> 還聞戰得勝，未見敕招回。卻入機中坐，新愁織不開。

「織」諧音「擲」。佇盼許久，終於聞得捷報，卻望穿秋水，未見夫歸，思念不已，愁緒紛繁，如何也拋擲不開。高蟾〈長信宮二首〉其

〔註31〕《爾雅》卷八〈釋草〉，見《十三經注疏》（八），藝文印書館，1981年，頁138、139。

〔註32〕曹植〈洛神賦〉：「彷彿兮若輕雲之蔽月，飄飄兮若流風之回雪。」見梁・昭明太子《文選》卷十九〈賦癸〉，藝文印書館，1989年十一版，頁275。

〔註33〕李夢陽《空同集》卷五，四庫全書珍本八集，王雲五主編，臺灣商務印書館，1978年，頁12。

二：

　　天上鳳凰休寄夢，人間鸚鵡舊堪悲；

　　平生心緒無人識，一隻金梭萬丈絲。

緣於「心緒」，生出萬丈「絲」，「絲」諧「思」，形容懸念深長。邵謁〈自歎〉：

　　春蠶未成繭，已賀箱籠實；蟢子徒有絲，終年不成匹。

以「蟢子」的有「絲」，諧「喜子」的有「思」，喜子即歡子，指愛人。言愛人徒有相思之情，但終不能結爲匹偶。

　　劉禹錫〈竹枝詞九首並引〉說竹枝：「含思婉轉，有淇澳之豔音。」又〈紇那曲二首〉云：「〈竹枝〉無限情」。都說明了竹枝歌風味濃豔，重情的特色。白居易〈聽蘆管〉也說：「幽咽新蘆管，凄涼古竹枝。」鄭谷〈渠江旅思〉云：「引人鄉淚盡，夜夜竹枝歌。」竹枝詞以「唱情」爲主，而以「苦怨」爲基調。諸如相思之苦，羈旅之愁，鄉土之思，離情別緒等等，「瑣細詼諧皆可入」。〔註34〕幽怨惻怛，若有所深悲，而「諧音雙關」則是其最大的藝術特色。到了晚唐，竹枝曲調仍然流行，皇甫松、孫光憲等都有作品傳世。

　　皇甫松〈竹枝〉（一名〈巴渝辭〉）共六首，其中三首諧音雙關：

　　芙蓉並蒂一心連，花侵核子眼應穿。

　　筵中蠟燭淚珠紅，合歡核桃兩人同。

　　斜江風起動橫波，劈開蓮子苦心多。

每句的末三字，都是同音同字的雙關語：以芙蓉並蒂的「一心連」，諧情人的「一心連」；以花侵核子的「眼應穿」，諧情人的「眼應穿」。以蠟燭的「淚珠紅」，諧情人的「淚珠紅」；以核桃的「兩仁同」，諧情人的「兩人同」。以斜江風起的「動橫波」，諧情人的「動橫波」；以蓮子的「苦心多」，諧情人的「苦心多」。又有〈採蓮子〉：「船動湖

〔註34〕王士禎《師友詩傳續錄》繼承黃庭堅關於〈竹枝〉是「道風俗」的看法，他說：「〈竹枝〉詠風土，瑣細詼諧皆可入，大抵以風趣爲主。」見丁仲祜編《清詩話》，頁 198。

光灧灧秋，貪看年少信船流。無端隔水拋蓮子，遙被人知半日羞。」「蓮」諧「憐」，表示「愛憐」；「子」指「所愛之人」。蓮子已被作爲傳遞少女懷春信息的使者，「拋蓮子」的動作，是採蓮女對愛情熱烈而大膽的追求，只是隨即警醒而感羞怯，暗自責怪自己行爲孟浪。其間情緒之轉折，種種癡情憨態，自然流露，清新可愛。寫一位荳蔻年華、情竇初開的採蓮女，心中懷藏愛慕情愫，深怕被人發覺，嬌羞遮掩，有「猶抱琵琶半遮面」之矜詩。

孫光憲〈竹枝二首〉其二：

> 亂繩千結絆人深，越羅萬丈表長尋。
>
> 楊柳在身垂意緒，藕花落盡見蓮心。

以亂繩千結的「絆人深」，諧情絲千結的「絆人深」；以越羅萬丈「表長尋」，雙關情人的「長尋」之思。下聯又以楊柳依依的「垂意緒」，諧情人示愛的「垂意緒」；以藕花落盡「見蓮心」，諧情人的「見憐心」，句句雙關，通首雙關。

宋・洪邁《容齋三筆》卷十六〈樂府詩引喻〉條曰：「劉采春所唱云：不是廚中串，爭知炙裡心。井邊銀釧落，展轉恨還深。幹蠟爲紅燭，情知不自由。細絲斜結網，爭奈眼相鉤。」按：劉采春，越州名妓。《全唐詩》錄詩六首，並無以上所引者〔註35〕，想是洪邁不察所致。《全唐詩》錄此二首於裴諴名下，題名〈南歌子〉。〔註36〕第一首，以廚中的「炙裡心」，諧內情的「炙裡心」，意即熱情如焚。以井邊的轆轤「展轉」，諧內情的「展轉」；銀釧落井「深」，諧恨「深」，皆爲同音同字雙關語，上句比興引喻，下句才點明眞意。第二首則以「由」諧「油」，蓋脫化於〈讀曲歌〉：「無油何所苦，但令天明爾。」已寫出底字。按《全唐詩》錄裴諴詩五首，其中〈南歌子〉三首，除上二首外，另一首云：「不信長相憶，抬頭問取天。風吹荷葉動，無夜不搖蓮。」「搖蓮」諧「邀憐」，委婉地表達婦女不盡的思念。皆就

〔註35〕《全唐詩》卷八百二錄劉采春〈囉嗊曲六首〉，頁 9023。
〔註36〕《全唐詩》頁 6540。

現實事物景象，取譬傳意，頗爲生動。另有〈新添聲楊柳枝詞〉二首，其二云：「獨房蓮子沒人看，偷折蓮時命也抍。若有所由來借問，但道偷蓮是下官。」亦是隱語雙關，曲傳情意。

第七章 晚唐社會詩、風人體之主題分析

　　唐末時代的變化，對於詩人產生了劇烈影響：其一，詩人萍飄蓬轉，奔波流離，視野擴大了，許多行旅、餞別、贈答、懷古、登覽、傷感的傑作，於焉形成。其二，動盪的局勢，提供詩人豐富的題材，尤其社會病態，民生疾苦，一一成為詩人諷詠的絕佳對象。其三，社會經濟畸形發展，儒家的正統地位受到一定程度的沖擊，於是出現了一些新的思想，表現出掙脫綱常名教、尋求解脫的努力。在文學理論中出現了「言情寫懷」的主張，文學創作也激發出更為磅礴的內在生命力與自由創造力，男女風情、綺麗頑豔之篇，隨之增多。

第一節　小人物的悲劇，貧窮的寫照

　　《國風》率皆「飢者歌其食，勞者歌其事」之作，這些飢者、勞者，大都是農夫。《豳風‧七月》生動具體地描寫農民一年四季的生活：穿粗衣，吃野菜，開春即下田勞作，養蠶、採桑、取葦、績麻，八月忙著收穫，十月送糧歸主，十一月為主子獵狐為裘，十二月習武打獵，接著鑿冰獻韭，為主子修房屋，終歲還得獻酒祝壽，而貴公子們則服絲衣，著狐裘，食粱肉，享美酒。階級懸殊，農民辛勤終日，

卻不得溫飽。《魏風・碩鼠》是農民對殘酷剝削的痛恨；《唐風・鴇羽》是敘述被迫服役的農民，一心掛念不能種稷黍稻粱，惦記著父母無人奉養。漢樂府民歌中，如〈巴郡民謠〉寫賦稅之苛擾；〈十五從軍征〉、〈小麥謠〉述兵役之苦。這一類作品多關注「農事」，軫念疲羸，是後代「憫農詩」的發軔。

杜甫〈春夜喜雨〉、〈羌村〉、〈茅屋爲秋風所破歌〉及著名的〈三吏〉、〈三別〉等，眞實地展露了安史之亂給農民帶來的深重災難，同時，也爲詠農詩開闢了廣闊的道路。白居易〈新樂府〉五十篇及〈秦中吟十首〉等諷諭詩，積極反映社會「人病」，也以農民爲主。《通鑑・後唐紀》載：天成四年九月，明宗問馮道曰：「今歲雖豐，百姓贍足否？道曰：農家歲凶，則死於流殍；歲豐，則傷於穀賤。豐凶皆病者，惟農家爲然。」〔註1〕水旱凶年，禾麥不長，農家苦不堪言，然「四海無閒田，農夫猶餓死。」〔註2〕農民永遠是時代弱勢中的弱勢。唐末戰雲瀰漫，戰事曠日持久，加上軍政腐敗，官府急斂暴徵，搜刮財物以充作軍費，農民「典桑賣地納官租」，室如懸磬，命若倒懸。

社會詩人身歷其境，耳聞目睹，對國家和民生命運有著深切關懷和憂慮，藉著文字眞實地記錄思想感情。他們「因事而設」，如實反映，像講故事似地娓娓道來。所謂「事」，即白居易〈策林〉六十九中所言：「大凡人之感於事，則必動於情，然後興於嗟嘆，而形於歌詩矣。」以及「一吟悲一事」、「因直歌其事」的「事」，也就是皮日休強調的「足悲者」。其具體內容就是指與國家人民息息相關者，都是當時社會的重大事件或歷史性積弊，有一定的典型性。一詩一題，寫一人一事，且集中特寫一些下層勞動人民之困頓、流離，即事見意，爲天下蒼生呼喊出共同的悲憤之聲。體積雖小，容量卻大，所寫所述已非詩人一身一家之事，而是包含著一定的社會內涵，體現著社會的、歷史的某些本質內容。同時，詩中型塑掙扎在殘酷剝削下的身影：

〔註1〕《資治通鑑》卷二百七十六〈後唐紀五〉，頁2737。
〔註2〕李紳〈古風〉，《全唐詩》頁5494。

病婦、貧婦、孤兒、鰥夫、棄婦、老者等，形容憔悴，境況窘迫。人物的描繪，形象完整，真實沒有雕琢、粉飾，大大豐富了我國古典文學的人物畫廊，而其血字淚聲的控訴，聞之令人悲愴欲絕。可就幾方面述之：

其一，揭露繁重賦稅之擾民虐民。

皮日休〈農父謠〉、〈哀隴民〉，聶夷中〈詠田家〉、〈田家二首〉，陸龜蒙〈新沙〉、〈奉酬襲美先輩吳中苦雨一百韻〉，于濆〈田翁嘆〉等，皆沉痛發出「苛政猛於虎」的呼喊，官府征賦如毒蛇糾纏，荼害百姓，無論如何貧困，依然不能倖免。詩僧齊己躡蹤塵外，卻也有少數直接面對人生之作，更可以想見當時賦稅之重了：

> 西山中，多狼虎，去歲傷兒復傷婦，
> 官家不問孤老身，還在前山山下住。（〈西山叟〉）

> 春風吹蓑衣，暮雨滴篛笠。夫婦耕共勞，兒孫飢對泣。
> 田園高且瘦，賦稅重復急。官倉鼠雀群，共待新租入。（〈耕叟〉）

貪官猾吏無窮盡的敲榨勒索，氣焰囂張宛如凶神惡煞，蛇蠍心腸一如瘟神，人民懼之，卻驅之復來。唐彥謙目睹鷹隼催逼賦稅之惡行惡狀，親歷田家無助窘迫之悲慘，〈宿田家〉記錄了這樣的事實，詩人「不成眠」、「滴清淚」，最後不禁感嘆自責：「民膏日已瘠，民力日愈弊。空懷伊尹心，何補堯舜治。」黎民多已奄奄一息，又豈忍心加以鞭撲。又〈採桑女〉一詩，說盡了身為農家女的悲哀，「侵晨探采誰家女？手挽長條淚如雨。」之所以淚下如雨，正因憂愁官家催租，其後半云：

> 去歲初眠當此時，今歲春寒葉放遲。
> 愁聽門外催里胥，官家二月收新絲。

憫農詩中，抨擊苛徵最有力者，應屬杜荀鶴。〈山中寡婦〉、〈田翁〉、〈亂後逢村叟〉、〈傷硤石縣病叟〉、〈送人宰德清〉、〈旅泊遇郡中叛亂示同志〉等等，說盡官吏的貪婪可惡，無法無天；寫官府剝奪之兇、作威作福的形象，真是到了令人髮指的地步。

　　其二，突出表現形容憔悴的農婦、蠶婦、織婦，極具典型性。

　　除了前述之杜荀鶴〈山中寡婦〉、〈蠶婦〉，皮日休〈卒妻怨〉及秦韜玉〈貧女〉外，還有許多詩，道盡貧家女為富家織之命運，迴盪著他們無助的、受壓迫的羸弱呼聲：

　　　　辛勤得繭不盈筐，燈下繅絲恨更長。

　　　　著處不如來處苦，但貪衣上繡鴛鴦。（蔣貽恭〈詠蠶〉）

　　　　嘗聞養蠶婦，未曉上桑樹。下樹畏蠶飢，兒啼亦不顧。

　　　　一春膏血盡，豈止應王賦。如何酷吏酷，盡為搜將去。（貫休〈偶作五首〉）

　　　　蓬門蓬鬢積恨多，夜闌燈下不停梭。

　　　　成練猶自陪錢納，未值青樓一曲歌。（處默〈織婦〉）

　　　　養蠶先養桑，蠶老人亦衰。苟無園中葉，安得機上絲。

　　　　妾家非豪門，官賦日相追。鳴梭夜達曉，猶恐不及時。

　　　　但憂蠶與桑，敢問結髮期。東鄰女新嫁，照鏡弄蛾眉。（司馬扎〈蠶女〉）

寫蠶婦終年辛勤，織婦日夜勞作，梭不停，手未歇，尚不及應付官府的巧取豪奪，則其生活之窮困窘迫可知。辛苦所繳之賦稅卻「未值青樓一曲歌」，則顯宦豪富奢侈靡爛，動輒一曲千賜之荒淫面貌亦可想見。邵謁〈春日有感〉云：「誰知苦寒女，力盡為桑蠶。」富者貪求無厭，貧者苦不堪言，機杼不曾止，羅綺不曾穿，一生盡為他人作嫁衣裳，又怎不恨深愁堵呢？〈寒女行〉在怨苦之餘，無奈而問天，讀之令人心酸欲淚：

　　　　寒女命自薄，生來多賤微。家貧人不聘，一身無所歸。

　　　　養蠶多苦心，繭熟他人絲。織素徒苦力，素成他人衣。

　　　　青樓富家女，繈生便有主。終日著羅綺，何曾識機杼。

　　　　清夜聞歌聲，聽之淚如雨。他人如何歡，我意又何苦。

　　　　所以問蒼天，蒼天竟無語。

寒女命薄，無衣無食，找不到歸宿；相較於富家女之夜夜笙歌歡樂，實有天壤之別。

其三，描述耕作的勞累和生活的窘困。

皮日休〈橡媼嘆〉、聶夷中〈傷田家〉，並為千古傳誦之名作。于濆〈山村叟〉刻畫一個棲身岩穴，靠著耕種些許貧瘠山田為生的老農。劉駕〈反賈客樂〉則是大肆渲染賈客之苦，而農夫竟還欣羨之，藉以凸顯農夫之苦更在其上。郡謁〈歲豐〉詩：

> 皇天降豐年，本憂貧士食。貧士無良疇，安能得稼牆。
> 工傭輸富家，日落長嘆息。為供豪者糧，役盡匹夫力。
> 天地莫施恩，施恩強者得。

豐年尚且憂心不已，其貧其苦可知。感嘆天地不公，竟然祈求莫再施恩，以免盡為豪強掠奪。所求蓋不合常理，卻是無可奈何之事實，哀情誠然可憫。再讀溫庭筠〈燒歌〉，杜荀鶴〈亂後逢村叟〉，陸龜蒙〈村夜二篇〉、〈彼農二章〉，羅隱〈雪〉，李商隱〈贈田叟〉，杜牧〈題村舍〉，蘇拯〈狡兔行〉，宛如目睹農民之痛，耳聞農民之號，不禁鼻酸涕零。聶夷中〈公子行〉、〈公子家〉，曹鄴〈四望樓〉、〈貴宅〉，鄭谷〈錦二首〉、〈感興〉等，以鐘鳴鼎食之家只圖縱情歡愉之景象，對比田翁農婦之窮困無依，怒斥權貴腐化縱樂、驕奢淫逸之不仁，批判之力是浹於骨髓的。且以張孜〈雪詩〉為例：

> 長安大雪天，鳥雀難相覓。其中豪貴家，搗椒泥四壁。
> 處處熱紅爐，周回下羅幕。暖手調金絲，蘸甲斟瓊液。
> 醉唱玉塵飛，困融香汗摘。豈知飢寒人，手腳生皺劈。

集中地描寫了豪貴家在大雪天中，狂歡宴飲，窮奢極欲的糜爛生活，直到最後兩句，才深化全詩主題。這些權貴浪擲千金買歌笑之所需，完全是飢寒人受苦受凍的結果。耕者無食，織者無衣，統治者卻巧取豪奪，大肆揮霍，終日沉醉於玉塵香汗中，不知今夕是何夕。

其四，控訴戰爭災難，廣大人民死於無情戰火。

丁壯出征，暴骨沙場。李商隱〈隨師東〉末聯：「可惜前朝玄菟郡，積骸成莽陣雲深」，寫殺戮的殘酷，屍骨成堆，密如草叢，一片蕭殺荒涼。錢珝〈江行無題一百首〉：「靜聽江叟語，盡是厭兵人。」

（其十二）「兵火有餘燼，貧村才數家。」（其四十三）及陳陶〈隴西行四首〉：「可憐無定河邊骨，猶是春閨夢裡人」（其二），「同來死者傷離別，一夜孤魂哭舊營」（其三），堪為代表。溫庭筠的〈塞寒行〉、〈邊笳曲〉抒寫邊患，道盡邊禍之害。陸龜蒙〈崦里〉、〈新秋月夕〉、〈奉酬襲美先輩吳中苦雨一百韻〉等，述烽火慘象、黎庶苦狀；〈築城詞〉，寫繁重徭役榨盡了農夫筋肉，至死方休。于濆有更多詩作觸及邊塞題材，多幽暗、悲愴的氣息，如〈隴頭吟〉、〈戍卒傷春〉、〈塞下曲〉及〈邊遊錄士卒言〉等。杜荀鶴〈哭貝韜〉、〈寄顧雲〉、〈塞上傷戰士〉、〈旅泊遇郡中叛亂示同志〉，曹鄴〈薊北門行〉及皮日休〈卒妻怨〉、〈三羞詩〉其二，述邊疆兵燹連年不絕，人民白白犧牲的悲劇。茲移錄二首，蓋皆沉痛之詞：

> 家隨兵盡屋空存，稅額寧容減一分。
> 衣食旋營猶可過，賦輸長急不堪聞。
> 蠶無夏織桑充寨，田廢春耕犢勞軍。
> 如此數州誰會得，殺民將盡更邀勳。（杜荀鶴〈題所居村舍〉）
> 軍庸滿天下，戰將多金玉。刮則齊民癭，分為猛士祿。
> ……………………………………………………………………
> 昨朝殘卒回，千門萬戶哭。哀聲動閭里，怨氣成山谷。（皮日休〈三羞詩〉其二）

其五，天然災害更使農民生活陷於絕境。

水災、旱災、蝗害、風災、霜害接踵而來，農民本就難以維生，此時更是只有坐以待斃了。陸龜蒙〈刈穫〉寫大旱之秋，荒村赤地，農夫愁心如堵，涕泣號天：

> 凶年是物即為災，百陣野兔千穴鼠。
> 平明抱杖入田中，十穗蕭條九穗空。
> 敢言一歲困倉實，不了如今朝暮舂。
> ……………………………………………………………………
> 今之為政異當時，一任流離恣徵索。
> 平生幸遇華陽客，向日餐霞轉肥白。

　　　　欲賣耕牛棄水田，移家且傍三茅宅。

執政者不顧天災，不恤民瘼，任憑農民呼天搶地，他們充耳不聞。皮日休〈三羞詩〉其三，寫淮右蝗旱，人民流離失所，轉死溝壑的悲慘景象：

　　　　天子丙戌年，淮右民多飢。就中潁之汭，轉徙何纍纍。

　　　　夫婦相顧亡，棄卻抱中兒。兄弟各自散，出門如大癡。

　　　　………………………………………………………………

　　　　兒童齧草根，倚桑空羸羸。斑白死路旁，枕土皆離離。

　　詩人深入民間，對民生疾苦有切身的體驗，進而把天下瘡痍化為筆底波瀾，從不同的側面，反映了災難深重的時代裡人民的心理與處境。具體描寫農民稼穡蠶織之艱、官府賦稅之重、酷吏征斂之暴、兵火亂離之慘以及水旱蝗風之災。憫農傷窮，憂生念亂，速寫貧者瘦弱的身影，傳達小人物微細的聲音，代民發聲，代民控訴，也代民立碑。

第二節　人道的關懷，人性的發揚

　　晚唐社會詩遠憲《詩三百》，近法漢魏樂府，發揚新樂府精神。詩人皆懷兼濟之志，發為歌詩，就是「唯歌生民病」。他們關懷百姓疾苦，「欲使下人之病苦聞於上」，並責斥君王昏庸，官吏貪殘，驕橫淫奢，飛揚跋扈，對執政者進行尖銳的諷刺與批判。如李商隱〈贈田叟〉、〈行次西郊作一百韻〉及〈所居永樂縣久旱縣宰祈禱得雨因賦詩〉等三首，為民請命，為民呼喊。再如杜荀鶴〈送人宰吳縣〉寫道：「海漲兵荒後，為官合動情。字人無異術，至論不如清。」對百姓充滿關切哀憐，主張為官清正廉潔，仁民愛物，則百姓疾苦可免。詩人關心黎民，同情窮苦大眾，強調維護人性尊嚴，要求當權者行「仁政」，要「愛人」，這就是一種人道理想的光輝。

　　詩人的人道關懷，首先表現在反戰、厭戰。戰爭的災難，已是時代的惡夢，揮之不去，擺脫不了，哀吟之餘乃力主非戰。晚唐多不義之戰，將領圖謀私利，不擇手段，亂殺平民以邀功勳。李商隱〈隨師

東〉反映了此一事實：「軍令未聞誅馬謖，捷書唯是報孫歆」，痛斥朝廷威令不行，將領們只知虛報戰功，藉以得到厚賞。「時河南、北諸軍討同捷，久未成功。每有小勝，則虛張首虜以邀厚賞。」〔註3〕人民白白犧牲，詩人嘆惋同情，猶不禁轉爲激切怨恨之詞。曹松〈己亥歲二首〉乃典型之作：

> 澤國江山入戰圖，生民何計樂樵蘇。
> 憑君莫話封侯事，一將功成萬骨枯。

用「封侯事」與「萬骨枯」兩者的鮮明對比，凸顯千古不易的事理。與此主題類似的還有：

> 少年隨將討河湟，頭白時清返故鄉。
> 十萬漢軍零落盡，獨吹邊曲向殘陽。（張喬〈河湟舊卒〉）

> 兵罷淮邊客路通，亂鴉來去噪寒空。
> 可憐白骨攢孤塚，盡爲將軍覓戰功。（張蠙〈吊萬人塚〉）

青壯一上戰場，不是頭白才得返鄉，就是換得白骨一堆，黃土一抔，如此殘酷的現實，人們又怎麼還會有立功邊塞的熱情與奢望呢？韋莊〈憫耕者〉強烈地譴責黷武者的惡行：「何代何王不戰爭，盡從離亂見清平。如今暴骨多於土，猶點鄉兵作戍兵。」〈秦婦吟〉寫戰亂慘狀，情節豐滿曲折，結構宏偉完整，其中心思想就在於消除戰爭，其旨歸還是力主「非戰」。其他如：

> 殺聲沉後野風悲，漢月高時望不歸。
> 白骨已枯沙上草，家人猶自寄寒衣。（沈彬〈吊邊人〉）

> 高峰淩青冥，深穴萬丈坑。皇天自山谷，焉得人心平。
> 齊魯足兵甲，燕趙多婷婷。仍聞麗水中，日日黃金生。
> 苟非夷齊心，豈得無戰爭。（于濆〈古征戰〉）

> 有田不得耕，身臥遼陽城。夢中稻花香，覺後戰血腥。
> 漢武在深殿，唯思廓寰瀛。中原半烽火，比屋皆點行。
> 邊土無膏腴，闢地何必爭。徒令執未者，刀下死縱橫。（司

〔註 3〕《資治通鑑》卷二百四十三〈唐紀五十九〉，頁 2396。

馬扎〈古邊卒思歸〉）

側寫戍邊士卒思歸的情緒，抒發對唐玄宗開邊擴土、好大喜功的不滿和抗議。既流露出對唐末政權的強烈否定意識，又表現為一種跨越時空的深刻的反戰精神。

雍陶〈哀蜀人為南蠻俘虜五章〉寫懿宗咸通十一年，南蠻入侵成都之事，其一〈初出成都聞哭聲〉云：「但見城池還漢將，豈知佳麗屬蠻兵。錦江南度遙聞哭，盡是離家別國聲。」其三〈出青溪關有遲留意〉云：「欲出鄉關行步遲，此生無復卻回時。千冤萬恨何人見，唯有空山鳥獸知。」南蠻入蜀，擄掠婦女，家園破碎，哀嚎啼泣。再讀于濆〈隴頭吟〉、〈邊遊錄戍卒言〉，陸龜蒙〈築城詞〉，張祜〈悲納鐵〉，皮日休〈卒妻怨〉，杜荀鶴〈再經胡城縣〉、〈題所居村舍〉及曹鄴〈戰城南〉等，切齒之痛，入骨之恨，至今隱約可感。

其次，婦女議題是社會詩重要主題之一，展露出詩人人道精神的另一層面。晚唐婦女，除了農婦、蠶婦、織婦外，征婦處境更是悽慘。邊塞戰爭的笳角牽動著無數思婦泣淚成血的翹首遙望；裹屍沙場的音訊更撕扯著一顆顆破碎絕望的少婦癡心。馬戴〈征婦歎〉：

> 稚子在我抱，送君登遠道。稚子今已行，今君上邊城。
> 蓬根既無定，蓬子焉用生。但見請防胡，不聞言罷兵。
> 及老能得歸，少者還長征。

閨中少婦日日夜夜盼望「良人罷遠征」，一直到繈褓稚子已能行走，而丈夫尚不得歸，其內心翻騰煎熬可想而知。等到盼回了丈夫，已然老邁，而孩子也成壯丁，即將長征戍邊，婦人又得再度思子盼歸，處境怎不堪憐！皮日休〈卒妻怨〉中的征婦，丈夫身死沙場，境遇同樣悲慘：

> 河隍戍卒去，一半多不回。家有半菽食，身為一囊灰。
> 官吏按其籍，伍中斥其妻。處處魯人髽，家家杞婦哀。
> 少者任其歸，老者無所攜。況當札瘥年，米粒如瓊瑰。
> 累累作餓莩，見之心若摧。其夫死鋒刃，其室委塵埃。

古來征戰幾人回？荒塚離離，白骨長埋，而生者又將如何？夫死子幼，田園廢耕，寡婦朝不保夕，若再遇年荒歲饉，瘟疫流行，只見餓

莩遍地，零落若塵土，如此浩劫，慘絕人寰。戰爭無情地製造了許多怨女嫠婦，杜荀鶴〈山中寡婦〉爲戰亂遺下的寡婦鳴冤叫苦，苛捐、雜稅、徭役給寡婦帶來又一層苦難。淒苦鬱忿的征卒，幽嘆哀惋的思婦，一幕幕悲愴酸楚，一再重複出現，叫人鼻酸心碎：

> 生在綺羅下，豈識漁陽道！良人自戍來，夜夜夢中到！
> 漁陽萬里遠，近於中門限。中門逾有時，漁陽常在眼！
> 君淚濡羅巾，妾淚摘路塵！羅巾今在手，日得隨妾身；
> 路塵如因飛，得上君車輪！（聶夷中〈雜怨〉二首）

思念愛人久戍不歸，無法團聚，終於按耐不住悲憤地說：與其永遠生離，不如同去遠戍，至少可以生死廝守。征婦的痛苦情懷，一股腦兒傾瀉而下：「遼陽在何處，妾欲隨君去。義合齊死生，本不誇機杼。誰能守空閨，虛問遼陽路。」（于濆〈遼陽行〉）。再讀以下數篇：

> 人世悲歡不可知，夫君初破黑山歸。
> 如今又獻征南策，早晚催縫帶號衣。（高駢〈閨怨〉）
>
> 前回邊使至，聞道交河戰。坐想鼓鼙聲，寸心攢百箭。（陸龜蒙〈孤燭怨〉）
>
> 不嫁白衫兒，愛君新紫衣。早知遽相別，何用假光輝。
> 已聞都萬騎，又道出重圍。一軸金裝字，致君終不歸。（于濆〈恨從軍〉）

或寫征婦爲夫縫製征衣的心情，或述聽聞捷報欣喜，期待相逢的忐忑，或者抱怨征人一去終不歸的無奈，總之，是道出征婦對良人的懸念，悲憫婦女獨守空閨、形影相弔的悲慘命運，憂憤既深且廣。

此外，如張祜〈宮詞〉，于濆〈里中女〉、〈古宴曲〉，聶夷中〈古別離〉等，爲女子鳴不平，千古同悲，令人神傷。溫庭筠〈張靜婉採蓮曲〉、〈夜宴謠〉、〈舞衣曲〉、〈懊惱曲〉等篇，則通過極美的意象，表現出婦女命運的悲劇性，也誦揚了廣大婦女的純樸性格和高尚品質。

再次，社會詩人哀民生之多艱，發現癰疽，發出怒吼，代匹夫匹婦執言，眞實地反映了在沉重壓榨剝削下的慘痛呻吟。如讀曹鄴〈官倉

鼠〉、皮日休〈貪官怨〉，那愚昧無能、慾壑難填的貪官醜陋面目，叫人
咬牙切齒。統治者的驕奢淫佚、巧取豪奪以及貪官的肆無忌憚、層層中
飽，更讓人恨之入骨。讀羅隱〈感弄猴人賜朱紱〉、〈曲江春感〉、〈黃河〉，
杜荀鶴〈寄從叔〉、〈下第寄池州鄭員外〉及章碣〈東都望幸〉等，語意
激憤，潑辣刺世，當時科舉之腐敗不公及窮士之悲鳴，令人聞之黯然。
讀李商隱〈瑤池〉、〈漢宮〉，羅隱〈后土廟〉、〈淮南高駢所造仰仙樓〉，
蘇拯〈明禁忌〉等，帝王求仙訪道及佞佛之愚昧無稽，可悲蠢行、荒唐
身影，歷歷如在目前，不免啼笑皆非。再讀張祜〈集靈臺〉、〈雨霖鈴〉，
溫庭筠〈過華清宮二十二韻〉、〈馬嵬佛寺〉，李商隱〈馬嵬〉，杜牧〈華
清宮三十韻〉、〈過華清宮絕句〉等，玄宗穢亂之狀，依稀可見；唐朝敗
亡之象，早有徵兆。只是同樣的歷史戲碼一再上演，代代重蹈覆轍，鼙
鼓聲不息，難民影不絕。

　　晚唐社會詩人堅持現實主義的傳統，接武元、白，充分發揮了文
學的實用功能。新樂府中的人道精神，人性關懷，在這裡得到徹底實
踐，並再一次創造高峰。他們寫「人」，寫「自我」，抒發個人的真情
實感，刻畫種種憂思和悲傷，表現強烈的自我意識；喊出底層人民真
正的聲音，喊出了求生存的意志，社會詩真正成為人的文學，生命的
文學。所以，有人說「晚唐詩歌具有濃厚的人情味特徵」，「實質上是
人的尊嚴的提高」〔註4〕，不是沒有道理的。

第三節　愛情的回響，生命的寫真

　　《吳歌》、《西曲》等民間樂府，基本上直接繼承了《詩經》及「古
詩」的優良傳統，或寫戀愛的喜悅，或寫失戀的悲傷，或寫送別的不
捨，或寫相思的痛苦……，都具有健康的感情，清新的風格。晚唐「風
人體」沿其流、揚其波，自然也多清柔流麗的「兒女情歌」了。描寫

〔註4〕葉樹發〈試論晚唐詩歌的人情味〉，廣東教育學院學報，1995 年 4 月，
　　　頁 47。

了不同階層青年男女對於愛情執著的追求，以及追求愛情的歡樂與悲傷。默契相許，癡情堅貞，既是刻骨銘心的情愛，也是無法排遣的糾纏。詩情真摯而纏綿，想像豐富而多姿，詩意婉曲而動人。茲分數類舉例說明：

其一，對於愛情美好的願望。

願爲比目魚、比翼鳥，成連理枝、同心結，與情投意合的人成雙成對，早早諧和。雙關詞拐彎抹角，曲曲折折，但表達的效果淋漓盡致：

> 願得入郎手，團圓郎眼前。（張祜〈團扇郎〉）
>
> 一帶不結心，兩股方安髻。（李商隱〈李夫人三首〉）
>
> 筵中蠟燭淚珠紅，合歡桃核兩人同。（皇甫松〈竹枝〉）
>
> 旦日思雙屨，明時願早諧。（陸龜蒙〈風人詩〉其三）
>
> 淮上能無雨，回頭總是情。（陸龜蒙〈山陽燕中郊樂錄〉）
>
> 蟢子徒有絲，終年不成匹。（邵謁〈自嘆〉）
>
> 兩朵隔牆花，早晚成連理。（牛希濟〈生查子〉）
>
> 寄語雙蓮子，須知用意深。莫嫌一點苦，便擬棄蓮心。（李群玉〈寄人〉）

藉助眼前景物互通款曲，表達羞怯的心思，希望對方懂得憐惜、珍視，並鼓勵要勇於追尋，千萬不要因爲小小阻礙，就鳴金收兵，打退堂鼓了。句句都是真實情愛的呈現，對於愛情有著熱切的嚮往之意。

其二，敘述相思之苦及渴盼相逢。

離別時多情女子總是一再詢問歸期，殷殷期盼良人早日歸來，並且再三叮嚀，千萬不要隨風逐浪，被野花所迷，被野鼉所惑。詠歎深切思慕，描摹兒女情態，半吞半吐，藏頭露尾：

> 井底點燈深燭伊，共郎長行莫圍棋。
>
> 玲瓏骰子安紅豆，入骨相思知不知。（溫庭筠〈南歌子詞〉）
>
> 船頭折藕絲暗牽，藕根蓮子相留連。（溫庭筠〈張靜婉採蓮歌〉）
>
> 十萬全師出，遙知正憶君。（陸龜蒙〈風人詩〉其一）

寄語櫂船郎，莫誇風浪好。(陸龜蒙〈江南曲〉)

蠟燭有心還惜別，替人垂淚到天明。(杜牧〈贈別〉)

空看小垂手，忍問大刀頭。(李商隱〈擬意〉)

破鏡徒相問，刀頭恐隔年。(李群玉〈初月〉)

如怨如慕、如泣如訴之詩筆，詠唱著孤獨的心靈，哀嘆著寂寥的情緒，似乎在述說著人生的殘缺與愛情的不完滿。

其三，歌頌女子堅貞，感嘆男子薄情。

女子如蒼松翠柏，經歷霜雪永不改變；又如北極星辰，千年萬載永世不移，而負心男子則如同白日，朝東暮西，移情別戀：

合歡桃核終堪恨，裡許元來別有人。(溫庭筠〈南歌子詞〉)

象尺熏爐未覺秋，碧池已有新蓮子。(溫庭筠〈織錦詞〉)

長怨十字街，使郎心四散。(張祜〈蘇小小歌三首〉)

摘蓮拋水上，郎意在浮花。(張祜〈白鼻騧〉)

三更開門去，始知子夜變。(陸龜蒙〈子夜變歌〉)

女子芳心懷情，專一不移；男子花心善變，喜新厭舊，輕言遺棄，造成了許許多多悲慘的愛情，所以詩中更多的是在婚姻和戀愛中孤弱女子的哀愁和悲吟：

莫近彈棋局，中心最不平。(李商隱〈無題〉)

自君之出矣，萬物看成古。千尋葶藶枝，爭奈長長苦。(張祜〈自君之出矣〉)

郎心在何處？莫趁新蓮去。拔得無心蒲，問郎看好無？(張祜〈拔蒲歌〉)

愁見蜘蛛織，尋思直到明。(張祜〈讀曲歌〉)

刻石書離恨，因成別後悲。莫言春繭薄，猶有萬重思。(皮日休〈和魯望風人詩〉)

陸龜蒙〈風人詩〉其四：「征衣無伴擣，獨處自然悲。」以諧音雙關手法，寫征婦對於征人的懸念之情，更是婉轉動人。有時婦女生發出天真的幻想，詩人用極度誇張的手法，恰當地表達了激烈的悲痛情

緒：「平生心緒無人識，一隻金梭萬丈絲。」（高蟾〈長信宮〉）「芙蓉
並蒂一心連，花侵核子眼應穿。」（皇甫松〈竹枝〉）。他們的生離死別
永無止盡，種種的期待和祝願，往往得不到半點的安慰和希望，而是
一次又一次的落空與絕望，終至於心肺糜爛，肝腸寸斷，想一死了之：

　　熒熒條上花，零落何乃駛。（陸龜蒙〈子夜變歌〉）

著實驚心動魄。李商隱〈無題〉：「春蠶到死絲方盡，蠟炬成灰淚始乾。」
表現出對愛情的纏綿執著及無可奈何的苦澀，至死不渝的堅持，凜然
可佩可感。

　　風人體大致上是以女性爲中心，以愛情爲內容，集中地反映婦女
的生活和命運，唱出婦女心聲。其中有大膽熱烈的戀愛，也有忐忑相
思的茫然，更有愛而不得的煎熬，總之，是愛情的歡樂與苦痛，是愛
情的回響。

　　再者，晚唐社會詩人對於更多無端遭到遺棄的婦女，也探尋她們
悲劇命運的根源，並爲她們發出不平之鳴。先看些曹鄴的詩句：

　　妾顏與日空，君心與日新。（〈思相極〉）

　　知君綠桑下，更有新相識。（〈薄命妾〉）

　　君夢有雙影，妾夢空四鄰。（〈不可見〉）

婚姻之所以失敗，女子之所以被冷落甚至離棄，除了色衰愛弛外，主
要是因男子見異思遷，始亂終棄。再讀以下兩首〈棄婦〉詩：

　　嫁來未曾出，此去長別離。父母亦有家，羞言何以歸。

　　此日年且少，事姑常有儀。見多自成醜，不待顏色衰。

　　何人不識寵，所嗟無自非。將欲告此意，四鄰已相疑。（曹
　　鄴〈棄婦〉）

　　回車在門前，欲上心更悲。路旁見花發，似妾初嫁時。

　　養蠶已成繭，織素猶在機。新人應笑此，何如畫蛾眉。（劉
　　駕〈棄婦〉）

這是《國風》棄婦詩〈氓〉、〈谷風〉的翻版，皆見婦之不當棄。全詩
婉曲含蓄，細緻地描繪了棄婦的內心活動，展示出棄婦「怨而不怒」

的滿腹苦情。劉駕還有〈效古〉一詩，諷刺男子之得新忘舊，有始無終。末四句云：「新人且莫喜，故人曾如此。燕趙猶生女，郎豈有終始。」女子戀舊情，男子愛新人，「癡心女子負心漢」是普遍的社會問題，而這些被遣婦女，只能含淚吞咽，默默承受。

　　貧家女的老大不售之恨，也是重要主題之一。貧富懸殊，社會不公，婦女是最大的受害者。「東家老女嫁不售，白日當天三月半」（李商隱〈無題〉），心中焦灼，不難想見。前文述及諸多寒女、貧女、蠶女，她們往往是過時不嫁的。邵謁〈寒女行〉：「寒女命自薄，生來多賤微。家貧人不聘，一身無所歸。」司馬扎〈蠶女〉：「但憂蠶與桑，敢問結髮期。東鄰女新嫁，照鏡弄蛾眉。」皆因家貧而無良媒，自然是：「苦恨年年壓金線，爲他人作嫁衣裳。」（秦韜玉〈貧女〉）就算有幸得嫁又如何？貧富通婚，結局往往也是淒涼不堪的：

> 寒女不自知，嫁爲公子妻。親情未識面，明日便東西。
> 但得上馬了，一去頭不回。雙輪如鳥飛，影盡東南街。（曹鄴〈去不返〉）
> 但見出門蹤，不見入門跡。卻笑山頭女，無端化爲石。（曹鄴〈思不見〉）

貧女嫁做人婦，仍落得君去妾啼，煢煢守空房，夜夜空床夢，終於油盡燈枯，望夫成石。這些寒女兼有容貌德行，忠於愛情，甘於貧賤，卻依然見棄，誠然「萬古同悲」。但有些女子終於認清男子的薄倖，所以寧願孤芳自賞，不要一再被玩弄、被蹂躪：「寒女面如花，空寂常對影。況我不嫁容，甘爲瓶墮井。」（曹鄴〈自退〉）是氣憤，是傷心；是同情，也是激勵。

　　綜上所述，這些詩歌相當全面而深刻地表現了廣大婦女的愛情理想。寫女子對愛情的勇敢實踐、愛慕與追求，她們要「同心」，要「兩心望如一」，「只愛同心藕」；要求愛情忠貞、堅定，甚至至死不渝，爲愛犧牲。同時，表現她們在愛情生活中的不幸和抗爭，婦女要經受從商、征戰、流離、徭役所造成的離別相思之苦，同時還常被男子的

虛情假意所誑騙，被對方的三心二意所困擾，更多的是絕情絕義，狠心拋棄。類此種種，詩人皆賦予無限的悲憫與尊重，爲婦女抒發滿腔深藏的哀怨，陳述種種的憂喜得失，離合變化，既怨且哀，字字帶血，聲聲含淚。說出婦女想說而不敢說的話，充分刻畫她們豐富的精神世界，緊緊扣住她們心靈的波浪起伏，可說是晚唐婦女的生命寫眞。

第四節　美人香草的遺規，黨爭的暗喻

　　《史記・屈原賈生列傳》載：「《國風》好色而不淫，《小雅》怨誹而不亂，若《離騷》者，可謂兼之矣。」〔註5〕《離騷》怨而不怒，因爲志在譏刺而文多隱避，難以情測。屈原筆下的「美人香草」直接導引了後代以閨帷、愛情與政治哲理連姻的寄託詩之產生，曹植的樂府詩〈美女篇〉，既以美女喻指君子，以美女的盛年不嫁，喻托詩人壯志未伸的苦悶，托物寓志，喻人兼諷世。駱賓王〈在獄詠蟬〉說：「露重飛難進，風多響易沉」，暗射讒人使他不能鳴冤；劉禹錫〈元和十年自朗州至京，戲贈看花諸君子〉三、四句曰：「玄都觀裡桃千樹，盡是劉郎去後栽。」表面上是描寫人們去玄都觀看桃花的情景，骨子裡卻是諷刺當朝權貴。「千樹桃花」隱喻十年以來投機鑽營竊據高位的新貴，而看花人則是暗指那些奔走權門、趨炎附勢的投機分子。妙用隱喻手法，對政敵做了辛辣的諷刺，更使得本詩包含了表裡、隱顯兩重意蘊，似美實刺，耐人咀嚼。《詩法家數》說：「古人凡欲諷諫，多借此以喻彼，臣不得於君，多借妻以思其夫，或托物陳喻，以通其意。」〔註6〕以物爲吟詠對象，對物進行刻畫，寫形傳神，同時借物表現詩人的主觀情感、人生感慨、政治見解等。取象引喻，婉轉曲達，言在此而意在彼，深得「筆以曲而愈達，情以婉而愈深」的抒情精妙。

〔註5〕見同第三章註7，頁983。
〔註6〕楊載《詩法家數》〈諷諫〉條，見清・何文煥輯《歷代詩話》頁733。

　　晚唐人們的心靈普遍蒙上一層壓抑苦悶的陰影，此時的社會心理特別敏銳、纖細，多愁善感，詠物言情之中多滲家國身世之思，其中有冷嘲有熱諷，有感喟也有抗爭。晚唐詠物寓志詩，呈現蓬勃發展之勢，無論就作家人數還是作品數量，都是有唐一代最為可觀的。〔註7〕先讀陸龜蒙藉詠雁以說人事的〈雁〉詩：

　　　　南北路何長，中間萬杙張。不知煙霧裡，幾隻到衡陽。

劉永濟說：「此非詠雁，借雁言世亂多危機也。」〔註8〕大雁南翔路途之遙，途中危難險阻，暗指亂世之中危機四伏；平安抵達目的地者極少，正代表了正直之士受迫害、遭摧殘的事實。這就是用象徵手法，藉雁一「物」寓託懷抱，自明心跡。再如〈和襲美木蘭後池三詠・白蓮〉，開頭二句：「素花多蒙別豔欺，此花端合在瑤池」，更是明顯地指向人事。雖以蓮花為吟詠對象，但遺貌取神，只抓住白蓮顏色特點，借題發揮，其所欲表達者，乃在於控訴混濁的社會中，人才被埋沒、被構陷的不合理現象，並表現了知識份子孤芳自賞、懷才不遇的自傷幽恨。

　　羅隱詩多譏訕，總是在生活細節、瑣碎事物中旁敲側擊，辛辣嘲諷。如：〈鸚鵡〉：「勸君不用分明語，語得分明出轉難。」寓「多才為累」之不平；〈桃花〉詩，在詠物言懷、自傷身世中，流露對於當朝遺棄賢才的不滿；李商隱詠物之作，寫個人窮通喜樂，從另一側面洩露社會訊息。如〈蟬〉，寓託著自身貧困梗泛的境遇和對冷漠無情環境的感受；〈賦得雞〉，厲斥藩鎮貪婪好鬥、利己成性的惡劣本質；〈初食筍呈座中〉，表凌雲壯志，同時也著意於遭受剪伐的憂慮，不妨視為一種高遠的精神追求。于濆〈對花〉：「花開蝶滿枝，花落蝶還

─────────────────────

〔註7〕據蘭甲雲〈簡論唐代詠物詩發展軌跡〉一文統計，全唐詠物詩有六千七百八十九首，其中，晚唐多達三千三百五十六首。而陸龜蒙一百八十七首，皮日休一百三十五首，李商隱一百二十首。另杜牧、羅隱、溫庭筠等人，詠物詩之數量也都在五十首以上，皆風格卓異，自成一家。中國文學研究，1995年2月，頁67～72。

〔註8〕《唐人絕句精華》，人民文學出版社，1993年，頁257。

稀。唯有舊巢燕，主人貧亦歸。」揭露世態炎涼、人情冷暖。至若皮
日休的〈詠蟹〉、〈蚊子〉，杜荀鶴的〈小松〉、〈涇溪〉，羅隱的〈香〉、
〈春風〉、〈雪〉、〈鷹〉，陸龜蒙的〈鶴媒歌〉及來鵠的〈鷺鷥〉等等，
皆以物喻人，折射現實，立體地展示社會時代面貌。篇幅雖小而寓意
深曲，諷刺深刻。

「宮怨」、「閨怨」是陳舊的題材，歷代詩人不知爲此寫過多少詩
篇，發過多少慨嘆。晚唐也有不少詩人，借此含蓄地傳達出對時世的
不滿與批判。杜荀鶴〈春宮怨〉描寫了一位美貌宮人失意的幽怨，反
映了困於深宮的婦女對美好生活的嚮往，不僅把宮怨寫得眞切動人，
表現手法也新鮮別緻：

> 早被嬋娟誤，欲妝臨鏡慵。承恩不在貌，教妾若爲容。
> 風暖鳥聲碎，日高花影重。年年越溪女，相憶採芙蓉。

頷聯：「承恩不在貌，教妾若爲容？」是無奈與絕望，寫宮女不得寵
幸，顯然也是詩人鬱鬱失志的自況。賀裳《載酒園詩話》評說「此千
古透論」。〔註9〕至於頸聯「風暖鳥聲碎，日高花影重。」更贏得眾多
讚許。表面寫宮女所感、所聞、所見，室外春光明媚、欣欣向榮的氣
象，與宮女對鏡獨坐、無精打采的狀態形成鮮明對比，以設色濃豔的
外界景象反襯人物凄涼寂寞的內心世界，也爲怨恨傷感的心情作了濃
墨重彩的鋪墊。宮女虛度青春，昔日相約採芙蓉的樂趣，逐春嬉戲的
笑聲已不可得，只有在形同牢獄的深宮中，偷偷回憶。詩人更把朝綱
頹敗、國運衰亡之恨，寄寓在男女悲歡離合的憂傷之中，難怪宋人胡
仔說：「杜詩三百首，唯此一聯中」。〔註10〕

李商隱〈宮詞〉，措詞微婉，不僅揭示宮女失寵寂寞的不幸，更
暗寓侍臣的寵辱得失：

> 君恩如水向東流，得寵憂移失寵愁。

〔註 9〕《載酒園詩話又編》〈杜荀鶴〉條，見《清詩話續編》，頁 393。
〔註 10〕《苕溪漁隱叢話》前集卷二十三〈杜荀鶴〉條引諺云，世界書局，
　　　　1976 年三版，頁 152。

莫向尊前奏花落，涼風只在殿西頭。

君王喜怒不定，一朝得寵，雲端遨翔，他日遭棄，賤若塵泥。宮女之
幸與不幸和士人之遇與不遇，何其相似！章碣〈東都望幸〉，即大有
深意存焉：

懶脩珠翠上高臺，眉月連娟恨不開。

縱使東巡也無益，君王自領美人來。

據《唐摭言》載：「邵安石，連州人也。高湘侍郎南遷歸關，途次連
江，安石以所業投獻遇知，遂挈至輦下。湘主文，安石擢第。詩人章
碣賦〈東都望幸〉諷刺之。」〔註11〕詩人把考生比作望幸的宮女，把
主考官比作君王，把「美人」比作主考官徇私情而得中者。尖銳地諷
刺了唐代科舉制度徇私舞弊、走後門風氣之盛行。羅隱〈偶題〉（一
作〈嘲鍾陵妓雲英〉），即將己之不第與妓之未脫風塵聯繫起來，表現
命運的乖舛，以調侃的語調，抒發處處不如人的哀嘆與不滿。

　　秦韜玉〈貧女〉一詩，既是貧女老大不售之傷，也是寒士不遇之
悲，落魄不諧的怨懟，古今如一：

蓬門未識綺羅香，擬託良媒益自傷。

誰愛風流高格調，共憐時世儉梳妝。

敢將十指誇纖巧，不把雙眉鬥畫長。

苦恨年年壓金線，爲他人作嫁衣裳。

表面上寫貧女的抑鬱和牢騷，實際是「語語爲貧士寫照」〔註12〕，語
意雙關，愈咀嚼愈覺得意味深長。還有薛逢的〈貧女吟〉、李山甫的
〈貧女〉，無一不是借貧女之未嫁，寄託貧寒士人不爲世用的憤懣和
不平。正由於有著「女子困不定，士林亦難期」〔註13〕的共同傷感，
所以在這些被忽視、被壓抑，命運飄零的女性身上，詩人更多地寄託
自己遭際之創傷與內心之幽怨，對女性的高度同情也正是詩人的無限

〔註11〕王定保《唐摭言》卷九〈好知己惡及第〉條，世界書局，1967 年再
　　　版，頁 101。
〔註12〕沈德潛《唐詩別裁集》卷十六，廣文書局，1970 年，頁 443。
〔註13〕杜牧〈杜秋娘詩〉，《全唐詩》頁 5938。

自怨。

諷諫之題紀時政之失，忌在危言賈禍，直言迎謗。因此，諧音以雙關，隱語以暗喻，成爲重要手法之一。溫庭筠〈達摩支曲〉云：

> 擣麝成塵香不滅，拗蓮作寸絲難絕。
> 紅淚文姬洛水春，白頭蘇武天山雪。
> 君不見無愁高緯花漫漫，漳浦宴餘清露寒。
> 一旦臣僚共囚虜，欲吹羌管先汍瀾。
> 舊臣頭鬢霜華早，可惜雄心醉中老。
> 萬古春歸夢不歸，鄴城風雨連天早。

除了以蓮藕之「絲」諧思念的「思」外，又以「麝香」和「蓮藕」作比，頌揚蔡文姬、蘇武的愛國熱情，二人雖然遭留異地十多年，志堅心不渝，最後還是回到了漢朝。其次，斥責「無愁天子」高緯的誤國行徑，同時對有雄心報國的北齊老臣，終抱亡國之恨表示嘆惋。歌頌正義，鞭撻邪惡，不無借古諷今之意。韋莊詩〈憶昔〉，亂後追憶青年時期生活，流露出感傷情調。後四句云：

> 西園公子名無忌，南國佳人字莫愁。
> 今日亂離俱是夢，夕陽唯見水東流。

借用兩個古人的名字字義，形容當時酒綠燈紅的場景，暗指宴會上男的毫無忌憚（無忌）地開懷暢飲，女的毫不憂慮（莫愁）地盡情歌唱，諧音雙關兩意。聶夷中〈聞人說海北事有感〉：「村落日中眠虎豹」，一語雙關。既說村落荒涼，野獸出沒，又暗斥貪官汙吏，食民而肥，草菅人命，如虎似豹。黃巢〈不第後賦菊〉末二句曰：「衝天香陣透長安，滿城盡帶黃金甲。」也是一語雙關兩意，明寫全長安城開遍了黃金般的菊花，暗指起義軍所著服色，歌頌全城爲起義軍的天下。

晚唐閹人暴橫，黨禍蔓延，文人多陷於凶險處境。驚懼倉皇之餘，更多痛心疾首之思，離亂忠憤之情，難以言宣，又無法不說，雙關隱語便成了遣興抒懷、諷世刺時的有效工具。前文所引之溫庭筠〈走馬樓三更曲〉、〈經西塢偶題〉、〈戲令狐相〉等皆是顯例。

第八章 晚唐社會詩、風人體之表現手法

第一節 社會詩之表現手法

　　社會詩往往選擇具有重大時代意義的事件，予以精心組織處理，一題一事，主旨明確。其次，增強詩歌的情節因素，力求故事的頭尾詳盡，甚且有一定的波瀾起伏；重視詩中人物的音容笑貌和心理的刻劃，逼真再現某一動作、心理，對物象、場景也有比較細緻的鋪陳描寫。再次，語言平易流暢、風格質樸明朗、音節圓轉活潑等，使敘事本身做到了曲盡情致、動人心魄。其表現手法靈活多樣：或以白描客觀展現，進行冷嘲熱諷；或採直接怒斥，毫無掩飾、痛快淋漓的譏刺；或以同類相譬、反類相襯的對比手法，凸顯主題。還有許多誇張、造奇的描寫，達到揭發現實問題，刻畫民生風俗，進而干預政治之目的。總之，手法多變，諷刺效果也就豐富而精彩了。

一、感事寫意，有敘有議

　　社會詩大抵採「敷陳其事而直言之」〔註1〕的賦法，雜以抒情和

〔註 1〕朱熹語。見《詩集傳》卷一《國風》，臺灣中華書局，1982 年，頁 3。
　　　　《周禮・大宗師》云：「教六師曰風、曰賦、曰比、曰興、曰雅、曰頌。」底下的箋謂：「賦之言鋪，直鋪陳今之政教善惡。」已將賦當作一種諷諭的手法。見《十三經注疏・周禮注疏》卷二十三，藝文

議論，以發洩胸中塊壘。「賦」法以述情切事爲快，詩人站在全知觀點，直截了當、一瀉無餘地展其義、聘其情，酣暢淋漓，磅礴激盪，製造一種直搗人心的藝術衝擊力。詩人耳聞目睹，敘事狀物，指證歷歷，如在目前，同時藉事表意，論事說理，表達奔迸的感情。杜甫〈三吏〉、〈三別〉、〈麗人行〉等，自不待言；白居易〈長恨歌〉，記楊太眞生前死後豔跡，〈琵琶行〉敘長安歌女轉徙悲感，均能見當時背影；元稹〈連昌宮詞〉，由一座宮殿感發滄桑之變，〈望雲騅馬歌並序〉從一匹馬而看出唐代興亡大事，其中除了豐沛的抒情外，也夾雜著大量的議論。

　　追溯我國詩歌的發展軌跡，即可知「以議論爲詩」由來已久。《二雅》中不少篇什，如〈節南山〉、〈小旻〉、〈民勞〉、〈板〉、〈抑〉、〈桑柔〉等，皆偏於議論說理，幾近於政論詩體，是詩歌議論的先導。葉燮《原詩》曰：「《三百篇》中，《二雅》爲議論者正自不少。」〔註2〕清人吳雷發說：「三百篇中，何嘗無痛罵不留餘地處？」〔註3〕近人魯迅也說過：「實則激楚之言，奔放之詞，《風》《雅》中亦常有。」〔註4〕蓋議論之詩，《風》、《雅》已肇其端，《離騷》、漢樂府、古詩十九首等承其緒，激楚痛罵之詞，觸處皆有；魏晉名士如曹操、阮籍、左思、陶淵明等，每每藉議論展露懷抱；唐詩如李白的〈古風〉、〈歌行〉，也以議論發洩積憤；杜甫則開創了詩歌「寫意」的風氣，不僅在感事述懷中，頻繁穿插對時政的看法，還寫了不少以議政議軍、論古論今爲主的詩作。如〈諸將五首〉、〈戲爲六絕句〉、〈自京赴奉先縣詠懷五百字〉、〈北征〉及〈八哀詩〉等，皆以議論支撐。葉燮即指出：「唐人詩有議論者，杜甫是也。」〔註5〕這種以絕句直書時事、議論入詩之創作

　　　印書館，1981年，頁356。
〔註2〕葉燮《原詩・外編下》，見丁仲祜編《清詩話》，頁758。
〔註3〕《說詩菅蒯》，見同註上，頁902。
〔註4〕魯迅《漢文學史綱要》第二篇《《書》與《詩》》，見《魯迅全集》（九），人民文學出版社，1991年，頁356。
〔註5〕《原詩・外編下》，見丁仲祜編《清詩話》，頁758。

手法，對於晚唐社會詩人，很有啓示作用，乃至於蔚爲風尚。正如清人錢良擇不無貶意地斷定道：「唐人蘊藉婉約之風，至昭諫而盡；宋人淺露叫嚣之習，至昭諫而開。」〔註6〕所謂的「淺露叫嚣」，就是指羅隱等人的議論詩風。要之，晚唐詩人，發揮「庶人議政」、「處士橫議」的風骨與良心，對焦時代脈動，掘發社會問題、政治弊端，並提供拯救良方。由於「刺美時政」，爲民代言，秉筆直書，議論是不可避免的。且議論和敍事、抒情結合得好，可以增強敍事詩的思想意義，更能把紛紜複雜的事實及作者的態度說得清楚明白，明確作品的主題，起到努力畫龍，功精點一的作用。

　　鄭嵎〈津陽門詩〉、韋莊〈秦婦吟〉，皆屬紀事之作，同時將抒情、議論冶於一爐，有憤怒有批判；皮日休〈正樂府十篇〉是「一吟悲一事」，通過議論以敍事抒情，感事寫意而幾近「怒罵」之聲。如〈橡媼歎〉自「如何一石餘，只作五斗量」以下，遂發爲議論；〈賤貢士〉、〈誚虛器〉則從「吾聞古聖人」、「吾聞古聖王」之後全爲議論，幾占全詩一半以上；亦有通篇以議論貫串者，〈頌夷臣〉、〈貪官怨〉即是。概見其餘，〈卒妻怨〉、〈農父謠〉、〈哀隴民〉、〈路臣恨〉等，莫不皆然。雖是直歌其事，卻能寓議論於形象之中，抒情遣懷，隱含評價與褒貶，於不平之鳴中頻生感慨，所以多「念」、「吁嗟」、「嘆息」之聲，不禁「翻欸欸」、「淚霑裳」、「甘棄市」。〈三羞詩〉、〈新秋言懷寄魯望三十韻〉等，敍事議論之外，皆可以想見詩人高亢、熱烈的情感。又如〈館娃宮懷古五絕〉：

綺閣飄香下太湖，亂兵侵曉上姑蘇。
越王大有堪羞處，只把西施賺得吳。（之一）
半夜娃宮作戰場，血腥猶雜宴時香。
西施不及燒殘蠟，猶爲君王泣數行。（之三）
素襪雖遮未掩羞，越王猶怕伍員頭。
吳王恨魄今如在，只合西施瀨上遊。（之四）

〔註6〕《唐音審體》一卷，國家圖書館縮影，1985 年。

宋人方岳《深雪偶談》評此詩曰：「亦是好以議論爲詩者」〔註7〕，而議論之中，眞有無限情韻潛行其間，所以更具有憾人心扉的力量。陸龜蒙對於時代存在的弊病深惡痛絕，對自己的遭遇也頗多憤慨，這些感情毫無遮掩地洩露在社會詩中，如〈江湖散人歌〉、〈記事〉、〈鶴媒歌〉、〈新沙〉等，皆通篇議論。〈奉酬襲美先輩吳中苦雨一百韻〉描寫喪亂：「此時淮海波，半是生人血。霜戈驅少壯，敗屋棄羸耋。踐踏比塵埃，焚燒同稿秸。」家破人亡，十室九空，符合史乘所載：「喪亂之餘，骸骨蔽地，城空野曠，戶口存者十無三四。」〔註8〕又詳盡地詳述了自己因憂憤、凍瘡、粗糧、受寒得病臥床，遭受種種痛苦，而巫覡還要趁機加倍盤剝，詩人怒從中來卻無力呵斥，只能哀哀地呻吟。詩中毫無保留地解剖自己思想的矛盾和痛苦，也是兼具敘事、議論與抒情之作。

晚唐憫農之作，以杜荀鶴表現最爲突出，成就最大。在他以前詠農之作，多以「樂府」形式表現，而杜則襲其精神，在形式上另闢蹊徑，多出之以律詩和絕句。如〈傷硤石縣病叟〉、〈山中寡婦〉、〈亂後逢村叟〉、〈田翁〉、〈題所居村舍〉等皆是。悲愁憤怒，議論明顯，如以下詩句：

亂世人多事，耕桑或失時。不聞寬賦斂，因此轉流離。(〈送人宰德清〉)

戰士風霜老，將軍雨露新。封侯不由此，何以慰征人。(〈塞上〉)

野火燒人骨，陰風捲陣雲。其如禁城裡，何以重要勳。(〈塞上傷戰士〉)

海漲兵荒後，爲官合動情。字人無異術，至論不如清。(〈送人宰吳縣〉)

無論南北與西東，名利牽人處處同。
枕上事仍多馬上，山中心更甚關中。(〈途中有作〉)

〔註7〕《深雪偶談》，廣文書局，1971年，頁8。
〔註8〕《資治通鑑》卷二百四十四〈唐紀六十〉，頁2397。

幾乎無處不議，無事不論，真正做到「以意為主」，且雖為敘事、議論之筆，仍有情韻貫串。

　　晚唐詠史詩蓬勃發展，都能把歷史與現狀緊密結合起來加以理性考察，明論暗議與抒情、描敘交錯，從而使詩人真切的情感得到宣洩，並藉此給人以思辨性的啟示。其議論的方式多樣，有先描述後議論，如溫庭筠〈蔡中郎墳〉、羅隱〈西施〉，這是緣事而發，順理成章的議論方式；有先議論後描述，如唐諺謙〈楚世家〉；有些則融敘事、議論為一體，如杜牧〈題桃花夫人廟〉、章碣〈焚書坑〉等；有純用議論，或議論多於描述，如杜牧〈雲夢澤〉、皮日休〈汴河懷古〉。其中議論不乏獨到之處，如日休〈泰伯廟〉、〈館娃宮懷古〉，羅隱〈帝幸蜀〉、韋莊〈立春日作〉，俱用翻案法，一反眾口一詞的論調；陸龜蒙〈范蠡〉、〈吳宮懷古〉、〈嚴光釣台〉等，也用翻案法對歷史人物做出新的評價。如〈吳宮懷古〉：「香徑長洲盡棘叢，奢雲豔雨只悲風。吳王事事須亡國，未必西施勝六宮。」前兩句採用當句自為對照手法，凸顯詩人撫今追昔的滄桑情懷；後兩句中，詩人發了一番史論，又以對比手法，為西施鳴不平，反駁「女禍亡國」論，獨排眾議，不免令人一新耳目，筆力可謂千鈞。崔道融〈題李將軍傳〉、〈西施灘〉，揭穿漢文帝的虛偽，批駁女色亡國說，皆屬議論中的精品。李商隱亦常以詩議論政事，抒發政治感慨，如〈北齊二首〉：「一笑相傾國便亡，何勞荊棘始堪傷。小憐玉體橫陳夜，已報周師入晉陽。」其中多有歷史投影。再如〈詠史〉、〈南朝〉、〈五松驛〉、〈舊將軍〉等，都是借古喻今，致慨興亡，沉鬱頓挫，所以施補華《峴傭說詩》評其詩曰：「意多沉至」、「時帶沉鬱」。〔註9〕何焯也說：「義山佳處在議論感慨」。〔註10〕這些詩人總是希望執政者接受歷史的教訓，避免步其後塵，招致禍亂。語重心長而不廢議論，只是議論都附麗於生動之形象中，所以有情致。

〔註9〕　《峴傭說詩》，見丁仲祜編《清詩話》，頁1267、1268。
〔註10〕《義門讀書記》卷五十八《李義山詩集卷下》，四庫全書珍本二集，臺灣商務印書館，1971年，頁10。

另外，許多對於生活哲理的思考，對於自然和社會的觀察想像等，所創作的格言式的詩，也多以議論出之，如皮日休〈喜鵲〉：「欲啄怕人驚，喜語晴光裡。何況佞倖人，微禽解如此。」〈偶書〉：「大笑猗氏輩，爲富皆不仁。」陸龜蒙〈浮萍〉末二句：「不用臨池更相笑，最無根蒂是浮名。」溫庭筠〈達摩支曲〉後半：「君不見無愁高緯花漫漫，漳浦宴餘清露寒。一旦臣僚共囚虜，欲吹羌管先汍瀾，」崔涂〈孤雁〉結句：「未必逢矰繳，孤飛自可疑。」皆是議論作結，藉以傾瀉內心的不平。

這些社會詩篇「直言時事」、「因事立題」，刺惡嫉邪，所以辭情激切，字挾風霜，有著嚴峻鋒芒。詩中的議論，一一成爲感情的必然噴發，宛如水到渠成、瓜熟蒂落，一點也不生硬突兀。此藝術手法，顯然前有所承，卻非簡單復現，而是推而廣之，有所發展，進而開闢唐詩另一片天地。今人王洪對於唐末議論化詩歌的先導作用，有過如下的描述：「（皮日休、杜荀鶴諸人）也都有鍊字寫景之作……但這一類詩倒不如議論的通俗詩在詩史上更有地位，因爲這類詩表現的趨勢是古典詩歌的夕陽返照，而那議論之詩，卻是迎接新的歷史時期──近代詩歌晨日的滿天朝霞！」〔註11〕的確，唐末詩歌不是洪鐘大鼓，談不上盛大浩瀚的排場，但卻是後勁十足的朝陽，尤其議論入詩，逕開有宋一代詩風。

二、對比成諷，愛憎分明

「諷諭之詩長於激」。〔註12〕筆調辛辣，語帶諷刺，是社會詩在藝術表現上的一個特點，而採用「對比」的手法，以加強諷刺效果，更爲習見。「對比之下，往往就是諷。」〔註13〕對比越鮮明，諷刺的

〔註11〕王洪《中國古代詩歌歷程》，朝華出版社，1993年，頁236。
〔註12〕元稹〈白氏長慶集序〉，見《四部叢刊正編》（〇三六）《元氏長慶集》
　　　　卷五十一，臺灣商務印書館，1979年，頁162。
〔註13〕參見胡萬川〈諷諭詩〉一文。收錄於《中國詩歌研究》，羅宗濤等著，
　　　　中央文物供應社，1985年，頁303～305。

效果便越強烈。

　　「對比」，是把兩種截然對立的現象放在一起，通過比較來顯示差別，區分涇渭。對比有烘雲托月之效果，可能強化主題，凸顯目的，在歷代社會詩中，每每爲詩人所樂用。杜甫名句「朱門酒肉臭，路有凍死骨」；「富家廚肉臭，戰地骸骨白」，把上層社會的奢侈生活和下層勞動人民的悲慘景象，赤裸裸地展現，在貧富懸殊的鮮明對照中，發覺現實的不合理，看到社會矛盾的極端尖銳化。其中的情境事理，是驚心動魄而促人深思的。

　　晚唐社會詩，最多對比句。杜牧〈題村舍〉中的「扶床乳女午啼飢」之對比「萬指侯家」，極爲強烈。古代用手指計算奴隸，十指爲一人，萬指就是一千人。侯家奴僕成群，物資豐富，與飢腸轆轆的農家幼女實有天地之別。鄭遨〈傷農〉：「一粒紅稻飯，幾滴牛頷血。」粒粒皆辛苦，因牛血之滴落，更知得來不易。〈富貴曲〉：「豈知兩片雲，戴卻數鄉稅。」則從美人身上飾物落筆，美人兩鬢珠翠乃搜刮數鄉的賦稅所得，「兩片」對比「數鄉」。貫休〈富貴曲二首〉，簡直就是腐朽官僚窮奢極慾的「享樂圖」，明白指出這種「肉山酒海」是建立在廣大農民「炙背欲裂」的痛苦之上的。還有如下詩例：

　　　錦衣紅奪彩霞明，侵曉春游向野庭。

　　　不識農夫辛苦力，驕驄蹋爛麥青青。（孟賓于〈公子行〉）

　　　錦衣鮮華手擎鶻，閒行氣貌多輕忽。

　　　稼穡艱難總不知，五帝三皇是何物。（貫休〈少年行〉）

前者揭露馬驕人也驕，特權者輕裘肥馬，冶遊享樂，憑仗權勢，專以殘民害物爲務。「農夫辛苦」與「驕驄蹋麥」對比。後者諷刺那些終日玩鷹鬥雞的公子哥兒，氣貌輕忽，腹中空空，顢頇不知稼穡艱難，不識五帝三皇，其中對比諷刺，不言可喻。杜荀鶴也習用對比，以強化主題，如〈蠶婦〉：「粉色全無飢色加，豈知人世有榮華。」粉色與飢色只是表面的對比，詩中還有暗含的對比，即詩寫蠶婦的貧窮辛勤與內心的不平，其對立面正有一個面塗胭粉，身著綢緞的貴婦人。〈雪〉

詩:「擁袍公子休言冷，中有樵夫跣足行。」亦是藉貧富對立，凸顯荒謬，表現手法如出一轍。名篇〈春宮怨〉尾聯:「年年越溪女，相憶採芙蓉」，借西施當年同女伴在溪邊浣紗的故事，抒寫這位宮中婦女對當年生活的懷念，過去自由自在，與今天「籠中鳥」般的禁錮成了鮮明對比。這一對比，把宮女們對自由生活地渴望，對宮中生活地怨恨，表現得淋漓盡致。

皮日休詩偏重於「刺」，因此，「對比以諷」的手法屢見不鮮。〈頌夷臣〉題面爲「頌美」之詞，底蘊則藉夷臣之「善唐文字」，深刺漢臣之「不學」，夷、漢對比，賢、不肖判然分明，頌美即所以刺惡。〈橡媼歎〉中，傴傻老婦踐霜撿拾橡實之饑景與紫穗襲人香之豐象是一對比;豪族貴戚的貪婪剝削與黃髮老婦的饑寒無告又是一對比，反襯出唐末社會凋敝衰敗的悲慘景象，相當深刻。篇末:「吾聞田成子，詐仁猶自王」，借古以諷今，對於居要津者的暴虐嚴予鞭撻，一針見血地揭露「古之取天下也以民心，今之取天下也以民命。」〔註14〕等腐敗政權之殘酷本質。〈賤貢士〉以貢士、貢品對比，再以今昔、治亂相較;〈哀隴民〉以「百禽不得一，十人九死焉」，對比當權者「輕人命，玩好端」。它如〈貪官怨〉、〈誚虛器〉等，亦皆善於選用對立的事物或現象，突顯主題，達到「刺」的作用。曹鄴的諷刺名詩〈官倉鼠〉，以兩種事物在某一方面的類似點進行對比，用來比喻兩種對立的人、思想或品質。倉鼠肥大，反襯軍民饑瘦，不直書貪官作惡，卻怒斥倉鼠貪得無厭。指桑罵槐，罵得巧妙，罵得痛快。

于濆善於藉著對比襯托以展示人物性格特徵，揭示和深化詩歌主題。其社會詩幾乎篇篇都有「對比」句。試讀以下詩例:

戰鼓聲未齊，烏鳶已相賀。

燕然山上雲，半是離鄉魂。(〈塞下曲〉)

雖沾巾覆形，不及貴門犬。

〔註14〕《皮子文藪》卷七〈讀司馬法〉，《四部叢刊正編》(〇三七)，臺灣商務印書館，1979 年，頁 41。

驅牛耕白石，課女經黃繭。

歲暮霜霰濃，畫樓人飽暖。（〈山村叟〉）

貧窗苦機杼，富家鳴杵砧。

天與雙明眸，只教識蒿簪。

……………………………………

豈知趙飛燕，滿髻釵黃金。（〈里中女〉）

是日芙蓉花，不如秋草色。（〈馬嵬驛〉）

一曲古涼州，六親長血食。（〈織素謠〉）

旱苗當壟死，流水資嘉致。（〈擬古諷〉）

明代詩評家謝榛評〈塞下曲〉曰：「此賀字尤有味」。〔註15〕它的味就在於構思新奇上。試想隊伍剛剛屯集，戰鼓才剛擂響，那慣食死屍腐肉的烏鳶卻已盤旋天空，群眾相賀，對比明顯。寫出戰爭傷亡之慘重，形象真切強烈，讀之慘然。又有〈田翁嘆〉，更是通篇對比，揭露貧富差距之不合理；〈對花〉一詩，透過蝶、燕對照，冷、暖相形，世態蓋可想見。

羅隱社會詩作，也多「對比成諷」。如〈錢〉詩中，把「志士」和「小人」對金錢的不同態度作了對比；〈秦中富人〉刻劃富人奢華生活，篇末則以寒士作對比：「陋巷滿蓬蒿，誰知有顏子！」；〈汴河〉一詩，開頭兩句即如雙峰對峙：「當時天子是閒遊，今日行人特地愁。」分從時間、人物及心情三方面加以對比。再如組詩〈謁文宣王廟〉和〈代文宣王答〉，更是橫跨兩章予以對比，可謂匠心獨運：前者描繪文宣王廟之淒清破敗，後者表現佛、道寺廟的巍峨宏偉，藉此批判晚唐諸帝崇尚佛老、輕視儒教之風氣。

張祜〈悲納鐵〉、曹鄴〈戰城南〉、羅隱〈亂後逢友人〉、于濆〈隴頭水〉、杜荀鶴〈塞上〉、貫休〈塞下曲〉等，皆是以對比手法表達同一主題：即斥戰爭之不義。再如王貞白〈塞上曲〉云：「匈奴不繫頸，漢將但封侯。」兩件事情的並列就足以構成尖銳的嘲笑；劉駕〈古出

_____

〔註15〕《四溟詩話》卷四，人民文學出版社，1961年，頁125。

塞〉：「九土耕不盡，武皇猶征伐。」不也是對比強烈！李商隱〈馬嵬二首〉之二，更是處處對比：

> 海外徒聞更九州，他生未卜此生休。
> 空聞虎旅傳宵柝，無復雞人報曉籌。
> 此日六軍同駐馬，當時七夕笑牽牛。
> 如何四紀爲天子，不及盧家有莫愁。

「他生」與「此生」、「途中」與「宮中」、「此日」與「當時」、「皇帝妃子」與「民間夫婦」，並置對比，鮮明而有力地說明了今天的悲劇結局，是由於昨天荒廢朝政所導致的，警醒世人，馬嵬事變完全是咎由自取。杜牧〈河湟〉一詩，並陳涼州長期淪陷和涼州曲流傳國內的情形：

> 元載相公曾借箸，憲宗皇帝亦留神。
> 旋見衣冠就東市，忽遺弓劍不西巡。
> 牧羊驅馬雖戎服，白髮丹心盡漢臣。
> 唯有涼州歌舞曲，流傳天下樂閒人。

一心一意想收復失地的君臣與只圖安逸、置淪陷區於不顧的當權者，形成對比；思念著的故國親人與只顧尋歡作樂、不關心國家統一的上層統治集團，一褒一貶，愛憎分明，尖刻有力。溫庭筠〈贈蜀府將〉，表達對於統治者壓抑人才的憤慨，詩末也以對比作結：「今日逢君倍惆悵，灌嬰韓信盡封侯。」感嘆人才的不得重用，是個人的不幸，也是時代的損失。

三、典型聚焦，以小見大

社會詩以事爲主，選材具體，刻畫深入，描繪一個典型環境，捕捉住一個典型細節，集中地、形象地鋪敘典型性格，構成特寫，通過個別反映一般，以達到情感的普遍性，引起同感共鳴。詩人往往擷取人物生活的片段，聚焦社會生活的場景，濃縮生活的時空，重構了歷史面貌，使得詩歌具有現實的縱深感。簡言之，就是選材小，開掘深，小題大論，概括集中，達到見微知著，平凡中見本質的藝術效果。

　　晚唐社會詩，另一個藝術特徵，就是「以小見大」。這首先表現在對於歷史的反思上。不論是歷史人物、事蹟、景象等等，任何細微之處，都能予以重新詮釋，賦予一種超越時空的生命，以展現它所負載的沉重歷史。杜牧的詠史絕句，多採用此一手法，或再現歷史事件的某些情景，寄寓自己的感慨，或以詠歎的語調融入史論成分，如〈過華清宮絕句三首〉：

　　　　長安回望繡成堆，山頂千門次第開。
　　　　一騎紅塵妃子笑，無人知是荔枝來。

上聯賦寫本題，下聯則回想當年，指出滾塵中奔騎西來，但供美人一粲。詩人擷取了唐玄宗和楊貴妃享樂生活中的一個側面，人物極具代表，焦點更是集中。以婉而諷之筆，寫驕奢淫逸、居安忘危的沉痛教訓：剛愎自用的失誤、醉生夢死的歡樂，導致安史之亂爆發。多少敗亡消息，多少難以明言的現實愴痛潛藏其中。明譏唐玄宗，暗刺晚唐諸帝，前代荒淫誤國，殷鑑未遠，後朝不思教訓，覆轍相尋，使後人復哀後人。俞陛雲說：「唐人之過華清宮者，輒生感喟，不過寫盛衰之意。此詩以華清為題，而有褒姬烽火一笑傾周之慨。」〔註16〕荔枝是微物，也是燎原星火，以小見大，以少總多，國之將亡，誠是意料中事。〈赤壁〉一詩，從反面落筆，寫其可能失敗後的結果，嘲諷周瑜僥倖取勝。文約而事豐，片言明百意。

　　　　折戟沉沙鐵未銷，自將磨洗認前朝。
　　　　東風不與周郎便，銅雀春深鎖二喬。

透過一塊「沉沙未銷的折戟」，聯想到塵封往事：赤壁鏖兵、周郎巧借東風，火攻大敗曹軍。尤其是後兩句的議論，詼諧自然，饒有風致。《彥周詩話》貶斥之曰：「杜牧之作〈赤壁〉詩，……社稷存亡，生靈塗炭都不問，只恐被捉了二喬，可見措大不識好惡。」〔註17〕此論淺薄幾近多烘，殊不知詩人已將東吳的一切，攏攝在二喬身上，連她

〔註16〕《詩境淺說‧續編》，上海書店，1984年，頁119。
〔註17〕許顗《彥周詩話》，見清‧何文煥輯《歷代詩話》頁392。

們都受到屈辱，則百姓災難之慘烈可想而知。這是極其有力的反跌，運用了由小見大、由近及遠的藝術手法，寓深意於細微。〈江南春絕句〉：「南朝四百八十寺，多少樓臺煙雨中。」在感嘆南朝覆亡之中，委婉不露地喻指了現實中的同類現象。〈泊秦淮〉：「商女不知亡國恨，隔江猶唱後庭花。」婉曲的諷刺，難掩對國勢的隱憂。以上諸篇，皆從小事小物，透視歷史眞相，逼出嚴肅題旨。

李商隱許多詠史詩篇，也都類此手法，如〈齊宮詞〉將視點落在一個小飾物上，洞見歷史的傷痕：

> 永壽兵來夜不扃，金蓮無復印中庭。
>
> 梁臺歌管三更罷，猶自風搖九子鈴。

藉一個小小的九子鈴，把齊梁的歷史串連起來，構思可謂巧妙。九子鈴本爲南齊莊嚴寺之物，東昏侯爲取悅潘妃而剝取來作爲殿飾，寵愛逾常，荒淫昏庸而招致身亡國喪。蓋九子鈴微物不微，已成齊亡之見證，象徵帝王的縱情享樂，也預示著政衰人亡之必然。本來前車可鑑，但後代卻又一再重蹈覆轍，梁代繼續著，隋代不也如此？而晚唐昏君呢？那九子鈴依然在宮中響著，其音可嘆可悲復可哀。詩人把如此重大的歷史事件，凝聚到一個細節中，擷取此一小物，並壓縮時空，聯繫古今，雖不加議論，愈覺神韻悠遠，意味無限。〈北齊二首〉中的「小憐玉體橫陳夜，已報周師入晉陽。」取材於北齊後主高緯寵幸美人馮淑妃，寧置國土淪陷於不顧的史實。詩人有意將兩幅圖景並置，顛倒其時間順序，以強調北齊敗亡之機，在小憐「花容自獻，玉體橫陳」之夜，早已埋下了，警示後人記取「色荒亡國」之急速。再如二首同題〈隋宮〉七絕，皆不去鋪寫煬帝南遊江都的巨大靡費，僅就製作錦帆一事鋪敍渲染：

> 紫泉宮殿鎖煙霞，欲取蕪城作帝家。
>
> 玉璽不緣歸日角，錦帆應是到天涯。（之一）
>
> 乘興南遊不戒嚴，九重誰省諫書函。
>
> 春風舉國裁宮錦，半作障泥半作帆。（之二）

隋煬帝之揮霍無度，史有明載，詩人卻就「舉國上下忙於裁剪宮錦，一半用來作船的風帆，一半用來作馬的障泥，其綿延之長，應是到天涯」一事發揮，「點化得水陸繹騷、民不堪命之狀如在目前。」〔註18〕又如詠史名作〈賈生〉，借「不問蒼生問鬼神」一事，諷刺統治者求賢的虛偽。這種舉一端以概其餘的寫法，就是一種典型化的策略，詩人的諷刺深意，只就微物點出，實則一葉知秋，睹影知竿，已為衰敗的晚唐奏響哀歌。

　　類於「世積亂離，風衰俗怨」〔註19〕的晚唐時代，文學的感物抒情從外界觸發轉入內心體悟，側重表現自我的心情意緒，更精細地體察到了內心的微妙變化和情感的每一道波折。此時的社會心理特別敏銳、纖細，詩人多鍾情於身邊瑣屑侷促的事物：「晚唐詩料，於琴、棋、僧、鶴、茶、酒、竹、石等物，無一篇不犯。」〔註20〕「唯搜眼前景而深刻思之。」〔註21〕如陸龜蒙的〈雁〉，借雁一小物，含括整個社會亂象；〈和襲美木蘭後池三詠·白蓮〉一詩，借題發揮，嘆貧士之不遇。于濆將世態炎涼、人情冷暖，濃縮於〈對花〉一詩；李商隱則將深廣的人生體驗和某種普遍性的人生感慨，凝聚在〈霜月〉、〈蟬〉、〈柳〉、〈落花〉等纖毫細物上。羅隱的〈香〉、〈蜂〉、〈鷹〉、〈鸚鵡〉、〈桃花〉，皮日休的〈詠蟹〉、〈蚊子〉，杜荀鶴的〈小松〉、〈涇溪〉等等，無一不是在生活細節、瑣碎事物中，推敲琢磨，賦予深意。詩人筆下，全是平常的、容易再現的事物，使人讀後卻得到不平常的、強烈的印象，這種獨到之處，正源於對事物的細微觀察、深刻理解，以及運用典型聚焦、以小見大之手法，所獲得的藝術成果。

〔註18〕何焯《義門讀書記》卷五十七《李商隱詩集卷上》，四庫全書珍本二集，頁15。

〔註19〕《文心雕龍·時序篇》。

〔註20〕方回《瀛奎律髓》卷四十七評韓昌黎〈廣宣上人頻過〉語，見《四庫全書·集部三〇五》，臺灣商務印書館，1986年，頁535。

〔註21〕楊慎《升庵詩話》卷四〈晚唐兩詩派〉條，見清·李調元編纂《函海叢書》（十九），宏業書局，1972年，頁11873。

四、設問對話，正語反說

　　借他人之口表達自己觀點，鋪敘渲染，也是晚唐詩人常用的手法。鄭嵎〈津陽門詩〉，以問答貫串，韋莊〈秦婦吟〉，巧設對話，娓娓道來，更增眞實性。李商隱〈行次西郊作一百韻〉，以作者和村民的對答方式，陳述唐朝統治階級的腐朽和人民的悲痛。皮日休〈農父謠〉，以農家老父的話爲主體，詩人只是在開頭與結尾處站出來介紹與發議論。杜牧的〈歸家〉也同此機杼：「稚子牽衣問：歸家何太遲？共誰爭歲月，贏得鬢邊絲？」以一連串急切地發問，活現出稚子對久客不歸的父親思念之切。只有問句，而略去答句，留下無限想像空間。羅隱〈煬帝陵〉：「君王忍把平陳業，只換雷塘數畝田？」提出疑問，而在疑問中抒發感嘆，餘音裊裊。

　　「反語」又稱「反話」，一般指詩文創作中，運用同本意相反的詞語或意象來表達意思。其特點是故意用十分尖銳、辛辣的反話，一下子擊中要害，揭露反面現象的本質內涵。詩人往往出其不意，於反常處表現眞實情感，乍看之下奇特得不合情理，但仔細品味卻又入情入理，這種奇中見正的藝術手法，是經常被使用的。杜甫〈贈花卿〉以「諧」顯「莊」，寫得「似諛似諷」〔註22〕，在不言之言中，極盡譏訕嘲弄之能事；王建〈送衣曲〉：「願身莫著裹屍歸，願妾不死長送衣。」竟希望丈夫永不歸來，只因她知道丈夫活著是回不來的，除非裹屍回來。爲了讓丈夫活著，只好願他永世不歸，寧願自己至死長送衣。表面何其不合理呀！而其底層的傾訴又是何等沉痛！妻子的至情摯愛何其感人！又〈水夫謠〉也用奇中見正的手法，抒寫縴夫在沉重的苦役下渴望擺脫苦難的心情：「我願此水作平田，長使水夫不怨天。」如此反常不合情理的願望怎能實現？這是對於擺脫不掉的命運枷鎖的一種哭訴無門的呼告罷了。白居易〈賣碳翁〉中，老翁行走路上，雪結冰凍，身上衣服正單，老翁卻反常地「願天寒」，似乎矛盾，但

〔註22〕高步瀛《唐宋詩舉要》卷八引宋·楊西河語，宏業書局，1987 年再版，頁 804。

卻符合賣碳老翁的心理，其中生活的辛酸、希望的迫切，都得到絕妙的表現。這種以反襯手法來刻畫微妙心理，出人意外，需幾經翻騰轉折，方能得其真實。

社會詩人深刺淺喻，警勵流俗，或正面進攻，或旁敲側擊；或正顏厲色，或打趣訕笑；或無情嘲弄，或善意調侃。在嬉笑怒罵聲中，揭露社會現實的黑暗和人情世態的惡薄。前述杜牧〈赤壁〉一詩，詩人藉折戟一物，從側面鉤出歷史悵惘，這種以近乎調侃的口吻寫出的愴痛，無疑是更深更重的。方嶽評之曰：「以滑稽弄翰，每每反用其鋒。」〔註23〕指出其中有反諷之意。聶夷中〈詠田家〉後四句：「我願君王心，化作光明燭；不照綺羅筵，只照逃亡屋。」也是運用反筆揭示的手法，寄望君王，明知不可，卻是一種隱微的諷刺。

羅隱〈書淮陰侯傳〉是詠韓信的七絕，巧設反問，也帶幾分揶揄：

> 寒燈挑盡見遺塵，試瀝椒漿合有神，
>
> 莫恨高皇不終始，滅秦謀項是何人？

「遺塵」一詞雙關，明指書籍上遺落的灰塵，暗喻史籍中所載的韓信遺事。所以「見遺塵」，可意會為從中看到了為歷史的灰塵所掩蓋的事實真相，為詩的結尾預設了伏筆，且醒明題旨。三、四句抒寫詩人內心感受，妙在不是正面議論，直抒胸臆，而是正語反說，一針見血地道破韓信屈死於劉邦之手的千古悲劇的真正原因。此等回腸九曲之言，看似勸說韓信，莫恨君恩不能共事始終，骨子裡卻是為韓信的功高震主，致遭殺身之禍大鳴不平；看似開脫劉邦，說他屈殺韓信自有難言之隱，實是對他自私陰險的本性作了入骨的鞭撻，落筆可謂奇崛。末句置疑而不作答，不直接說穿事情真相，造成語意模稜搖曳，並誘導讀者自己去推測歷史邏輯，尋覓答案，給人以無窮的思辨餘地。像這樣用設問或反詰句來啟發讀者、增強說服力的詩作，還有一首七絕〈西施〉，針對歷史陳說，提出新的見解和看法，為美人洗刷冤塵，意味深長。至若〈曲江春感〉：「聖代也知無棄物，侯門未必用非才。」

〔註23〕《深雪偶談》，廣文書局，1971年，頁7。

此傷時之作，似乎是自寬自解之詞，實是牢騷話、冷峻語，其眞正意思是「只言聖代謀身易，爭奈貧儒得路難」（〈江邊有寄〉），「未知棲託處，空羨聖明朝」（〈秋寄張坤〉）。知世風澆薄，權豪擋道，賢士遭斥，實非「聖代」，故意正話反說，傾吐才士不遇之滿腔鬱悶。再如〈江南〉：

玉樹歌聲澤國春，纍纍輜重憶亡陳。

垂衣端拱渾閒事，忍把江山乞與人？

譏刺陳後主，因縱樂無度，以致把大好江山拱手予人，詩人不直接抨擊，而代之以「忍把」一問，如此荒唐行徑不禁令人好奇，有誰願意呢？李商隱〈馬嵬二首〉其一：「君王若道能傾國，玉輦何由過馬嵬？」其二：「如何四紀爲天子，不及盧家有莫愁？」〈隋宮〉：「地下若逢陳後主，豈宜重問後庭花？」都是以反詰收束，頗有當頭棒喝，震聾發聵之效果。

劉駕〈樂邊人〉：「在鄉身亦勞，在邊腹亦飽。父兄若一處，任向邊頭老。」時代亂離，骨肉流散，要共享天倫，毋寧是極大的奢望，所以只要能相逢廝守，就算是動盪的邊地，也願意老死於此，其內心實是強烈的「反戰」意識。〈古出塞〉甚爲出色，後半云：

九土耕不盡，武皇猶征戰，中天有高閣，圖畫何時歇。

坐恐塞上山，低於沙中骨。

旨在諷諭皇帝擴邊政策之不該。結句謂但恐沙場上戰死兵士的白骨，會比山還高。怒斥不義戰爭之害民，反語見意，格外辛辣。主題相似者，有陸龜蒙〈築城詞二首〉之二：

莫嘆將軍逼，將軍要卻敵。城高功亦高，爾命何勞惜！

採取正話反說，愛憎之情力透紙背。杜荀鶴〈哭貝韜〉，除了採取以小見大之手法，將大時代的動亂濃縮於一個友人之身死外，也運用反諷手法：

交朋來哭我來歌，喜傍山家葬荔蘿。

四海十年人殺盡，似君埋少不埋多。

「喜」字與題目「哭」字對立，乍看之下，令人匪夷所思，然透過下聯，當可測知詩人之喜，夾雜無奈與愴痛，因爲處於兵荒馬亂的時代裡，人

多死於非命,曝屍荒野,與草木泥沙同朽,又有幾人得以落葉歸根,死葬自家山旁呢?強烈的反諷,其著力處,就在於那動盪亂離的社會。再看皮日休〈南陽〉一詩:

> 昆陽王氣已蕭疏,依舊山河捧帝居。
> 廢路塌平殘瓦礫,破墳耕出爛圖書。
> 綠莎滿縣年荒後,白鳥盈溪雨霽初。
> 二百年來霸王業,可知今日是丘墟?

以內容看,此詩似詠光武而非孔明,果然,則詩題應為「昆陽」。暫且不論所詠是君是相,全詩隻字未提彪炳功勳,而著眼於廢墟陳跡,藉蕭疏景象、殘破瓦礫,感嘆興亡盛衰,潛藏濃重滄桑之思。尾聯反語質問,其中有嘆惋,有嘲諷,有如警鐘,聲聲驚人。

除此之外,社會詩人還善用《詩三百》「卒章顯其志」〔註24〕的方式,每每在篇末點睛,以具有高度概括力的警句、格言式的詩句,闡發題意,揭示主旨。其方式或採順結,層層鋪敘,終推高峰;或用旁結,冷言冷語,旁敲側擊。溫庭筠〈燒歌〉末聯云:「誰知蒼翠容,盡作官家稅。」警策警醒人心,乃詩人用意所在。〈雉場歌〉譏刺南朝齊東昏侯到處設置獵場,致使「郊郭四民皆廢業,樵蘇路斷」的害民行徑,前面的刻畫描述,意象五彩繽紛,將射獵場面渲染得極美極壯觀,而在結尾處寫道:「城頭卻望幾含情,青畝春蕪連古苑」,見其旨意。又如張孜僅存的一首詩〈雪〉,也是以「豪貴家」與「飢寒人」對比突出主題,且於篇末點題,卒章顯志。

第二節 風人體之表現手法

前人探究《吳歌》諧讔雙關的由來,謂是根源於詩歌中有「比興」的手法,如《詩經》中拿「桃之夭夭,灼灼其華」,比喻出嫁女子的美好;《楚辭》裡以芷蘺、菌蒨等香草比喻君子,用雲霓、惡鳥比喻

〔註24〕白居易〈新樂府序〉,《全唐詩》頁4689。

小人。咸將雙關這種婉轉曲折的表現手法，等同於「比喻」。朱光潛以為「隱語」用意義上的關聯為「比喻」，用聲音上的關聯為「雙關」。〔註25〕翻檢各家修辭學著作，對於「雙關」這種隱蔽不顯露之法的界說雖不盡相同，但仍有一共同特徵可辨，即論雙關必須「諧音」且關顧「兩意」。〔註26〕鍾敬文〈歌謠的一種表現法〉說得甚為明白：「借別的詞以表示他的內意，中間有一個最緊要的條件，便是二者──要表現的與被借以表現聲音的相近或類近。」〔註27〕所以音的相近或相同，是雙關的構成要件。利用聲音的關係，借字寓意，使一個詞語同時關顧兩種意思，一種是表面的意思，一種是隱含的意思，其中隱含的意思才是重點，這種一詞兼攝二義，能收到一箭雙雕作用的修辭手法稱為「雙關」。

諧音雙關，明說甲，暗說乙，不但增加了詩的情趣，更拓寬了詩意的寬度，達到言外之意、絃外之音的效果。其結構通常以兩句達一意，而以下一句釋上一句；亦有通首俱為隱語，須全讀四句而其意始明者。本文所論之「風人體」，概括言之，也就是指「諧音雙關」，但採取較寬泛之說，除了「字義」及「詞義」的雙關外，還有如〈藁砧〉之類，必須輾轉解釋，方能尋其諧音假借之意者，也在討論範圍。論其表現方式，可析為三：

〔註25〕朱光潛《詩論》第二章〈詩與諧隱〉，正中書局，1962 年臺初版，頁39。

〔註26〕楊樹達《中國修辭學》第八章〈雙關〉分為「義的雙關」與「音的雙關」；黃永武《字句鍛鍊法‧以雙關藏巧》謂：「雙關可分為三種：一為字義上的雙關，一為字音上的雙關，一為字形上的雙關。」頁115；黃師慶萱《修辭學》第十六章〈雙關〉則分為「字音雙關」、「詞意雙關」、「字義雙關」。又陳望道《修辭學發凡》認為：「諧音雙關是用一個語詞同時關顧著兩種不同事物的修辭方式。」張敬宜《修辭論說與方法‧雙關法》籠統言之曰：「倘一字而涉二義，一語而寓兩義者，統謂之雙關。」文史哲出版，1989 年，頁 101。徐中舒在〈六朝戀歌〉裡稱為「諧音詞格」，《一般》三卷一號。

〔註27〕鍾敬文《民間文藝叢話‧歌謠的一種表現法》，東方文化供應社，1970 年，頁 34。

一、同音異字，純取諧音

　　同音異字或音近字異相諧的，其前一部份所說的事物和說話人心目中要說明的事物並無意義上的聯繫，不過借前一部份的事物做引子，來引起後一部份的雙關語罷了；也就是說它是聲音的類同而非意義上的類似。此可細分為兩種：一是兩字諧聲，用甲射乙，這是最普遍的方式。先看一些〈讀曲歌〉〔註28〕：

　　　　思歡久，不愛獨枝蓮，只惜同心藕。

　　　　所歡子，蓮從胸上度，刺臆定欲死。

　　　　我行一過心，誰我道相憐？摘菊持飲酒，浮華著口邊。

　　　　上樹摘桐花，何悟枝枯燥。迢迢空中落，遂為梧子道。

「同心藕」即「同心偶」；「臆」即「憶」；借「菊華」的「華」諧「浮華」的「華」；以「梧子」諧「吾子」，指愛人。這些都是僅取其「音」同，不管「字」異的雙關語。還有以「走」諧「詛」或「咒」；以「雉」諧「涕」；以「駛」諧「逝」；以「擣」諧「禱」的：

　　　　駐箸不能食，蹇蹇步闈裡。

　　　　投瓊著局上，終日走博子。（〈子夜歌〉）

　　　　秋愛兩兩雁，春感雙雙燕。

　　　　蘭鷹接野雞，雉落誰當見。（〈子夜秋歌〉）

　　　　誰交強纏綿，常持罷作意。

　　　　走馬織懸簾，薄情奈當駛。（〈讀曲歌〉）

　　　　碧玉擣衣砧，七寶金蓮杵，

　　　　高舉徐徐下，輕擣只為汝。（〈青陽度〉）

　　類似的尚有：棋→期，碑→悲，箭→見，籬→離，琴→情，梳→疏，荻→敵，龜→歸，題→隄，蹄→啼，輕搗→傾倒。前述之李商隱〈李夫人三首〉其一、〈效徐陵體贈更衣〉及溫庭筠〈戲令狐相〉、陸龜蒙〈子夜變歌三首〉之二，皆屬於此類。也有兩字諧聲而即用本字

〔註28〕《樂府詩集》卷四十六〈清商曲辭三〉錄〈讀曲歌〉八十九首，此為其中四首。里仁書局，1984 年，頁 671～677。

者，如：

> 崎嶇相怨慕，始獲風雲通。
> 玉林語石闕，悲思兩心同。(〈子夜歌〉)

> 歡相憐，題心共飲血，
> 梳頭入黃泉，分作兩死計。(〈讀曲歌〉)

> 執手與歡別，欲去情不忍。
> 餘光照己藩，坐見離日盡。(〈讀曲歌〉)

> 非歡獨悢悢，儂意亦驅驅。
> 雙燈俱時盡，奈何兩無由。(〈讀曲歌〉)

> 今夕已歡別，合會在何時。
> 明燈照空局，悠然未有期。(〈子夜歌〉)

悲應作「碑」，計應作「髻」，離應作「籬」，由應作「油」，期應作「棋」，但此處分別用本意「悲」、「計」、「離」、「由」、「期」字。如最後一首以「棋局」雙關「局面」，「明燈照空局」就是說「不見棋」，「不見棋」也就是「未有期」；即以同音字之甲義暗代乙義者，但已寫出本字。前舉張祜〈讀曲歌五首〉其一，皮日休〈和魯望風人詩三首〉其一、三及李群玉〈寄人〉等，皆已將本字寫出，底意更爲明白。

清·趙翼《陔餘叢考》曰：「東坡在黃州書一聯云：葑草尙能攔浪，藕絲不解留蓮。亦用此體。高季迪竹枝詞：春衣未織機中錦，只是長絲那得縫。亦以絲借作思，縫借作逢也。元人徐夢吉西湖竹枝詞云：莫爲採蓮忘卻藕，月明風定好迴船。借藕作偶也。」〔註29〕所述詩例，皆是不用本字而以音同音近之字代之，雙關兩意。

二、同音同字，兼諧另義

諧音雙關，有僅取其「字」同，不管「義」異，意同字同，即一

〔註29〕《陔餘叢考》（三）卷二十四〈雙關兩意詩〉條，新文豐出版公司，1975 年，頁 6。

字兼包二義者。《吳歌》、《西曲》中例子甚多：

> 折楊柳，百鳥園林啼，道歡不離口。（〈讀曲歌〉）

> 黃絲呋素琴，泛彈弦不斷。
> 百弄任郎作，唯莫廣陵散。（〈讀曲歌〉）

> 送歡板橋彎，相待三山頭。
> 遙見千幅帆，知是逐風流。（〈三洲歌〉）

> 見娘喜容顏，願得結金蘭。
> 空織無經緯，求匹理自難。（〈子夜歌〉）

以歡樂之歡諧歡子之「歡」；以藥名、琴曲之散諧聚散之「散」；表面寫風吹和水流，實暗指風流樂事的「風流」；以布匹之匹雙關「匹配」。皆是用此喻彼，一字雙關兩意，即黃師慶萱所謂之「詞義雙關」。〔註30〕類似的尚有：（果）子→（歡）子，（厚）薄→薄（情），關（門）→關（心），道（路）→（說）道，消（融）→消（瘦），以顏色之「清白」諧性情之「清白」；以光之「亮」、「照」、「明」諧人之「亮察」、「照拂」、「表明」等等。茲再舉數例，略作說解：

> 夜半冒霜來，見我輒怨唱。
> 懷冰閨中倚，已寒不蒙亮。（〈子夜冬歌〉）

> 冬林葉落盡，逢春已復曜。
> 葵藿生谷底，傾心不蒙照。（〈子夜冬歌〉）

> 感歡初慇勤，歡子後遼落。
> 打金側玳瑁，外豔裡懷薄。（〈子夜歌〉）

> 雨從天上落，水從橋下流。
> 拾得娘裙帶，同心結兩頭。（〈江陵女歌〉）

> 感郎崎嶇情，不復自顧慮。
> 臂繩雙入結，遂成同心去。（〈西烏夜飛〉）

> 入傳歡負情，我自未常見。

〔註30〕黃師慶萱《修辭學》第十六章〈雙關〉曰：「一個詞在句中兼含二種意思的，叫作詞義雙關。」三民書局，1994 年增訂七版，頁311。

三更開門去，始知子夜變。（〈子夜變歌〉）

「亮」雙關「光亮」與「諒察」。「照」諧「光照」與「照顧」。「薄」雙關「厚薄」與「薄情」。金箔鑲嵌在玳瑁上──「外豔裡薄」，表面上說的是「金」，骨子裡說的是「人」──薄情郎或負心女。三、四例之「結」字，乃是「結其兩人之心」的意思。末例「子夜變」三字，借用曲調名，雙關「子於夜中即變」，責怪情人變心之快速也，同聲同字，雙關兩義，信手拈來，妙在天然。

《晉書·愍懷太子傳》中記載著一首歌謠，敘述有關晉惠帝皇后賈氏陷害愍懷太子的事，是這樣寫的：「南風起兮吹白沙，遙望魯國鬱嵯峨。千歲髑髏生齒牙。」〔註31〕「南風」表面是指自然界中的南風，內裡是賈后的名字；「白沙」暗指愍懷太子，因他小名叫「沙門」。這裡一語雙關，指出了賈后的得勢和愍懷太子的被害。在《晉書·賈后傳》中，也記載著一首與此相仿的民間歌謠：「南風烈烈吹黃沙。遙望魯國鬱嵯峨。前至三月滅汝家。」〔註32〕又〈晉哀帝隆和初童謠〉開頭云：「升平不滿斗，隆和那得久。」〔註33〕用「升平」（晉穆帝年號）、「隆和」（晉哀帝年號）不久長，暗示晉王室的垂危。「升平」是年號，「升」和「斗」又是容量；說「升平不滿斗」，指「升平」不至十年，即「不久長」的意思。

唐詩中也不乏這樣的例子。李益〈江南詞〉：「嫁得瞿塘賈，朝朝誤妾期；早知潮有信，嫁與弄潮兒。」此詩描寫商人婦的怨恨，十足江南民歌風味。詩中以「潮有信」抱怨瞿塘賈的「失信」延期，不如「弄潮兒」能隨潮而至，來得有信。「有信」雙關潮水與弄潮兒，隱曲含蓄，怨在言外。王昌齡〈芙蓉樓送辛漸〉：「寒雨連天夜入湖，平明送客楚山孤；洛陽親友如相問，一片冰心在玉壺。」以一片素淨的

〔註31〕《晉書》卷五十三〈愍懷太子傳〉，中華書局，1966 年，頁 1460。

〔註32〕《晉書》卷三十一〈惠賈皇后傳〉，見同註上，頁 965。

〔註33〕〈晉哀帝隆和初童謠〉，見清·杜文瀾編《古謠諺》（上），世界書局，1983 年四版，頁 119。

「冰心」，雙關一片高潔的「素心」。王維〈清如玉壺冰〉：「玉壺何用好，偏許素冰居。」可爲此詩註腳。韓愈〈贈同遊〉：「喚起窗全曙，催歸日未西；無心花裡鳥，更與盡情啼。」喚起，江南謂之春喚，聲如黃鶯；催歸，子規鳥，二者均爲鳥名。〔註34〕然在詩句中，亦含有「喚起」窗前的曙光，日未傾而「催人早歸」的意思。王之渙〈涼州詞〉：「黃河遠上白雲間，一片孤城萬仞山。羌笛何需怨楊柳，春風不渡玉門關。」表達詩人對當時黑暗統治的譴責、批判，和對遠戍邊疆得不到一點體恤關照的征人之深切同情，「春風」曲折影射皇恩，且「楊柳」一詞，既指楊柳樹，也雙關〈楊柳曲〉。賈島〈客喜〉詩：「鬢邊雖有絲，不堪織寒衣。」「絲」字雙關「蠶絲」與「鬢絲」。劉禹錫〈楊柳枝詞〉：「御陌青門拂地垂，千條金縷萬條絲；如今綰作同心結，將贈行人知不知。」溫庭筠〈織錦詞〉：「鴛鴦豔錦初成匹，錦中百結皆同心。」都是借物之「同心」，諧情人的「同心」。表達愛慕之情，欲說還休，含而不露。羅隱〈鷺鷥〉：「斜陽淡淡柳青青，風裊寒絲映水深。不要向人誇素白，也知常有羨魚心。」諷刺自命清高的終南隱士，不過是身在江湖，心懷魏闕的世俗之徒。「誇素白」既說鷺鷥炫耀羽毛之潔白，又指人之自誇品行高潔，同音同字雙關。再如李群玉〈贈回雪〉、陸龜蒙〈子夜變歌三首〉、曹鄴〈望不來〉、〈官倉鼠〉及溫庭筠〈生祆屏風歌〉，皆是音同字同，一詞兼攝二義。

以上這兩類雙關語有時也混在一句中，王運熙稱之爲「混合雙關語」。〔註35〕如〈子夜夏歌〉：「朝登涼臺上，夕宿蘭池裡；乘月採芙蓉，夜夜得蓮子。」「蓮」雙關「憐」，屬於第一類；「子」雙關「蓮子」和「吾子」。蓮子之「子」爲詞尾；而憐子之「子」係「你」義，屬於第二類。又如：

〔註34〕《全唐詩》卷三百四十三韓愈〈贈同遊〉一詩，詩下注云：「喚起、催歸，二禽名也。喚起聲如絡緯，圓轉清亮，偏於春曉鳴，江南謂之春喚。催歸，子規也。」頁3851。

〔註35〕王運熙〈論吳聲西曲與諧音雙關語〉，收錄於氏著《樂府詩述論》，上海古籍出版社，1996年，頁111~155。

春蠶不應老，晝夜常懷絲。

何惜微軀盡，纏綿自有時。（〈作蠶絲〉）

闊面行負情，詐我言端的。

畫背作天圖，子將負星歷。（〈讀曲歌〉）

近日蓮違期，不復尋博子。

六籌翻雙魚，都成罷去已。（〈讀曲歌〉）

「懷絲」這一雙關語中，「懷」是屬於第二類，「絲」諧「思」，是同音異字，屬第一類；負星音近負心；博子諧薄子，皆是兼有一二類。末例更是二句皆雙關，「違期」諧「圍棋」，所以尋「博」子。前引張祐〈拔蒲歌〉即是混合雙關語。

三、比興引喻，歇後雙關

歇後語是反映實際生活的一種口語，淺顯易懂，形象生動，有的還富於諷刺和幽默意味。一般的歇後語都由上下兩部分構成：即起語與目的語，彼此有著相對固定而又不可分割的內在聯繫。上半是個形象的比方，相當於風人體的「比興引喻之物」；下半是這個比方的解釋說明，是本意，相當於風人體的「實言以證之」。這種歇後語，雙關之運用，就存在於「目的語」中。此爲雙關語中最爲生動的一種，其蘊含的詩意也最爲深刻。《吳歌》、《西曲》中有不少佳作：

自從別郎後，臥宿頭不舉；

飛龍落藥店，骨出只爲汝。（〈讀曲歌〉）

末兩句，「飛龍落藥店─骨出」，即是上句述一語，下句解釋其義，道地之風人體。拿飛龍作藥物之「骨出」，諧思婦被情所困，因相思而「骨」瘦如材。又如：

高山種芙蓉，復經黃蘗塢。

果得一蓮時，流離嬰辛苦。（〈子夜歌〉）

婉變不終夕，一別周年期。

桑蠶不作繭，晝夜常懸絲。（〈七日夜女歌〉）

前首以「經黃蘗塢」所以「應辛苦」，雙關盼得憐愛之「苦心」，喻指

兩地相思之情侶，難得相見，若依相聚共結連理，必得經歷一番煎熬。後首則因「蠶不作繭」知其「常懸絲」，以此諧「思」念情人不曾停止。唐詩中如李白〈荊州歌〉：

> 白帝城邊足風波，瞿塘五月誰敢過。
> 荊州麥熟繭成蛾，繰絲憶君頭緒多。
> 撥穀飛鳴奈妾何。

諧音雙關在三、四句，「繰絲」諧「操思」，「繭成蛾」的歇後語指「頭緒多」，字面寫蠶蛾破繭而出頭緒多，裡層意義則是說：女子操思憶君，當然頭緒繁多紛亂了。晚唐・蔣貽恭有：「辛勤得繭不盈筐，燈下繰絲恨更長。」（〈詠蠶〉）諧音雙關手法，與此相似。白居易〈長相思〉：

> 有如女蘿草，生在松之側。蔓短枝苦高，縈迴上不得。

言女蘿的藤蔓短，松樹的枝幹高，縈迴不上，一如思君願結連理枝而不可得，隱喻「高攀不上」之意，也是歇後雙關語。元稹〈憶遠曲〉，其中五、六句，更是絕妙：

> 水中書字無字痕，君心暗畫誰會君？

水中書字當然是「無字痕」，又以「無字痕」雙關君心暗畫之不可測、不可知。其他如前引之張祜〈讀曲歌五首〉其四、〈自君之出矣〉、〈蘇小小歌三首〉及〈白鼻騧〉等皆是，尤其是末首的：「摘蓮拋水上，郎意在浮花。」摘取蓮花拋在水上，自然是「浮花」，除了以花浮在水上隨波逐流的具體景象，暗指負心郎之「浮華」不實，亦有以「浮花」比「殘花」，怨怒情郎之不知珍惜，棄貴而就賤之旨。此外，李商隱〈無題〉、〈柳枝五首〉其二，溫庭筠〈蘇小小歌〉、〈添聲楊柳枝詞〉其二，陸龜蒙〈山陽燕中郊樂錄〉及〈風人體四首〉其一、四等，全都是歇後雙關語，鮮活的文字，曲折蘊藉，最有意味。

第九章　晚唐社會詩、風人體之價值及其影響

第一節　社會詩之價值及其影響

　　晚唐社會詩是現實主義的高峰，這些詩人們，思想上抱持著「經世濟民」的實用理念，要詩歌盡到「救濟人病，裨補時闕」的責任；題材內容，句句繫於事、繫於民，悲天閔人，對社會和政治事件的批判，針針入骨見血，是社會的實錄，時代的考鏡；藝術上則是感事寫意，直敘白描，既不雕琢粉飾，也不刻意求新炫奇，敘述酣暢淋漓，表現爲淺近通俗之風貌。其價值是多方面的，其影響更是深遠廣闊。以下擬分從精神思想、歷史實證及藝術表現三方面予以考察。

一、紹繼《風》、《雅》，深具道德價值

　　〈詩大序〉曰：「故正得失，動天地，感鬼神，莫近於詩。先王以是經夫婦，成孝敬，厚人倫，美教化，移風俗。」〔註1〕子曰：「《詩》可以觀」；漢樂府則是「感於哀樂，緣事而發」，所以班固說通過樂府

〔註 1〕　〈詩大序〉，見《十三經注疏》（二），藝文印書館，1981 年，頁 14。

民歌「亦可以觀風俗，知厚薄。」〔註2〕這是對《詩經》和樂府詩價值的肯定，同時這也正是歷代社會詩的共通性。社會詩之效用首先表現在「理性情，善倫物」〔註3〕，諷世勸俗，教化百姓，進而美化社會。

　　老杜創作新題樂府，感事諷時，關懷民生，與《詩經》連成一氣，和樂府血脈相接，才有白居易的「文章合爲時而著，歌詩合爲事而作」、傷民病痛的新樂府。一直延續到晚唐皮日休、杜荀鶴等的「正樂府」，皆是引向廣闊的社會生活，感發於「有足悲者」，具備強烈的寫實性。張祜「時與六義相左右」；皮日休「上剝遠非，下補近失」；陸龜蒙志在「扶孟荀」、「通古聖」；于濆詩皆「有關風化」；聶夷中「合三百篇之旨」；杜荀鶴「詩旨未能忘救物」；鄭谷「不無旨諷」；其他社會詩人也多哀民之艱，「有闕必規，有違必諫」，敢道人之所不敢言。可以說晚唐詩人在這方面是非常自覺的，是一種有意識的創作，以致於形成一股沛然不可擋的趨勢，適足以紹繼現實主義精神，承祧風騷傳統。

　　黃宗羲在〈黃浮先生詩序〉中講「情之至眞」，是「身之所歷，目之所觸，發於心，著於聲，迫於中之不能自己」〔註4〕的，肯定源於現實的「眞情」實感。劉熙載對於「變風」、「變雅」的無邪眞情推崇備至。他說：「《變風》始〈柏舟〉。〈柏舟〉與《離騷》同旨，讀之當兼得其人之志與遇焉。」又說：「《大雅》之變，多憂生之意。」〔註5〕他顯然是把「情眞」與「境眞」緊密聯繫在一起去考察《詩經》作品。正是這種「憂生」而「不能自己」的心志和耳目所觸及的環境之交融，構成「變風」、「變雅」等社會詩的震撼力與藝術感染力。社會詩人「深

〔註2〕《漢書》卷三十〈藝文志〉，中華書局，1966年，頁1756。

〔註3〕沈德潛《說詩晬語》卷上云：「詩可以理性情，善倫物。」見丁仲祜編《清詩話》，頁639。

〔註4〕〈黃浮先生詩序〉，見《南雷集》卷二，《四部叢刊正編》（○七七），臺灣商務印書館，1979年，頁22。

〔註5〕《藝概·詩概》，見郭紹虞編《清詩話續編》（下），頁2417。

入閭閻，目擊其事，直與疾病之在身無異」〔註6〕，表面上直書其事，卻通過對人物心理的刻畫和詩人的議論說理，引發讀者的感情共鳴，是把熾熱的感情蘊藏在深刻的描寫和冷靜的評述之中，情在事中、理中。詩中出現的人物，描述的景象，都呈現兩極化；既有老嫗、寡婦、卒妻等孤苦伶仃，衣不遮體、食不果腹的枯槁形象，也有錦衣玉食、笙歌酒池、顢頇驕橫、忝不知恥的公子歌，更有昏君庸相、貪官汙吏及權貴軍閥等的猙獰凶殘。詩人觸物感事，選材典型，描寫具體。分從不同角度，描繪帝王都城裡，一幅明爭暗鬥、蠅營狗苟的群醜亂舞的骯髒畫面，道盡人性的醜陋，人生的悲哀，社會的黑暗以及國家的頹敗，再現晚唐光怪陸離的歷史圖卷，展示了它走向衰朽的歷史軌跡和根源。

　　通鬱結、抒不平是社會詩的共性。在急遽動盪與變革的氛圍中，詩人以強烈的憂患意識，清醒地正視現實，表現深邃嚴肅的洞察力，積極呈現晚唐社會的「某些本質」，不同程度地體現了當時人民的思想與情緒。此輩詩人在「嘲雲戲月，刻翠粘紅」，秋蟬亂鳴的風氣籠罩下，「能返棹下流，更唱瘖俗，置聲祿於度外，患大雅之淩遲，使耳厭鄭、衛，而忽洗雲和；心醉醇醲，而乍爽玄酒。」〔註7〕對於掃清綺靡頹廢的文風，無疑起到了摧陷廓清的積極作用，在晚唐灰暗蕭瑟的氳氤中，可謂「別有一種精神」。〔註8〕若就人生痛苦、社會罪惡的暴露及諷世勸俗、開悟君臣這一點來說，積極方面，它糾舉政治的缺失，規諷放佚君，戒誨貪暴臣，救濟人病，佐助教化，幾同於批判的利器，諫諍之工具，執政者聞之真要扼腕、切齒矣。消極方面，它

〔註6〕劉熙載論白居易時云：「代匹夫匹婦語最難。蓋飢寒勞困之苦，雖告人，人且不知，知之必物我無間者也。杜少陵、元次山、白香山不但如深入閭閻，目擊其事，直與疾病之在身者無異。」見同註上，頁2430。

〔註7〕《唐才子傳》卷八〈于濆〉條，頁138。

〔註8〕許學夷《詩源辨體》卷三十論許渾、鄭谷云：「晚唐諸子體格雖卑，然亦是一種精神所注。」蓋論詩有得之言。人民文學出版社，1998年，頁284。

至少指出社會的敗象，喊出謀救或改革的聲音，即使不被當政者所採納，但它「洩導」了人情，給後世以啓示、警惕的作用。這種哀怨、憤怒，實乃晚唐詩歌的生命力所在，詩人思想精神是可佩的，詩作道德價值也是不朽的。

晚唐現實主義詩風，隨著唐王朝的滅亡而消沉，一直到北宋詩文革新運動，才局部地繼承了這種精神。〔註9〕北宋初年，籠罩文壇的是以楊億、錢惟演、劉筠爲首的「西昆體」。在這種「窮妍極態，綴風月，弄花草，淫巧侈麗，浮華纂組」〔註10〕的文風中，仍有些詩人不憚流議，力挽頹波，蘇舜欽可謂開一代風氣，導歐陽修、蘇軾之前驅。他每每慨嘆「風雅久零落」〔註11〕，疾呼「正聲今遁矣，古道此焉存？」〔註12〕立志「筆下驅古風，直趨聖所存」。〔註13〕存詩二百餘首，大部分是指陳時政、抒懷泄憤的政治詩。後繼者，如梅堯臣說：「詞雖淺陋頗剗苦，未到二《雅》未忍捐」，主張「下情上達」、「有所刺美」〔註14〕，進一步發揮詩歌美頌怨刺作用；王安石則堅持「文者，務爲有補於世而已矣。」〔註15〕蘇軾也說：「託事以諷，庶幾有補於國。」〔註16〕在在強調詩歌與現實生活的聯繫。

蘇舜欽〈城南感懷呈永叔〉，展現了一幅「所見既可駭，所聞良

〔註9〕　參見詹瑛《唐詩》，群玉堂出版公司，1990年，頁151。
〔註10〕　石介〈怪説中〉批楊憶之語，怪其「刓鏤聖人之經，破碎聖人之言，離析聖人之意，盡傷聖人之道。」見《徂徠集》卷五，四庫全書珍本四集，王雲五主持，臺灣商務印書館，頁3。
〔註11〕　〈詩僧則暉求詩〉，見《蘇舜欽集》卷八，河洛圖書出版，1976年，頁105。
〔註12〕　〈懷月來求聽琴詩因作六韻〉，見同註上，頁98。
〔註13〕　〈夏熱晝寢感懷〉，見同註上，頁45。
〔註14〕　分見〈答韓三子華韓五持國韓六玉汝見贈述詩〉、〈答裴送序意〉二詩，《全宋詩》卷二四六、二四七，北京大學出版社，1991年，頁2865、2884。
〔註15〕　〈上人書〉，見《王安石文集》卷三十三，河洛圖書出版，1974年，頁47。
〔註16〕　蘇轍〈東坡先生墓誌銘〉，見《蘇東坡全集》（上），世界書局，1969年再版，頁32。

可悲」的難民圖，及另一小撮「高位厭梁肉，坐論攪雲霓」〔註17〕的統治者，清談誤國的醜畫。〈吳越大旱〉〔註18〕是記敘人民悲慘遭遇的又一長詩，它深刻地再現了人民在統治者的殘酷壓迫和天災兵禍交相爲虐的慘境中，無處逃生的歷史畫面，有杜甫〈兵車行〉的影子。〈昇陽殿故址〉〔註19〕的詠古諷今，與鄭嵎〈津陽門詩〉如出一轍。其他如〈大風〉、〈揚子江觀風浪〉、〈望秦陵〉等，無一不寄託著詩人對民族存亡、國家興廢及民生苦悲的濃濃憂傷。北宋・張俞〈蠶婦〉，流傳甚廣：

> 昨日到城廓，歸來淚滿巾。徧身羅綺者，不是養蠶人。

憤慨不平之情，游乎千載。以對比手法，浮雕式地揭示出貧富懸殊的不合理現象，明顯地受到「不會蒼蒼主何事，忍飢多是力耕人」（鄭谷〈偶書〉）和「年年道我蠶桑苦，底事渾身著苧麻」（杜荀鶴〈蠶婦〉）的啓迪。又如梅堯臣〈村豪〉諷刺土豪欺壓剝削農民；〈猛虎行〉斥重賦之虐民，皆鏗鏘有力。其中尤以〈陶者〉更屬佳作：

> 陶盡門前土，屋上無片瓦。十指不沾泥，鱗鱗居大廈。

深入觀察分析，並把苦樂不均等社會現狀加以概括、集中，愛憎褒貶強烈，諷刺極其尖銳，近於于濆〈苦辛吟〉。李覯〈穫稻〉：「鳥鼠滿官倉，於今又租入。」鄭獬〈採鳧茨〉末云：「官倉豈無粟？粒粒藏珠璣。一粒不出倉，倉中群鼠肥。」內容上又是曹鄴〈官倉鼠〉的翻版。蘇軾〈鄜塢〉、〈荔枝嘆〉、〈雨中遊天竺靈感觀音院〉、〈鴉種麥行〉、〈吳中田婦嘆〉等，皆是諷刺名篇。宋朝南渡以後，呂本中，曾幾二人，傷時憂世作品極多，南宋末年汪元量，其詩多記南宋亡國之痛，此外還有范成大、陸游，多能關懷民生疾苦，人道色彩濃厚。如范成大的：

> 無力買田聊種水，近來湖面亦收租。（〈四時田園雜興〉）

〔註17〕見同註11，頁18。
〔註18〕〈吳越大旱〉，見《蘇舜欽集》卷八，河洛圖書出版，1976年，頁19。
〔註19〕見同註上，頁5。

輸租得鈔官更催，踉蹌里正敲門來。

……不堪與君成一醉，聊復償君草鞋費。(〈催租行〉)

敲骨吸髓的剝削，無孔不入，受害最深的永遠是貧窮的農家。里正泯滅人性，勒逼賦稅，耕者家業蕩盡，被逼得舉債以至典賣衣服，尚且無法填其慾壑，不得已接連賣掉親生女兒，以充納租：「傭耕猶自抱長饑，的知無力輸租米。……去年衣盡到家口，女大臨歧兩分手；今年次女又行媒，亦復驅將換升斗。室中更有第三女，明年不怕催租苦。」〔註20〕何其沉痛的哀嚎呀！反語控訴昏君權豪挖空心思搜刮民脂民膏的醜行，這和陸龜蒙〈新沙〉，有著不可分割的關係。陸游更多以血和淚、憂和憤、悲和怨交織而成的詩篇，皆是他報國志、亡國憂的集中表現。如〈哀郢〉、〈屈平廟〉、〈嘆俗〉、〈山頭鹿〉、〈夜讀東高記〉等篇，以譏嘲楚懷王的屈辱求和，暗刺只「欲口擊賊」、「可為酒色死」的投降派和一些醉生夢死的人，是一批「無血」的動物。劉克莊〈築城行〉刻畫役夫之苦，身為城下土，功成賞別人。這也是曹鄴、陸龜蒙等〈築城曲〉的續作。李清照〈夏日絕句〉：「生當作人傑，死亦為鬼雄；至今思項羽，不肯過江東。」〔註21〕對北宋朝廷為金戈追逼而倉皇南逃的憤懣難以抑制，故將愛國之情寓於怨刺之中。蕭立之〈偶成〉：「雨妒遊人故作難，禁持閒了下湖船。城中豈識農耕好，卻恨慳晴放紙鳶。」〔註22〕顯然也是晚唐社會寫實詩的發揚。

《風》、《雅》精神千古不衰，沃潤了歷代文人。宋之後，元明戲曲、小說興起，文論家仍然重視其諷諫功用，如元·楊維楨認為戲劇創作「或有關於諷諫，而非徒為一時耳目之玩也。」〔註23〕明·馮夢龍認為小說有獨特的感人力量，可以使「怯者勇，淫者貞，薄者敦，

〔註20〕〈後催租行〉，見《范石湖集》卷五，河洛圖書出版，1975年，頁60。
〔註21〕見《李清照集》，河洛圖書出版，1975年，頁65。
〔註22〕見錢鍾書《宋詩選註》，人民文學出版社，1958年，頁292。
〔註23〕《東維子文集》卷十一〈朱明優戲序〉，四部叢刊初編集部三一二，
　　　　臺灣商務印書館，1967年，頁81。

頑鈍者汗下。」〔註24〕清初思想家顧炎武也一再聲明：「文須有益於天下」〔註25〕，有益於將來。可見得，我國傳統素把文學與政治、倫理道德緊密地結合在一起。此精神綿延不絕，且大步向前推展。元・王冕有嘲諷貪官的〈蝦蟆山〉，抨擊苛政的〈猛虎行〉，同情疾苦的〈江南婦〉；馬祖常〈鬻孫謠〉、張養浩〈哀流民〉，皆爲感時憤事的寫實詩作；明・高啓生逢亂世，〈兵出後郭〉、〈送陳秀才〉、〈江上省墓〉諸篇，寫戰後荒涼，悲悼民生憔悴，極爲沉痛；〈將軍行〉、〈白馬篇〉、〈謁雙廟〉等作，感時念亂，無一不極富民族意識。湯顯祖的「當知雨亦愁抽稅，笑說江南申漸高。」〔註26〕這不正是「蓬萊有路教人到，應亦年年稅紫芝。」（陸龜蒙〈新沙〉）的復現嗎？于謙的〈荒村〉，諷刺地方官隱瞞災情、不顧人民死活：「村落甚荒涼，年年苦旱蝗。老翁傭納債，稚子賣輸糧。……那知官府內，不肯報災傷。」〔註27〕這些貪官汙吏，豈非皮日休筆下酷吏不散的陰魂嗎？

　　時至有清一代，龔自珍「經世匡時」的詩歌理論，顯與美刺傳統遙相呼應，〈詠史〉、〈己亥雜詩〉等一系列的諷刺詩篇，無不聲情具發、眞切感人，發揮了「正得失」的功能。袁枚也秉持：「凡作詩獻公卿者，頌揚不如規諷。」〔註28〕其〈苦災行〉、〈補蝗謠〉、〈征漕嘆〉、〈南漕嘆〉等，皆憤然勾畫現實種種醜態，以宣洩其鬱結，而有規諷之意。梁佩蘭〈養馬行〉，諷刺耿繼茂、尚可喜等嗜馬成癖，貴畜賤人的惡行，頗值一讀：

　　賢王愛馬如愛人，人與馬並分王仁。

〔註24〕《古今小說・敘》，見《馮夢龍全集》（十二），上海古籍出版社，1993年，頁6。

〔註25〕《日知錄》卷十九〈文須有益於天下〉，甘肅民族出版社，1997年，頁835。

〔註26〕〈聞都城渴雨，時苦攤稅〉，見《湯顯祖集》卷十四，洪氏出版社，1975年，頁517。

〔註27〕《忠肅集》卷十一，四庫全書珍本四集，臺灣商務印書館，1973年，頁37。

〔註28〕《隨園詩話》卷七，廣文書局，1971年，頁7。

....

一馬不見王心不寧，百姓乞爲王馬王不應。

沈德潛說這首詩是「以贊頌之筆，寫諷刺之旨。」〔註29〕反語正說，刺藏「喜」中。鄭燮〈思婦行〉、〈逃荒行〉、〈還家行〉，也都能正視現實，爲人爲事爲時而寫。其後，黃遵憲《人境廬詩草》以繼之，〈悲平壤〉、〈臺灣行〉、〈度遼將軍歌〉、〈初聞京師義和團事〉、〈外國聯軍入犯京師〉等，內容全以愛國憫人爲主，道人眼前事、心中語，普獲共鳴。這些詩都能著眼於現實社會，感於時亂，悲憫生民，諷諫當世，頗振風人之旨，而能多層面的體現了情志兼融的道德價值。

二、眞實紀事，蘊含歷史實證意義

社會詩描畫社會生活的發展，幾乎觸及到當時的每一個角落，緊緊的扣住時代脈搏，具政論性和諷諫性，以及強烈的現實性和針對性。朝政千瘡百孔，詩人感事諷時，著重對政治事件的剖析：從治亂興亡的高度指出問題的癥結，對外，主張收復失地，鞏固國防，堅決抵抗外來的侵略；對內，諷刺驕奢淫逸，揭發官場齷齪，倡納諫、用賢人、寬賦斂、行仁政。這些即事謀篇之作，緊貼著大眾的心靈，講出大眾的心聲，表達不滿與失望的情緒，與元白諷喻詩聲息相通。

社會詩同時還富於眞實性與新聞性。無論是敘事、點景、寫物、詠史，分從多角度、不同側面予以審視展現。綜讀之，乃能透視歷史眞相，灼見當時氣象，不但警惕著當代社會，普遍引起讀者的共鳴，更能超越時空，作爲後代施政的借鏡。社會詩不只是在洩導人情，同時也在紀錄歷史，爲時代作見證，足以補史傳之闕漏：

（一）杜荀鶴〈再經胡城縣〉、〈題所居村舍〉、〈旅泊遇郡中叛亂示同志〉，寫唐末軍家亂殺平民的事，控訴罪行暴性，可與史實互證。

（二）鄭駕〈唐樂府十首〉，歌頌宣宗大中五年（西元851年）收復河湟事。張祜〈喜聞收復河隴〉、杜牧〈今皇帝陛下一詔徵兵不

〔註29〕《清詩別裁》卷十六，臺灣商務印書館，1978年，頁176。

日功集河湟諸郡次第歸降臣獲睹聖功輒獻歌詠〉，也記錄這一歷史。

　　（三）陸龜蒙〈奉酬襲美先輩吳中苦雨一百韻〉，記咸通年間徐州士兵起義；〈丁隱君歌〉，寫黃巢起義一事。曹松〈己亥歲二首〉，詩人就僖宗乾符六年（西元 879 年）鎮海節度使高駢鎮壓黃巢起義軍有功一事而發，而其所蘊含的社會意義，卻已遠遠超出了一時一事的框架。吳融〈文德初聞車駕東遊〉，寫文德元年（西元 888 年）僖宗自興元東還一事，中敘僖宗因藩鎮進逼，輾轉出奔之窘態；〈簡州歸降賀京兆公〉詩，藉頌揚韋昭度討蜀獲勝之事，紀錄大順元年（西元 890 年）正月，簡州將杜有牽執刺史員虔嵩歸降之史實。

　　（四）羅隱〈帝幸蜀〉，寫廣明元年，黃巢軍陷長安，僖宗倉皇逃逸四川之事；〈淮南高駢所造仰仙樓〉譏刺高駢惑於神仙之荒唐；〈題磻溪垂釣圖〉諷諫錢鏐徵「使宅魚」之害民虐政，皆緣時事而起。宋‧劉克莊論曰：「（隱）詩自光啟以後，廣明以前，海內亂離，乘輿播遷，艱難險阻之事多見之賦詠。」〔註30〕詩作因而透顯歷史價值。

　　（五）韋莊〈秦婦吟〉，述黃巢禍亂，大掠京城，殺戮丁壯，流血成河的慘況，完全是紀事、紀實之作，比歷史更真更感人。鄭嵎〈津陽門詩〉，混揉敷衍承平故實，借古鑑今，允為有唐興衰圖錄。

　　（六）李商隱深陷複雜的政治濁流中，多與時事聯繫之作：〈有感二首〉、〈重有感〉及〈詠史〉，皆為甘露之變而發；〈行次西郊作一百韻〉更以春秋之筆，歷述王朝腐敗的斑斑軌跡，揭示盛衰存亡的歷史規律。杜牧〈李給事中敏二首〉其一，記鄭注甘露之事；曹鄴〈續幽憤〉題下自注：「嵇康、呂安連罪賦此詩，鄴紀李御史甘死封之事。」仍是為甘露之變而作。張祜〈丁巳年冬月江上作〉，則是寫甘露之變後的政局，感嘆忠良含冤，豎宦猖獗，方略多乖。

　　（七）鄭谷〈渚宮亂後作〉，述唐末慘遭兵革蹂躪後的荊州一帶；〈順動後藍田偶作〉、〈壬戌西幸後〉，描繪戰後殘破荒涼；〈黯然〉一

〔註30〕《後村詩話新集》卷四，廣文書局，1971 年，頁 14。

詩，寫天祐二年朱全忠殺害朝臣，沉屍於河，宰相裴贄賜死一事。〈蜀江有弔〉寫僖宗即位後，宦官田令孜恃寵橫暴，把持大權，連僖宗皇帝都稱他爲「阿父」。當時左拾遺孟昭圖上疏論其專擅，被田令孜矯詔貶嘉州司戶之事。

（八）皮日休〈三羞詩〉，其一寫晚唐官場之腐敗，忠良之見斥；其二寫咸通七年許州所見；其三則記丙戌歲淮右蝗旱，百姓流殍之狀。杜牧〈早雁〉，寫會昌二年（西元 842 年）八月，回紇南侵，驅掠人民之史，借北雁南飛以抒情。雍陶〈哀蜀人爲南蠻俘虜五章〉，述懿宗咸通十一年，南蠻入蜀，燒殺擄掠，人民生離死別之慘狀。皆是以史筆爲詩。

（九）張祜許多宮詞，鋪展了開元、天寶間事，宮廷隱密醜歲之狀，史所不備，借詩得以存其眞，究其實。如〈集靈臺〉敘寫虢夫人與玄宗之穢亂，〈連昌宮〉、〈華清宮四首〉皆道玄宗、太眞隱祕，洪邁讚許爲「可補開、天遺事」。

（十）杜牧〈過華清宮絕句〉三首，分別詠蜀中進貢荔枝的宮闈密事，諷刺玄宗笙歌陶醉、荒淫誤國，寵愛楊貴妃、信任安祿山，養虎遺患。主要仍在暗諷「游幸無常，昵比群小，視朝月不再三，大臣罕得進見」〔註 31〕的晚唐諸帝。詩人通過對楊貴妃驚見荔枝時的歡笑、霓裳羽衣曲的千峰迴盪、依天樓殿中的歌舞太平等具體形象的描述，深刻地揭示了國破家亡的根源。〈華清宮三十韻〉，敘開元一事，借古喻今，含沙射影。細讀溫庭筠〈雉場歌〉、〈齊宮〉、〈春江花月夜詞〉、〈過華清宮二十二韻〉、〈漢皇迎皇詞〉、〈馬嵬佛寺〉、〈奉天西佛寺〉等詩篇，晚唐宮庭的劣跡醜行，不是一一浮現嗎？洪邁云：「唐人歌詩，其於先世及當時事，直詞詠寄，略無避隱。至宮禁嬖昵，非外間所應知者，皆反復極言，而上之人亦不以爲罪。」〔註 32〕詩人鬱悶憤怒，反復感慨，其著眼點仍在於「今」。

〔註 31〕《資治通鑑》卷二四三〈唐紀五十九〉，頁 2390。
〔註 32〕《容齋續筆》卷二〈唐詩無諱避〉條，大立出版社，1981 年，頁 236。

再如韓偓詩共二百二十七首，其中七律一百二十二首，而反映政
治內容的七律約四十二首。〈亂後卻至近甸有感〉、〈冬至夜作〉及〈八
月六日作四首〉，對叛臣篡逆的猖狂，宗國將亡的悲慘以及自己回天
無力的悲憤，都作了真實的描寫。〈故都〉、〈惜花〉、〈安貧〉、〈傷亂〉
等，表現對唐亡的傷逝惋惜，流露深沉的故國之思。在聲聲感喟中，
漸次映現唐末大亂以迄唐亡的斑斑歷史。毛晉謂偓詩「自辛酉迄甲戌
凡十有四年，往往借自述入直、扈從、貶斥、復除，互敘朝廷播遷、
奸雄篡弒，始末歷然如鏡，可補史傳之缺。」〔註33〕作為落日時代的
代言人，社會詩允為理想生活與精神象徵，其反映歷史現實的廣度與
深度，絕不能低估。通過這些詩歌，讓人窺見一部歷史圖卷，聽聞時
代靈魂的呼喊，既可以觀察政治得失，民情厚薄及百姓苦樂，亦使當
政者知所鑒戒，免於重蹈覆轍，其價值可謂歷千古而不衰，亙萬世而
常新。

三、議論說理，開有宋一代詩風

晚唐社會詩作為「新樂府」之嫡傳，同樣具有「意激而言質」的
藝術特色。所謂「意激」，指情意表達痛切、激烈，無可避免地以議
論入詩，導致詩歌散文化。所謂「言質」，即語言直切順暢，不避俗
言俚語，不尚雕飾，不務華豔，絕無搔首弄姿、矯揉造作的鑿痕。前
者，遂開宋代「議論入詩」之門徑；後者，淺近俚俗，理思閃現，更
闢後世「詩中言理」之天地。

詩歌本以抒情為主，如果離情以言意，專重理事，墮入理學，枯
燥乾癟若語錄，大乖詠歎之旨，乃為詩家所忌。然而，詩中的議論，
若是為內容所決定而不得不發，是感情鬱勃之後的自然噴發，且出之
以形象化的語言，則亦無不可。無論是即事感懷，還是觸景傷情，在
詩中發議論，或用在詩末點出本旨，使詩意了然；或用在詩首，為全

〔註33〕〈韓內翰別集跋〉，見《韓內翰別集》，文淵閣四庫全書集部二二別
　　　集類，臺灣商務印書館，1986 年，頁 580。

篇敘事、抒情的綱領，總之是全篇精神的結穴處，是全詩思想的聚焦。
清人紀昀說得好：「古人亦不廢議論，但不著色相耳。」〔註34〕「不
著色相」即指議論寫得含蓄，有著鮮明生動形象和情趣的藝術結晶。
反之，「著色相」則是顯露，是抽象空洞，難以捉摸的東西，或流於
粗獷，近乎傖父。晚唐社會詩作，寓議論於敘事之中，形象鮮明，可
知可感，並以眞率見長，情韻兼勝，而非劍拔弩張、傾筐倒篋，所以
警策動人，也別饒幽致。

宋詩散文化、議論化成爲時代的總體特徵，其形成原因固然是多
方面的，然在學習唐人而力求創建自己的時代風格，無疑是主要因素
之一。蔣士銓〈辯詩〉云：「宋人生唐後，開闢眞難爲。」〔註35〕古
典詩歌的主要型態，耕耘到晚唐已難再有所作爲，宋初一批詩人意欲
踵武唐詩，學步效顰：「白體」模仿白居易，「西崑體」撏扯李商隱，
「晚唐體」依傍姚合、賈島，學李、杜者更只得其膚廓而遺其骨肉。
一些有識見、有才力的作家不甘心依傍前人籬下，蹈襲因循，因此從
題材、表現手法以及用字、用典、句法等方面力求異於唐人，擬另闢
蹊徑，自拔流俗，蓋「宋人欲求樹立，不得不自出機杼，變唐人之所
已能，而發唐人之所未盡。」〔註36〕他們終於發現：議論、說明的詩
篇，前代雖已有之，但「山石犖确行徑微」〔註37〕，還是一條幽微的
道路，大有拓展的前景。於是蘇舜欽、梅堯臣、歐陽修謹慎地探索於
前，王安石勇敢地馳騁於後，蘇軾更是大刀闊斧地開闢，龍驤虎步地
邁進，黃庭堅等則放心大膽地追隨，終於大變唐詩重情韻重興象的風
格特徵，而爲「以文字爲詩，以才學爲詩，以議論爲詩」〔註38〕等縱

〔註34〕《紀批瀛奎律髓》卷一，佩文書社，1960 年，頁 20。
〔註35〕《忠雅堂集》卷一三〈辯詩〉稱：「唐宋皆偉人，各成一代詩。……
　　　宋人生唐後，開闢眞難爲。」上海古籍出版社，1993 年，頁 986。
〔註36〕繆鉞《詩詞散論・論宋詩》，臺灣開明書店，1956 年臺二版，頁 17。
〔註37〕韓愈〈山石〉詩句。《全唐詩》頁 3785。
〔註38〕嚴羽《滄浪詩話・詩辯》批評宋詩：「以文字爲詩，以才學爲詩，以
　　　議論爲詩。」見清・何文煥輯《歷代詩話》頁 688。沈德潛説：「唐

横開合、氣勢磅礴的宋詩特點。

　　歐陽修倡導詩文革新，堅持風騷傳統，主張詩歌創作要有現實意義。其詩風樸實自然，議論中蘊含濃烈感情，形象中隱喻深邃哲理，平易流暢之中又極富情韻幽折的含蓄之美。如大家耳熟能詳的〈畫眉鳥〉：

　　　　百囀千聲隨意移，山花紅紫樹高低。
　　　　始知鎖向金籠聽，不及林間自在啼。

後兩句議論。籠中的金絲雀，就算是有亮麗的羽毛，甘美的食物，還是比不上悠遊林間，自由自在的啼鳴來得快樂。又如皇祐二年春旱，在喜降甘霖之際，寫了〈喜雨〉一詩，對農民的同情體貼入微，刻畫農民心理細膩而生動，較之杜甫的〈春夜喜雨〉，更貼近生活，更腳踏實地。其〈食糟民〉一詩，透過種種社會亂象，發出深刻的自責，表達痛徹的自疚心情，與皮日休〈三羞詩〉隔代輝映。

　　蘇軾馳騁在議論說理的天地中，為北宋詩壇開拓處處勝境。諷刺名作〈荔枝嘆〉，對統治者的驕奢淫慾、塗炭生靈，對官吏的阿諛奉承、爭貴買寵，進行嚴厲的諷刺。說古論今，時而對比議論，時而正面說理，讀來真覺有恨聲出紙上。紀昀論詩一向主張「溫柔敦厚」，卻破例讚賞此詩曰：「波瀾壯闊，不嫌露骨。」〔註39〕〈魚蠻子〉也是不假襯托手段，用議論筆法，明白陳述作者對事件、人物的態度和觀點。百端交集，胸中鬱勃，奔迸流洩，開闔起落，皆語重心長，兼富情韻。其他如蘇舜欽指摘時弊的〈感興〉，梅堯臣勉勵後輩勤政愛民的〈送王介甫知毗陵〉，黃庭堅敘議前朝歷史事件的〈書磨崖碑後〉，陸游述陳民病的〈書嘆〉，王安石要求抑制豪強的〈兼併〉，文天祥表現堅貞氣節的〈正氣歌〉，或滔滔雄辯，或娓娓敘說，或慷慨陳詞，

詩蘊蓄，宋詩發露。蘊蓄則韻流言外，發露則意盡言中。」錢鍾書《談藝錄‧詩分唐宋》曰：「唐詩多以風神情韻擅長，宋詩多以筋骨思理見勝。」中華書局，1984年，頁2。
〔註39〕紀昀評點《蘇文忠公詩集》卷三十九，宏業書局，1969年，頁751。

或精細剖析，都不同程度地存在著議論傾向，且多能抒情和說理敘事相結合，情附於事，情滲於理，理融於情，理見於事，故而特別動人。宋代詩人們在詩歌議論場地上拓展揮灑，構築了長盛不衰的獨特風景，明顯地受到晚唐社會詩之啓發。

其次，語言質實坦露、淺顯通俗，在唐末詩壇亦形成一種時尚與趨勢。唐初王梵志、寒山等爲代表的通俗詩風，直接或間接地影響中唐元、白倡導的平易文學，更影響了晚唐曹鄴、皮日休、聶夷中、杜荀鶴、羅隱等現實主義詩篇的創作，使得通俗詩逐漸發展成爲一種壯闊的文學運動，同時與趨尚典麗浮靡的詩風形成抗衡。社會詩人抒發閭閻心聲，代匹夫匹婦語，貼切傳達黎民心意，且在常景常語中閃爍「理思」，耐人咀嚼。

曹鄴〈讀李斯傳〉：「難將一人手，掩得天下目」，〈東武吟〉：「心如山上虎，身若倉中鼠」，〈偶懷〉：「開目不見路，常如夜中行」等，都是以口語入詩，類似謠諺，樸實可愛。晚唐詩人把審美視點投向衰殘事物，常常以精深綿密之筆表現悲劇性的人生體驗和歷史感悟。因此，繁華無常，盛衰迭代，人世滄桑等方面的思索，在在皆是。如杜牧〈赤壁〉隱含人事成敗在於機緣的道理，李商隱〈晚晴〉則潛藏著美好而短暫的事物格外值得珍重的意蘊，章碣〈焚書坑〉認知暴政終究步向滅亡。其他如李商隱〈隋宮〉、〈詠史〉、〈馬嵬〉，杜牧〈泊秦淮〉、〈金穀園〉，許渾〈金陵懷古〉、〈咸陽城西樓晚眺〉，溫庭筠〈蘇武廟〉，韋莊〈臺城〉等等，都蘊含著世事變幻、繁華無常的理思。

于濆〈對花〉詩云：「花開蝶滿枝，花落蝶還稀。惟有舊巢燕，主人貧亦歸。」發爲澆俗，至今人言談之間，必舉以爲警戒。羅鄴〈賞春〉：「芳草和煙暖更青，閒門要路一時生。年年點檢人間事，唯有春風不世情。」光陰無情而又是最平等的。鄭谷〈閒題〉：「舉世何人肯自知，須逢精鑒定妍媸。若教嫫母臨明鏡，也道不勞紅粉施。」詩以議論爲主，但仍不離形象描繪，以嫫母（古代醜女）照鏡子也會自以爲美麗，來說明「自知之明」的不易。杜荀鶴〈涇溪〉：「涇溪石險人

驚懼，終歲不聞傾覆人。卻是平流無石處，時時聞說有沉淪。」精警而啓人心智。羅隱：「只知事逐眼前過，不覺老從頭上來。」（〈水邊偶題〉）被評爲：「此語殊有味」。〔註40〕蓋皆從特定的「物理」中領悟到多樣的「哲理」，只是，它並非憑空產生的。杜荀鶴〈贈僧〉詩：

> 利門名路兩何憑，百歲風前短焰燈。
>
> 只恐爲僧僧不了，爲僧得了盡輸僧。

蔡正孫《詩林廣記》評曰：「動靜勞佚繫乎人之一心，身體而心役，形佚而神疲，僧俗之相去不遠也。此詩……可謂造理而有味者。」〔註41〕還有李商隱〈登樂遊原〉，羅隱〈蜂〉、〈西施〉等等，皆已從一般的議論提升到哲理的高度，不再是權威的教訓、乾癟枯燥的理語，而是活潑的眞理、雋永的智慧。

　　這些通俗詩篇多感嘆世態炎涼者，如以下詩句：

> 驅馳歧路共營營，只爲人間利與名。（杜荀鶴〈遣懷〉）
>
> 老去漸知時態薄，愁來唯願酒杯深。（羅隱〈西京道德里〉）
>
> 公道世間唯白髮，貴人頭上不曾饒。（杜牧〈送隱者一絕〉）
>
> 易得笑言友，難逢終始人。（李咸用〈論交〉）

可讀出唐末詩人對生活苦酒的滋味是怎樣的深刻感受；對人情世故有著怎樣的洞悉。又由於他們在人生競賽場上，四處碰壁、屢戰屢敗，因而往往有時運至上、命不由人的感悟：「男兒未必盡英雄，但到時來命即通」（羅隱〈王濬墓〉）；「時來天地皆同力，運去英雄不自由」（羅隱〈籌筆驛〉）。一方面痛感時不我待，夙願難遂，唱出：「舉世盡從愁裡老，誰人肯向死前閒。」（杜荀鶴〈秋宿臨江驛〉）另一方面，因爲無望而又無奈，不免滋生得過且過的念頭，「得即高歌失即休，多愁多恨亦悠悠。今朝有酒今朝醉，明日愁來明日愁。」（羅隱〈自遣〉）

〔註40〕許顗《彥周詩話》，見清・何文煥輯《歷代詩話》頁 393。
〔註41〕《詩林廣記》卷九，文淵閣四庫全書集部七七三，臺灣商務印書館，1986 年，頁 91。

宋人嘗言：「唐人詩中用俗語者，唯杜荀鶴、羅隱爲多。」〔註42〕「杜荀鶴詩鄙俚近俗」〔註43〕。清人也說：「晚唐詩人有佳句而多俗言者，杜彥之荀鶴是也。」〔註44〕蓋荀鶴好用俗調，不避俚俗，而被歸於「白居易的通俗」一派。〔註45〕其通俗詩明理而有深意，造理而有雋永之味。除上所述者外，佳例尙夥。諸如：

　　半雨半風三月内，多愁多病百年中。(〈中山臨上人院觀牡丹寄諸從事〉)

　　啼得血流無用處，不如緘口過殘春。(〈聞子規〉)

　　逢人不說人間事，便是人間無事人。(〈贈質上人〉)

　　乍可百年無稱意，難教一日不吟詩。(〈秋日閒居寄先達〉)

　　日月浮生外，乾坤大醉間。(〈送九華道士遊茅山〉)

句句都是活在人們唇舌上的生活口語，眞正是「老嫗能解」。這些格言型式的詩歌，是時代社會在詩人心靈上的投映，也是詩人們冷眼觀世，直面人生所做的回應。揭穿世相，道出人人心中之所思所感，十分眞實、深透。同時因其淺顯易懂，廣爲民眾傳誦當時，產生了巨大的社會效應。

在文學上的效應，唐末格言詩成爲主體風格之外的「別調」，由此而直接啓動了宋詩議論化的進程，引發了「宋調」。正如許學夷《詩源辨體》極其嚴厲的批評道：「晚唐人既變而爲輕浮纖巧，已復厭其所爲，又欲盡去鉛華，專尙理致。於是意見日深，議論愈切，故必至於鄙俗村陋耳。此上承元和而下啓宋人，乃大變而大敝矣。」〔註46〕指出晚唐詩的遞進軌跡，是爲有見之言，但「鄙俗村陋」、「大敝」之論，恐

〔註42〕王楙《野客叢書》卷十四〈杜荀鶴羅隱詩〉條，新文豐出版，1984年，頁135。

〔註43〕胡仔《苕溪漁隱叢話》前集卷二十三引《幕府燕閒錄》云，世界書局，1976年三版，頁152。

〔註44〕余成教《石園詩話》卷二，見郭紹虞編《清詩話續編》，頁1777。

〔註45〕陳伯海《唐詩學引論》，東方出版中心，1988年，頁129。

〔註46〕《詩源辨體》卷三十二，人民文學出版社，1998年，頁308。

未必然。錢鍾書說：「宋詩多以筋骨思理見勝」〔註47〕，哲思理趣就是宋詩特色。歐陽修〈畫眉鳥〉尾聯，指出「自由可貴」的道理；蘇軾〈題西林壁〉，說明當局者迷，欲觀事物眞面目，務需出乎其外；〈惠崇春江曉景〉言雖淺易，自有理趣，絕非泛詠景物者可比；〈琴詩〉借物談理，寓理深刻。朱熹〈觀書有感〉：「半畝方塘一鑑開，天光雲影共徘徊。問渠哪得清如許，爲有源頭活水來。」理於景中，意在說明求學必須不斷獲得新知；陸游〈遊山西村〉：「山重水複疑無路，柳暗花明又一村。」正因蘊含深刻理思，方能傳誦千古。戴復古〈寄興〉：「黃金無足色，白璧有微瑕。求人不求備，妾願老君家。」提出「金無足赤，人無完人」的道理，說明對人不可求全責備。蘇麟〈斷句〉：「近水樓台先得月，向陽花木易逢春。」則蘊含「捷足先登」、「搶得先機」的竅門。

　　詩中議論並非質木枯言，而是能依於事、融於景，有著鮮明生動的形象與豐滿的情韻，所傳達的也不再是抽象玄理，且能趨於妙、入於神、富於趣。如此發人深省的哲理與耐人尋味的詩意相融合，就給人以美感了，也構成宋詩魅力之所在。錢鍾書論宋代詩風的形成時說：「（宋人）把唐人修築的道路延長了，疏鑿的河流加深了。」〔註48〕若就議論入詩、詩中言理這方面來看洵爲眞知卓見。

第二節　風人體之價值及其影響

　　「風人體」諧音雙關語之使用，活潑了詩歌的形式，充實了詩歌的內容，助長了詩趣的表現。自唐以後，猶餘波盪漾。邱師燮友〈唐詩中吳歌格與和送聲之研究〉報告文，曾歸納其價值有六端，影響有四目。〔註49〕筆者擬再從歷代文學作品中，尋繹例句，說明文人對此

〔註47〕錢鍾書曰：「唐詩多以風神情韻擅長，宋詩多以筋骨思理見勝。」見《談藝錄》〈詩分唐宋〉條，中華書局，1984年，頁2。
〔註48〕《宋詩選註・序》，人民文學出版社，1958年，頁11。
〔註49〕吳歌格在文學上的價值略為：一、助長詩趣的表現；二、發揮詩人

特殊手法的借鑒、運用，以闡明其影響之深遠，並彰顯其價值。

一、潤澤詩歌曲詞

　　宋人作品，諧音雙關語雖不普遍，但也可尋一二。蘇軾貶謫黃州之際，有些「呻吟調笑」的詩篇，是極生動的例子。如〈初到黃州〉前四句云：

　　　　自笑平生爲口忙，老來事業轉荒唐。

　　　　長江繞郭知魚美，好竹連山覺筍香。

首二句爲全篇詩眼，旨在「自笑荒唐」。其中，「爲口忙」一詞雙關兩意，一方面暗指「禍從口出」，方遭此一厄；一方面又指明「魚美」、「筍香」，因禍而得「口福」。前謂「荒唐」之緣由，後謂「荒唐」之成果，其間，良多感慨，「自笑」充滿著苦澀。又其回文詞句〈菩薩蠻·夏閨怨〉，借物寓意，亦頗新鮮有趣：

　　　　手紅冰碗藕，藕碗冰紅手。郎笑藕絲長，長絲藕笑郎。

　　歐陽修《歸田錄》卷二載：「世俗傳訛，……江南有大小孤山，在江水中，巍然獨立，而世俗傳孤爲姑；江側有一石磯，謂澎浪磯，遂轉爲彭郎磯，云彭郎者，小姑婿也。」〔註50〕而蘇軾〈李思訓畫長江絕島圖〉云：「山蒼蒼，江茫茫，小孤大孤江中央。……舟中賈客莫漫狂，小姑前年嫁彭郎。」奉勸船上的商人不要癲狂妄想，因爲小姑（江中之山）已經嫁給彭郎（江側之磯）了。世俗之傳訛，將「姑」錯借爲「孤」，又將「澎浪」誤轉爲「彭郎」，並推而至於郎爲「姑婿」，

豐富的想像力；三、由兩句的雙關語，拓展到整首的雙關。再由諧音雙關語拓展到雙關意的使用；四、唐朝詩歌的繁榮，吸取民間樂府的營養；五、詩與樂的結合，發揮詩歌的音樂性；六、口語融化入詩，建立新樂府的精神。文中又析其影響有四，其中三點係針對吳歌格，分別是：唐詩使用雙關語，使詩的寬度擴大；唐以後用諧音雙關的詩、詞、民歌，是受六朝吳歌和唐風人詩的影響；後代詩人，重視民歌和鄉土文學的價值。詳見邱師燮友〈唐詩中吳歌格與和送聲之研究〉國科會報告，1971 年，頁 83～98。

〔註50〕《歐陽文忠公集》卷一二七，見《四部叢刊正編》（○四五），臺灣商務印書館，1979 年，頁 994。

便產生了一種諧趣。東坡發揮巧慧，藉助諧音雙關將傳聞之詞落實，化俗常為新奇，活潑可愛，令人難忘。

　　《全宋詩》載王仲甫〈留京師思歸〉詩一首，其前半曰：「黃金零落大刀頭，玉箸歸期劃到秋。紅錦寄魚風逆浪，碧簫吹鳳月當樓。」吳騫引龔明之《中吳紀聞》曰：「此詩用古樂府藁砧何在體，人皆愛其巧。」〔註51〕「刀頭」有「環」，諧音「還」，隱指「歸來」。唐庚〈自笑〉詩：「兒餒嗔郎罷，妻寒望藁砧。」「藁砧」隱語為「鈇」，諧音「夫」。隱語述情，不致直露。宋‧吳聿《觀林詩話》曰：「樂府有風人詩。如圍棋燒敗絮，著子故衣然之類是也。然或一句托一物耳，獨楊元素〈荷花〉借字詩四韻，全托一物，尤為工也。詩云：香豔憐渠好，無端雜芰窠。向來困藕斷，特地見絲多。實有終成的，露搖爭奈何。深房蓮底味，心裡苦相和。」〔註52〕整首詩表面歌詠荷花，卻句句諧音雙關，寓意難遣之情、濃濃之思，極為貼切工巧。又張宛邱〈次韻張公遠二首〉其一：「襄王坐上徵詞客，子建車前步水妃。瞥過低鬟流盼處，爭先含笑獨來時。東邊日下終無雨，闕上書時合有碑。腸斷吳王煙水國，扁舟何日逐鴟夷。」紀昀批云：「五句用劉夢得語，六句用子夜歌語。」〔註53〕蓋「無雨」即「有晴」，諧音「有情」；「石闕」即為「碑」，諧音「悲」。曲子詞中如黃庭堅之〈少年心〉：

　　　　合下休傳音，問你我我無你。分似合歡桃核，真堪人恨。
　　　　心兒裡，有兩個人人。〔註54〕

借「仁」射「人」。以失戀女子口吻寫的情詞，淺顯通俗，因而傳誦不已。再如姜夔詠蟋蟀詞〈齊天樂〉：

　　　　齒詩漫與，笑籬落呼燈，世間兒女。

〔註51〕《拜經樓詩話》卷一，見丁仲祜編《清詩話》，頁 912。按許顗《彥周詩話》記此詩本事曰：「王明之在姑蘇，因所愛被歧公丞相強留。逾時作詩云云。」見清‧何文煥輯《歷代詩話》，頁 394。
〔註52〕《觀林詩話》，見丁福保輯《歷代詩話續編》，頁 131。
〔註53〕《紀批瀛奎律髓》卷七，佩文書社，1960 年，頁 232。
〔註54〕《山谷詞》，見《四庫全書薈要》集部第 38 冊別集類，世界書局，頁 169。

寫入琴絲，一聲聲更苦。〔註55〕

寫一片難以指實的淒涼怨情，當有自傷身世之感。前三句寫世間兒女無知之樂，反襯出有心人聽聞蟋蟀淒厲鳴聲之苦。「琴絲」音近「情思」。

　　元、明之際，許多詩人學習六朝樂府，創作四句之小詩，其中不乏諧音雙關之作：

　　　　心許嫁郎郎不歸，不及江潮不失期；

　　　　踏盡白蓮根無藕，打破蜘蛛網費絲。（〈倪瓚〈竹枝詞〉）

「藕」諧「偶」；「網費絲」諧「枉費思」，上下句皆諧音雙關。楊維楨〈西湖竹枝歌〉：「勸郎莫上南高峰，勸儂莫上北高峰。南高峰雲北高雨，雲雨相催愁殺儂。」南峰有「雲」，北峰有「雨」，自然是「無晴」了，諧音「無情」，女子似在嗔怪心上人用情不專、不濃。寡情之郎，無情高峰，誠然是「愁殺人」。

　　明・于謙〈擬吳儂曲三首〉，寫男女戀情，每一首末兩句皆是諧音雙關語，茲摘錄如下：

　　　　刻木為雞啼不得，元來有口卻無心。

　　　　乍吃黃連心裡苦，花椒麻住口難開。

　　　　浮麥磨來難見麵，厚紙糊窗不漏風。

木雞「有口無心」，自然是「啼」不得，暗喻情人「虛情假意」，並非「真心」對待。次一首，黃連苦、花椒辣，所以「心苦」、「口麻」，「有苦難言」了。末一首，以「麵」喻「面」，同音異字諧音雙關；結句「不漏風」的「風」，則是同音同字雙關「不漏口風」的「風」。

二、豐富戲曲小說

　　戲曲小說等俗文學作品中，許多俚語、歇後言生動貼切，諧音雙關極為普遍。宋・朱弁《曲洧舊聞》載：「劉逵公達奉使三韓，道過餘杭，時蔣穎叔為太守，以其新進，頗厚其禮，供張百色，比故例特

─────────────

〔註55〕《白石道人歌曲》卷三，見《四部叢刊正編》（〇六一）《白石道人集》，臺灣商務印書館，1979 年，頁 54。

異，又取金色鰍一條與龜獻於遠，以致『今秋歸』之意。」〔註56〕元曲〈朝天子〉白：「只說獐過鹿過，可不說麂過。」〔註57〕「獐」諧「章」或「張」；「鹿」諧「陸」；「麂」諧「己」；「過」為雙關語，表面指走過之「過」，實際指過失之「過」，比喻「只知批評別人，不知檢討自己。」又如「大河裡淌下臥單來──可知流被哩！」〔註58〕「流被」諧音三國時的「劉備」。「張果老切膾──先施鯉。」〔註59〕「先施鯉」是先從鯉魚下手的意思，「鯉」諧「禮」，故「先施鯉」即先行禮之義。類似例子，《元曲》中屢見不鮮，再舉一、二：

　　　　哎你個蘿蔔精──頭上青〔註60〕

　　　　精脊梁睡石頭──便涼〔註61〕

　　　　我便綠豆皮兒──請退〔註62〕

分別以「青」諧「清」，「便涼」諧「汴梁」，「請退」諧「青退」。例一是說蘿蔔頭只有表皮上「青」，骨子裡並不「清」，諷刺官吏口頭上的清廉，不過是謊言罷了。例二，直接意思是「便涼」，其內涵則是諧音地名「汴梁」，此於文中已交代清楚：「李春郎云：小生汴梁人氏。淨弄秀才云：精脊梁睡石頭。正末云：怎麼說？淨王秀才云：他說是汴梁。」例三：北方話說脫皮曰「退皮」，綠豆皮兒青，故以「青退」諧「請退」。皆充分利用口頭語、俗諺，歇後諧音雙關，發揮語言變

〔註56〕《曲洧舊聞》卷八，見鮑廷博輯《知不足齋叢書》第二十七集，興中書局，頁7265。

〔註57〕《爭報恩》第二折〈朝天子〉白。見明‧臧晉叔編《元曲選》，中華書局，1958年，頁166。

〔註58〕《三戰呂布》第二折〈夜行船〉白，見隋樹森編著《元曲選外編》，中華書局，1959年，頁482。

〔註59〕杜仁傑套數《耍孩兒‧喻情》，見隋樹森輯《金元散曲》，漢京文化，1983年，頁33。

〔註60〕《陳州糶米‧上馬嬌》白，見明‧臧晉叔編《元曲選》，見同註57，頁38。

〔註61〕《劉弘嫁婢‧寄生草》白，見隋樹森編著《元曲選外編》，見同註58，頁816。

〔註62〕《遇上皇》第四折白，見同註58，頁141。

化之趣味性。

《水滸傳》、《金瓶梅》、《西遊記》、《紅樓夢》等文學名著中大量使用雙關語,更是大大增強了語言表達的藝術。就以《紅樓夢》為例,其中許多人物的名字都是諧音雙關詞。如:「甄士隱」諧「真事隱」;「賈雨村」諧「假語村」;「英蓮」諧「應憐」。文本中的諧音雙關更是俯拾即是:

> 賈不假,白玉為堂金作馬。
>
> 阿房宮,三百里,住不下金陵一個史。
>
> 東海缺少白玉床,龍王請來金陵王。
>
> 豐年好大雪,珍珠如土金如鐵。〔註63〕

這寥寥數語,交織運用了誇張、婉曲、比喻、雙關等多種修辭手法,巧妙、自然、精當地對賈、史、王、薛四大名宦作了形象的概括。其中「雪」「薛」音同形異諧音雙關,頓使全句生輝。

> 可嘆停機德,堪憐詠絮才!
>
> 玉帶林中掛,金簪雪裡埋。〔註64〕
>
> 都道是金玉良緣,俺只念木石前盟。
>
> 空對著,山中高士晶瑩雪,終不忘,世外仙姝寂寞林。
>
> 嘆人間,美中不足今方信。縱然是齊眉舉案,到底意難平。
>
> 〔註65〕

這是黛玉、寶釵的人生檔案。「玉帶林中掛」、「世外仙姝寂寞林」通過同形同音、異形同音的諧音雙關,暗示林黛玉不染世俗的高潔品格和悲涼身世。「金簪雪裡埋」、「山中高士晶瑩雪」則是對寶釵思想性格的寫真,並委婉透露她最終遭到寶玉冷落的淒涼境遇。

這種雙關隱語也常被用來編製謎語,增添語言的曲折蘊藉,《紅樓夢》第二十二回,賈母唸道:「猴子身輕站樹梢──打一果名。」

〔註63〕第四回〈薄命女偏逢薄命郎,葫蘆僧亂判葫蘆案〉,人民文學出版社,1990年,頁36。
〔註64〕見同註上,頁47。
〔註65〕見同註上,頁51。

「站樹梢」義同「立枝」，「立枝」諧音「荔枝」。接著賈政也唸了一個與賈母猜：「身自端方，體自堅硬。雖不能言，有言必應。──打一用物。」〔註66〕謎底是「硯」。謎面的「有言必應」，關顧了上句「雖不能言」，說言語的「言」、回應的「應」，同時又關顧了再上兩句，說硯台的「硯」、毛筆的「筆」。若將前後兩個謎語聯繫起來，對照回目之詞，「荔枝」諧音「離枝」，「硯」諧音「驗」，乃寓意此中讖言必將「應驗」──樹倒猢猻散的賈家悲慘結局。

施閏章〈棗棗曲〉自序謂：「海陽有香棗，蓋取二棗刓剝疊成，中屑茴香，以蜜漬之。好事者持爲遠餉。詢其始，則商人婦所爲寄其夫者，義取早早回鄉云。」〔註67〕二棗即「棗棗」，諧「早早」；「茴香」音同「回鄉」。褚人獲《堅瓠集》載：「宋太學各齋除夕設祭品，用棗子、荔枝、蓼花，取『早離了』之讖。南都鄉試前一日，居亭主人必煮蹄爲餉，取『熟題』之意。」又記舊俗曰：「無錫呼中字如粽音，凡大試，親友則贈筆及定勝糕、米粽各一盒，祝曰：筆定糕綜。」〔註68〕蓋諧「必定高中」也。

三、激揚民歌謠諺

元・俞德鄰《佩韋齋輯聞》錄了一首民謠：「滿頭都帶假，無處不琉璃。」〔註69〕南宋咸淳末，賈似道當國，禁天下婦人不得以珠翠爲飾，改以琉璃代之，婦人行步皆琅然有聲。第一句的「假」諧音「賈」，指賈似道；次句「琉璃」諧「流離」，暗寓人民流離失所，苦不堪言，充滿諷刺意味。元明宗時的一首童謠云：「牡丹紅，禾苗空。牡丹紫，禾苗死。」〔註70〕這裡的「禾」與「和」同音，明帝在位五年而崩，

〔註66〕第二十二回〈聽曲文寶玉悟禪機，制燈謎賈政悲讖語〉，見同註上，頁189。

〔註67〕《學餘堂文集》卷二〈棗棗曲〉自序，四庫全書珍本三集，臺灣商務印書館，1972年，頁14。

〔註68〕《堅瓠集》（乙）卷一〈俗讖〉條，浙江人民出版，1986年，頁7。

〔註69〕《佩韋齋輯聞》卷三，新文豐出版，1984年，頁76。

〔註70〕引自杜文瀾《古謠諺》卷八十五，世界書局，1983年四版，頁936。

廟諱「和」字。此以「禾苗」影射皇帝，巧妙地表達了人民群眾希望皇帝早死、快死的心情。明朝民謠：「鷺鷥冰上走，何處覓魚嗛？」〔註71〕表層意思淺顯易懂，而其潛藏深意，則是人民緬懷那爲官清廉，剛正不阿，冒死拯救民族危亡，卻不幸爲奸黨所害的「于謙」。思而不見，不禁緣景生情，利用諧音指桑說槐，曲折隱諱地表達，以避禍遠害。沈德符《野獲編》也有民謠一首：「可恨嚴介溪，做事忒心欺。常將冷眼觀螃蟹，看你橫行得幾時。」〔註72〕以螃蟹的「橫行」雙關人之倒行逆施，詛咒大奸臣嚴嵩。

所謂「眞詩乃在民間」〔註73〕，閭閻婦人孺子所唱，發自肺腑，流於唇齒，毫無矯飾，是人類心靈最眞摯的抒唱，這些歌謠雖不知作者，卻播頌人口。這種富有生命的「眞詩」，往往運用豐富的想像，即景抒情，藉物傳意，化腐朽爲神奇，其中諧音雙關的修辭技巧，已發展到令人嘆爲觀止的地步。茲以馮夢龍所輯的《山歌》爲例：

> 滔滔風急浪潮天，情哥哥扳樁要開船。
>
> 挾絹做裙郎無幅，屋簷頭種菜姐無園。〔註74〕
>
> 情郎一去兩三春，昨日書來約道，
>
> 今日上我簡門，將刀劈破陳杏梜，
>
> 霎時間要見舊時仁。〔註75〕

「無幅」雙關「無福」；「無園」雙關「無緣」。風浪滔天，阻隔重重，苦於愛而不得，徒呼無可奈何。次首，以杏桃核「仁」諧「人」。輕薄男子朝三暮四，喜新厭舊，如同楊花隨波逐流，一去經年，甚至兩三春；女子多情，雖然失戀懊悔，卻仍癡念舊情人。以諧聲雙關表情達意的民間情歌，源遠而流長。再如：

〔註71〕引自杜文瀾《古謠諺》卷八十五，見同註上，頁754。

〔註72〕《野獲編》卷二十六〈諧謔〉，臺灣中華書局，1959年，頁664。

〔註73〕李夢陽《空同集》卷六，四庫全書珍本八集，王雲五主編，臺灣商務印書館，1978年，頁3。

〔註74〕《山歌》卷三《私情四句·別》，見《馮夢龍全集》（二四），上海古籍出版，1993年，頁71。

〔註75〕《山歌》卷三《私情四句·舊人》，見同註上，頁72。

郎種荷花姐要蓮，姐養花蠶郎要綿。

井泉吊水奴要桶，姐做汗衫郎要穿。〔註76〕

結識私情像個饅頭能，道是無心也有心。

郎道姐呀，我爲妳面生受子多呵渾悶氣，

那間沒要拍破子面皮弗認眞。〔註77〕

以「蓮」諧「憐」；以蠶絲的「纏綿」諧情的「纏綿」。次者，吳語饅頭餡又稱「心」，「面」與「麵」同音，「氣」既指「蒸汽」也指「受氣」，三個字都是一語雙關，皆從饅頭上生發出來，比喻結識私情的歷程。〈素帕〉更是一首膾炙人口的情詩：

不寫情詞不寫詩，一方素帕寄心知。

心知接了顚倒看，橫也絲來豎也絲，

這般心事有誰知。〔註78〕

情話太多，思念太重，不知從何說起，索性以素帕代書箋，傾訴那說不盡的相思。巧借素帕交錯重疊，橫豎織成的特點，「絲」、「思」相諧，傳達出刻骨銘心、難以排遣的愁情苦悶，眞是般般皆似，處處皆合。

清·李調元《粵風》，蒐集歌謠亦豐。《南粵筆記》載：「粵俗好歌，凡有吉慶，必唱歌以爲歡樂；以不露題中一字，語多雙關而中有掛折者爲佳。掛折者，掛一人名於中，字相連而意不相連者也。」〔註79〕指出粵地歌謠乃以嵌上（掛折）人名的雙關語爲上品。李氏又說粵地歌謠：「辭必極其豔，情必極其至，使人喜悅悲酸而不能已已。……往往引物連類，委曲譬喻，多如子夜、竹枝。」〔註80〕可知《粵歌》「掛折體」就是鎔鑄了六朝《吳聲歌曲》中的「吳歌格」，以比興譬喻，雙關隱語及辭豔而情深爲特色的歌謠。試摘錄數篇，概見其餘：

〔註76〕《山歌》卷四《私情四句·要》，見同註上，頁81。

〔註77〕《山歌》卷六《詠物四句·饅頭》，見同註上，頁137。

〔註78〕《山歌》卷十《桐城時興歌·素帕》，見同註上，頁237。

〔註79〕《南粵筆記》卷一〈粵俗好歌〉條。見氏輯《函海》第二十七函，宏業書局，1968年，頁16297。

〔註80〕見同註上，頁16298、16299。

嫩鴨行遊塘柵上，嬌娥尚細不曾知；
天旱蜘蛛結夜網，想晴惟有暗中絲。〔註81〕

壁上插針妹藏口，深房織布妹藏機；
燈草小姑把紙捲，問妹留心到幾時。〔註82〕

歲晚天寒郎不回，廚中煙冷雪成堆；
竹篙燒火長長炭，炭到天明半作灰。〔註83〕

第一首，「晴」諧「情」；「絲」諧「思」。第二首，「機」兼「織機」、「心機」二義，「心」兼「燈心」、「人心」二義；第三首，用「炭」諧「歎」，尤見深情，且富新意。

梁啓超〈臺灣竹枝詞〉十首，描繪了台灣青年男女的純樸風情，也有諧音雙關語：

韭菜開花心一枝，韭花黃時月正肥；
願郎摘花連葉摘，到死心頭不肯離。〔註84〕

「心頭」雙關「韭菜之心與頭（根部）」及「人之心與頭」。藉物寓意，眼前景，心中事，信口湊合，清新天然，直追〈子夜〉、〈讀曲〉之風。這些都是以諧音雙關手法，增加內容的活潑性，也豐富了詩歌的華采，無形中壯大了詩歌的範疇。

「諧音雙關」成爲民間文學修辭手法中的佼佼者，遠從《詩經》中的《國風》，以至今天的民間歌謠，千百年來一脈相承，運用已臻出神入化，令人目不暇接。時至今日，里巷之間流傳許多歇後諧音雙關語，生動且有詼諧趣味。諸如：

外甥打燈籠——照舅（舊）
鹽店的老闆——鹹（閒）人
梁山的軍師——吳（無）用
大公雞鬧嗓子——別啼（提）了

〔註81〕《粵風》卷一，題爲〈塘上〉。《函海》第二十三函，宏業書局，1968年，頁14338。
〔註82〕《粵風》卷一，題爲〈雜歌〉。見同註上，頁14342。
〔註83〕《函海》第二十七函。見同註81，頁16301。
〔註84〕《飲冰室文集》第八冊，臺灣中華書局，1970年臺二版，頁64。

　　　　隔窗吹喇叭——鳴（名）聲在外

　　　　孔夫子搬家——淨是書（輸）

　　　　豬八戒的脊樑——悟能之背（無能之輩）

　　　　挑水的回頭——過井（景）了

通俗明白且新人耳目，有一種很強的渲染力量。又有「白荽葉子炒大蔥——青（親）上加青（親），心拌（伴）心」；「冰糖調黃瓜——甘（乾）脆」，皆取材日常生活，運用諧音取義，以說明事理。以上是音近、音同字不同的雙關語，用一句話關涉兩件事。另外還有音同字同的，如「黃蓮刻娃娃——苦小子」，就是借「苦味」的「苦」雙關「窮苦」的「苦」；「老鼠上天平——自個稱自個」，就是由「稱輕重」的「稱」與「稱讚」的「稱」諧音取義；「一根筷子吃藕——淨挑眼兒」，表面意思是用筷子挑藕的眼兒，實際上是「挑剔」「指責」的意思。這些歇後語都富於獨創性，言淺意深，令人解頤。它已植根生活，且發展成民間文化習俗之一部份。

第三節　結　語

　　晚唐社會詩發揚了自《詩經》、漢魏樂府至新樂府以來的「美刺諷諭」精神，以「即事名篇」、「感事寫意」的方式，直接碰觸社會上最黑暗、最齷齪的角落，凸顯了時代喪亂的真實圖景。從婉言以諷到直言以刺，實際上已衝破了儒家「風人之旨」的框架，既不是浮光掠影，也不是繁瑣細碎，而是鮮明具體地寫真映現。不但深誠色荒，譏刺迷信，諷諭進奉，倡議尊賢納諫，表現反戰厭戰思想；同時，主張輕徭薄賦，悲憫生民，關懷婦女，流露人道精神。處於空言無物，豔傷麗病，頹唐衰颯的時代氛圍中，晚唐社會詩人猶能堅持文學實用功能，發皇現實主義傳統，為歷史留下最有力的見證，雖只是浩瀚唐詩中的微壤細流，卻如蕭瑟寒冬裡的一片暖陽，獨具特色。再者，晚唐社會詩係兩宋詩之津筏。議論高處，倡宋人門戶，導宋詩先河。通俗格言體詩，是市民文學的先聲，也是宋人「以理入詩」的前驅，蘇軾

等人的「哲理詩」、「理趣詩」，完全是晚唐詩風的擴大開展。

晚唐「風人體」一格的確立，說明了歷來詩人與詩評家們對於民間文學的重視。其流風漫衍，直接促使平易文學抬頭，引導鄉土文學蓬勃發展。歷代《竹枝詞》沿其流，山歌民謠更揚其波，拓展了詩歌的寬度，延長了詩意的深度。風人體工於比興，藉物寓意，除了「戀愛語言」外，又有諧謔諷刺的文學藝術效果。後世戲曲小說、口語俗諺承其遺緒，融入生活，成爲民俗文化的一部份，諧音雙關大放異彩，增添了無窮趣味。

晚唐詩家眾多〔註1〕，風格殊異，或是議論卓特，光芒四射，或是寫情淒惻，韻致淡雅。以千姿百態之作，爲唐詩劃下圓滿的句點，孕育著下一代文學，標誌著往後文學風潮的歸趨，意味著另一次煙波浩渺的端始，承先啓後，功不可沒。唯江流夾泥沙以俱下，自不如李杜之璀璨奪目，也無法和元白等人齊眉並論，但「謂其非詩，則不可。」〔註2〕尤其社會詩與風人體作爲晚唐詩歌兩大主流，閃耀著無比的鋒芒與光彩，窺斑知豹，晚唐詩當有其「不廢江河萬古流」之光榮價值。

〔註1〕晚唐詩家超過百人，據元·辛文房《唐才子傳》所錄，自李商隱以下百二十餘人，明·胡應麟《詩藪·雜編》所收亦一百二十餘家，胡震亨《唐音癸籤·集錄》則載一百四十人。

〔註2〕楊慎《升庵詩話》卷四〈范季隨評詩〉條曰：「宋范季隨云：唐末詩人，雖格致卑淺，然謂其非詩，則不可；今人作詩，雖句語軒昂，但可遠聽，其理則不可究。」見清·李調元編纂《函海叢書》（十九），宏業書局，1972年，頁11880。

參考資料

一、專　書

（一）

1. 《全唐詩》（共二十五冊），清聖祖御定，中華書局，1960 年。
2. 《李義山詩集》，四部叢刊正編，臺灣商務印書館，1979 年。
3. 《溫庭筠詩集》，四部叢刊正編，臺灣商務印書館，1979 年。
4. 《李群玉詩集》，四部叢刊正編，臺灣商務印書館，1979 年。
5. 《皮子文藪》，四部叢刊正編，臺灣商務印書館，1979 年。
6. 《元次山文集》，四部叢刊正編，臺灣商務印書館，1979 年。
7. 《樊川文集》，四部叢刊正編，臺灣商務印書館，1979 年。
8. 《甫里先生文集》，四部叢刊正編，臺灣商務印書館，1979 年。
9. 《黃御史公集》，四部叢刊正編，臺灣商務印書館，1979 年。
10. 《甲乙集》，四部叢刊正編，臺灣商務印書館，1979 年。
11. 《松陵集》，四庫全書本，臺灣商務印書館，1986 年。
12. 《白氏長慶集》，四部叢刊正編，臺灣商務印書館，1979 年。
13. 《元氏長慶集》，四部叢刊正編，臺灣商務印書館，1979 年。
14. 《誠齋集》，四部叢刊正編，臺灣商務印書館，1979 年。
15. 《樂府詩集》（一、二），宋·郭茂倩，里仁書局，1984 年。
16. 《全唐詩補編》（全三冊），陳尚君輯校，中華書局出版，1992 年。

（二）

1. 《文心雕龍》，劉勰，四部叢刊正編，臺灣商務印書館，1979 年。

2. 《詩經》，十三經注疏本，藝文印書館，1981 年。

3. 《論語》，十三經注疏本，藝文印書館，1981 年。

4. 《爾雅》，十三經注疏本，藝文印書館，1981 年。

5. 《禮記》，十三經注疏本，藝文印書館，1981 年。

6. 《古謠諺》，杜文瀾編，世界書局，1983 年四版。

7. 《毛詩傳箋通釋》，馬瑞辰，中華書局，1989 年。

8. 《山歌》，馮夢龍，江蘇古籍出版社，1993 年。

9. 《粵風》，李調元輯，《函海》第二十三函，宏業書局，1968 年。

（三）

1. 《資治通鑑》，司馬光，臺灣商務印書館，1966 年。

2. 《漢書》，班固，中華書局，1966 年。

3. 《舊唐書》，薛居正，中華書局，1966 年。

4. 《新唐書》，歐陽修、宋祈，中華書局，1966 年。

5. 《舊五代史》，薛居正，中華書局，1966 年。

6. 《新五代史》，歐陽修，中華書局，1966 年。

7. 《唐摭言》，王定保，世界書局，1967 年再版。

8. 《國語》，左丘明撰，韋昭注，世界書局，1968 年三版。

9. 《唐國史補》，李肇，世界書局，1968 年再版。

10. 《讀通鑑論》，王夫之，世界書局，1970 年再版。

（四）

1. 《詩論》，朱光潛，正中書局，1962 年臺初版。

2. 《唐詩別裁集》，沈德潛，廣文書局，1970 年。

3. 《五代詩話》，王士禛編，廣文書局，1970 年。

4. 《陔餘叢考》（全四冊），趙翼，新文豐出版公司，1975 年。

5. 《清詩話》，丁仲祜編，藝文印書館，1977 年再版。

6. 《唐詩紀事》（全二冊），計有功，鼎文書局，1978 年再版。

7. 《歷代詩話》（全二冊），何文煥輯，中華書局，1981 年。

8. 《唐詩品彙》，高棅，學海出版社，1983 年。

9. 《學林》，王觀國，新文豐出版公司，1984 年。

10. 《唐才子傳》，辛文房，世界書局，1985 年五版。

11. 《唐音癸籤》，胡震亨，世界書局，1985 年五版。

12. 《容齋隨筆》，洪邁，大立出版社（出注出版年）。

13. 《通俗編》，翟灝，國泰文化事業出版，1980年。

14. 《元白詩箋證稿》，陳寅恪，世界書局，1975年再版。

15. 《唐代的戰爭文學》，胡雲翼，臺灣商務印書館，1977年臺一版。

16. 《中國歌謠》，朱自清，世界書局，1978年再版。

17. 《詩言志辯》，朱自清，漢京文化事業，1983年。

18. 《談藝錄》，錢鍾書，中華書局，1984年。

19. 《中國文學批評史》，羅根澤，學海出版社，1978年。

20. 《樂府文學史》，羅根澤，文史哲，1981年三版。

21. 《滄浪詩話校釋》，郭紹虞，里仁書局，1983年。

22. 《牛李黨爭與唐代文學》，傅錫壬，東大圖書公司，1984年。

23. 《中唐樂府詩研究》，張修蓉，文津出版社，1985年。

24. 《元白新樂府研究》，廖美雲，學生書局，1989年。

25. 《晚唐的社會與文化》，淡江大學中文系，學生書局，1990年。

26. 《中國詩史》，陸侃如、馮沅君，山東大學出版社，1996年。

27. 《民間文藝叢話》，鍾敬文，東方文化供應社，1970年。

28. 《六朝平民文學》，徐嘉瑞，鼎文書局，1977年。

29. 《漢魏六朝詩論叢》，余冠英，鼎文書局，1977年。

30. 《樂府相和歌與清商曲研究》，胡紅波，天才出版社，1979年。

31. 《漢魏六朝樂府文學史》，蕭滌非，長安出版社，1981年。

32. 《樂府詩詞論藪》，蕭滌非，齊魯書社，1985年。

33. 《樂府詩述論》，王運熙，上海古籍出版社，1996年。

34. 《晚唐社會詩研究》，蔡石麟，復文圖書出版，1986年。

35. 《中國美學史大綱》，葉朗，滄浪出版社，1986年。

36. 《修辭學》，黃師慶萱，三民書局，1994年增訂七版。

37. 《唐詩百話》，施蟄存，上海古籍出版社，1987年。

38. 《唐詩概論》，蘇雪林，臺灣商務印書館，1988，臺五版。

39. 《唐代新樂府詩人及其代表作品》，黃浴沂，學海出版社，1988年。

40. 《唐詩學引論》，陳伯海，東方出版中心，1988年。

41. 《唐代詩歌》，張步雲，安徽教育出版社，1990年。

42. 《中國古代詩歌歷程》，王洪，朝華出版社，1993年。

43. 《唐代科舉與文學》，傅璇琮，文史哲出版社，1994 年。

44. 《隋唐五代詩歌史論》，霍然，吉林教育出版社，1995 年。

45. 《唐詩風貌》，余恕誠，安徽大學出版社，1997 年。

46. 《唐詩雜論》，聞一多撰，傅璇琮導讀，上海古籍出版社，1998 年。

二、期刊論文

（一）

1. 〈晚唐詩的主流〉，許文雨，文史哲，1954 年 9 月。

2. 〈晚唐詩歌試論〉，金啓華，光明日報，1959 年 3 月 22 日。

3. 〈晚唐淺俗派詩之現實性與大眾化〉，李曰剛，國文學報第 3 期，1974 年 6 月。

4. 〈晚唐詩心〉，費海璣，人與社會 3：6，1976 年 2 月。

5. 〈晚唐社會的一面鏡子〉，買鴻德，西北民族學院學報，1979 年 1 月。

6. 〈唐末詩壇鳥瞰〉，胡國瑞，社會科學戰線，1982 年 3 月。

7. 〈晚唐詩風略論〉，陳銘，浙江學刊，1986 年 3 月。

8. 〈論晚唐感傷詩產生的文化背景〉，田耕宇，陝西師大學報，1988：3。

9. 〈試論晚唐詠史詩的悲劇審美特徵〉，王紅，陝西師大學報，1989 年 3 月。

10. 〈試論晚唐詩歌的人情味〉，葉樹發，廣東教育學院學報，1995 年 4 月。

11. 〈論唐末社會心理與詩風走向〉，許總，社會科學戰線，1997：1 月。

12. 〈論晚唐詩歌的沖淡玄遠〉，袁文麗，山西師大學報，1999：4 月。

（二）

1. 〈吳歌小史〉，顧頡剛，歌謠 2：23，1936 年 11 月。

2. 〈論歌謠之雙關義〉，胡洪波，成功大學學報第十二卷，1977 年 5 月。

3. 〈吳歌藝術初探〉，李寧，蘇州大學學報，1983 年 4 月。

4. 〈談雙關的類別及其作用〉，關瀅，瀋陽師範學院社會科學學報，1984 年 3 月。

5. 〈樂府民歌表現手法對唐詩影響論〉，朱炯遠，瀋陽師範學院學報，1987 年 1 月。

6. 〈歇後語嬗變，吳歌格形成〉，顏新騰，民間文學研究，1991 年 5月。

（三）

1. 〈談詩歌中的議論〉，劉慶福，北京師大學報，1979 年 5。
2. 〈唐代樂府的繼承和發展〉，振甫，文學評論，1982 年 6 月。
3. 〈論唐代詠史詩〉，楊恩成，陝西師大學報，1990 年 1 月。
4. 〈諷諭詩和新樂府的關係和區別〉，王運熙，復旦學報，1991 年 6月。
5. 〈論新樂府創作〉，高玉昆，國際關係學院學報，1992 年 1 月。
6. 〈論唐詩的理思〉，李暉，北方論叢，1992 年 2 月。
7. 〈新樂府的緣起和界定〉，葛曉音，中國社會科學，1995 年 3 月。
8. 〈論中國古代的美刺詩〉，白振奎，遼寧師範大學學報，1998 年 5月。

（四）

1. 〈晚唐詩人于濆及其詩歌〉，蕭月賢，鄭州大學學報，1981 年 4 月。
2. 〈晚唐詩人于濆〉，梁超然，廣西民族學院學報，1983 年 1 月。
3. 〈晚唐詩人于濆及其詩歌〉，買鴻德，西北民族學院學報，1984 年4 月。
4. 〈晚唐詩劉駕和他的作品〉，卞岐，文學遺產，1982 年 1 月。
5. 〈論晚唐詩壇巨擘鄭谷的詩歌創作〉，霍有明，人文雜誌，1992 年2 月。
6. 〈末代風騷──論晚唐詩人鄭谷的詩〉，鍾祥，河南大學學報，1996年 2 月。
7. 〈論晚唐詩人曹鄴〉，梁超然，文學評論叢刊第七輯，1980 年 10月。
8. 〈論曹鄴的詩〉，余博賀，華南師範大學學報，1985 年 1 月。
9. 〈皮日休的事蹟思想及其作品〉，繆鉞，四川大學學報，1955 年 2月。
10. 〈論皮日休〉，鄭慶篤，山東大學文科論文集刊，1981 年 1 月。
11. 〈試論皮日休在唐宋詩轉變中的作用〉，申寶昆，齊魯學刊，1989年 3 月。
12. 〈「正樂府」仿「系樂府」淺說〉，單書安，江海學刊，1989 年 6月。

13. 〈唐詩與宋詩的橋樑──陸龜蒙詩歌藝術初探〉，李鋒，華東師範大學學報，1987 年 1 月。

14. 〈唐末文人陸龜蒙及其作品〉，鍾德恆，貴州民族學院學報，1996 年 4 月。

15. 〈讀津陽門詩及其他〉，王定璋，文史雜誌，1990 年 3 月。

16. 〈被遺忘的晚唐詩人聶夷中〉，公盾，人物雜誌，1948 年 4 月。

17. 〈聶夷中和他的詩〉，丁力，收錄於《唐詩研究論文集》，人民文學出版社，1959 年。

18. 〈聶夷中詩歌淺論〉，宋爾康，河南大學學報，1996 年 1 月。

19. 〈晚唐詩人杜荀鶴〉，徐曉星，文學遺產增刊（二），1956 年 1 月。

20. 〈杜荀鶴的生活道路及其創作〉，蕭文苑，北京師範大學學報，1979 年 3 月。

21. 〈簡論杜荀鶴的詩歌及其特點〉，宋爾康，河南大學學報，1991 年 5 月。

22. 〈杜牧與張祜〉，繆鉞，四川文學，1962 年 7 月。

23. 〈論張祜的詩歌〉，吳在慶，寧夏教育學院學報，1987 年 2 月。

24. 〈晚唐詩人張祜詩簡論〉，吳在慶，雲南教育學院學報 10：1，1994 年 2 月。

25. 〈論張祜的詩〉，尹占華，文學遺產，1994 年 3 月。

26. 〈傑出的諷刺文學家羅隱〉，余美雲，海南大學學報，1988 年 1 月。

27. 〈談羅隱詩文的諷刺藝術〉，雍文華，古典文學知識，1988 年 4 月。

28. 〈羅隱詩的哲理化傾向〉，劉則鳴，內蒙古大學學報 32：1，2000 年 1 月。

29. 〈試論憤世刺時的溫庭筠〉，孫安邦，山西師院學報，1984 年 4 月。

30. 〈論溫庭筠樂府詩的思想內容〉，王希斌，北方論叢，1989 年 3 月。

31. 〈論晚唐詩人杜牧〉，繆鉞，四川大學學報，1956 年 1 月。

32. 〈杜牧和他的詩歌〉，葛曉音，學術月刊，1981 年 6 月。

33. 〈論杜牧的政治詩〉，金岳春，上海社會科學，1984 年 4 月。

34. 〈李商隱和晚唐詠史刺政詩〉，陳伯海，社會科學，1981 年 2 月。

三、國科會報告及學位論文（依發表年代先後爲序）

1. 〈唐詩中吳歌格與和送聲之研究〉，邱師燮友，國科會報告，1971 年。

2. 〈唐代樂府詩之研究〉，張相國，東海大學碩士，1980年。

3. 〈南北朝民間樂府之研究〉，金銀雅，政治大學碩士，1984年。

4. 〈唐詩演變之研究〉，高大鵬，政治大學博士，1985年。

5. 〈羅隱諷世文學研究〉，張慧梅，東海大學碩士，1985年。

6. 〈唐代詠史詩之發展特質〉，廖振富，臺灣師範大學碩士，1989年。

7. 〈唐代文學批評研究〉，蔡芳定，臺灣師範大學博士，1990年。

8. 〈晚唐三家詠史詩研究〉，潘志宏，清華大學碩士，1993年。

9. 〈皮日休詩歌研究〉，王盈芬，中正大學碩士，1993年。

10. 〈晚唐諷刺詩研究〉，劉幸怡，成功大學碩士，1998年。